中国现代新诗经典导读

郑 娟 ◎ 主编

中国书籍出版社
China Book Press

图书在版编目（CIP）数据

中国现代新诗经典导读 / 郑娟主编 . -- 北京 : 中国书籍出版社 , 2024.10.

ISBN 978-7-5241-0060-7

Ⅰ . I207.25

中国国家版本馆 CIP 数据核字第 2024SN6294 号

中国现代新诗经典导读
郑　娟　主编

图书策划	成晓春
责任编辑	李　新
封面设计	守正文化
责任印制	孙马飞　马　芝
出版发行	中国书籍出版社
地　　址	北京市丰台区三路居路 97 号（邮编：100073）
电　　话	（010）52257143（总编室）（010）52257140（发行部）
电子邮箱	eo@chinabp.com.cn
经　　销	全国新华书店
印　　刷	天津和萱印刷有限公司
开　　本	710 毫米 ×1000 毫米　1/16
字　　数	251 千字
印　　张	13.75
版　　次	2025 年 5 月第 1 版
印　　次	2025 年 5 月第 1 次印刷
书　　号	ISBN 978-7-5241-0060-7
定　　价	72.00 元

版权所有　翻印必究

前 言

新诗是中国诗歌中特殊的一个部分，它形成和发展于五四时期，以鲜明的现代特征区别于古代诗歌。新诗以语言为突破口，以口语为武器，与传统诗歌彻底决裂，摆脱了传统诗歌的格律限制，实现了"诗体的大解放"。在内容上，新诗也更多地表现了对人的关注和对人生活的关注。通俗地说，新诗是一种以现代的诗形去表现人的生活和情感的现代诗歌。新诗带着时代特有的印记，它最重要的特征和最有价值之处就是它的自由形态和强烈的自我意识。尽管许多人不以为然，认为它无法与传统诗歌的成就相比，但笔者坚定地认为，新诗自有它存在的价值。编写本书的目的就是向人们推荐优秀的新诗作品，希望更多的人能够了解新诗并爱上新诗。由于时间和精力有限，本书编选的诗歌仅限现代部分。

本书是一本中国现代新诗导读类的书籍，它的预期读者是对现代新诗有兴趣，并对其发展历程、形式演变了解不多的人。本书与过去已有的一些新诗鉴赏类书籍有所不同，已有的鉴赏类书籍大多着眼于单篇的作品分析，而较少涉及诗歌史和诗歌流派。本书则在诗歌流派的框架下进行了诗歌导读与分析。本书还侧重于对诗人进行整体介绍，包括诗人简要生平，诗人主要作品及创作风格等。所以，本书不是一本单纯的诗歌鉴赏类书籍，而是兼有诗歌史风格的导读类书籍，它在一定程度上反映了现代新诗发展的变化史。这样编写的优点显而易见，可以让诗人和诗歌处于诗歌史的坐标中，读者可以在一个大的背景下去理解诗歌。

本书共十章，主要按照时间发展顺序，以诗歌流派来划分章节。本书涉及的诗歌流派有：20世纪20年代的"初期白话新诗""前期新月派""早期象征派"；20世纪30年代的"后期新月派""左翼诗歌""现代派"；20世纪40年代的"七月派""九叶派"等。个别章节的诗歌虽然不能称作流派，但因为有创作上的某种共性，故将其作为一章。每一章都先介绍这个流派或群体诗歌创作的特点和风格，然后选取其中重要的诗人，并将诗人的生平和创作情况进行简要介绍，最后选取诗人的代表诗歌进行导读与赏析。需要特别申明的是，本书所选作品中，有部分作品在版权期内，涉及版权问题，由于种种原因，笔者不便于联系版权所有者。所以，本书对版权期内作品，仅作赏析，不再附作品全文，其他不在版权期内的作品则不受影响。本书在对诗歌流派和诗人进行介绍时，简洁、清晰，以简明扼要的框架和文字呈现了诗歌流派及诗人的创作特点和风格。同时，在对诗歌流派和诗人进行介绍和评论时，也采用了较为成熟和一致公认的观点。

　　本书在介绍诗人时，篇幅长短不一致，这既有诗人在诗坛地位的影响，也有笔者的喜好和熟悉程度的影响，如对徐志摩、闻一多、戴望舒、艾青、穆旦等重要诗人进行讲解时，介绍篇幅明显偏长。在选择诗歌时，每位诗人一至三首不等，重要诗人选入更多。本书在选取诗歌时，既选了一些经典的作品，也选了一些不太受关注的优秀作品，如七月派诗人阿垅的长诗《纤夫》，该作品以往较少被选入选集，现将其选入本书；诗人曾卓的长诗《母亲》也是如此。同时，本书在选择诗歌作品时，既选了一些表达个人情怀的诗歌，也选了一些具有时代特色的作品，尽可能去兼顾时代背景与个性表达。

　　由于笔者的能力和精力有限，本书内容中可能存在诸多疏漏和不当之处，在此，恳请各方批评指正。

目 录

第一章 初期白话新诗 ... 1

胡 适 ... 2
　　《一念》《梦与诗》

沈尹默 ... 5
　　《月夜》

刘半农 ... 7
　　《教我如何不想她》《一个小农家的暮》

俞平伯 ... 11
　　《孤山听雨》

康白情 ... 13
　　《江南》

刘大白 ... 15
　　《春意》

朱自清 ... 18
　　《光明》《赠友》

鲁 迅 ... 23
　　《爱之神》《人与时》

第二章　二十年代自由体新诗·····················27

郭沫若·····································28
《凤凰涅槃》《霁月》

汪静之·····································31
《伊底眼》

冯雪峰·····································32
《落花》

应修人·····································34
《妹妹你是水》

潘漠华·····································36
《月光》

冰　心·····································38
《繁星》（五二）《春水》（五）

冯　至·····································40
《我是一条小河》《蚕马》

第三章　前期新月派诗歌·····················44

闻一多·····································45
《忆菊》《死水》

徐志摩·····································52
《雪花的快乐》《半夜深巷琵琶》《我不知道风是在哪一个方向吹》

朱　湘·····································58
《采莲曲》《答梦》

刘梦苇·····································64
《最后的坚决》《铁路行》

于赓虞·····································68
《秋晨》

饶孟侃···71
　　《家乡》

第四章　早期象征派诗歌···74

李金发···75
　　《弃妇》
王独清···76
　　《但丁墓旁》《玫瑰花》
穆木天···80
　　《落花》
冯乃超···82
　　《残烛》
胡也频···84
　　《别曼伽》

第五章　后期新月派诗歌···88

林徽因···89
　　《深夜里听到乐声》《别丢掉》《你是人间的四月天——一句爱的赞颂》
陈梦家···94
　　《一朵野花》《再看见你》
孙大雨···99
　　《诀绝》
方玮德···101
　　《我愿》

第六章　三十年代左翼诗歌···104

殷　夫···105
　　《给——》《血字》

风 ·· 110
　　　　《鸦声》
　　钧 ·· 112
　　　　《祖国，我要永远为你歌唱》
　温　流 ·· 114
　　　　《唱》
　臧克家 ·· 116
　　　　《老马》《烙印》

第七章　三十年代现代派诗歌 ···································· 120
　戴望舒 ·· 121
　　　　《雨巷》《我的记忆》《寻梦者》
　卞之琳 ·· 130
　　　　《断章》《白螺壳》
　何其芳 ·· 133
　　　　《预言》《欢乐》
　李广田 ·· 136
　　　　《地之子》
　废　名 ·· 139
　　　　《十二月十九夜》

第八章　七月派诗歌 ··· 141
　艾　青 ·· 142
　　　　《大堰河——我的保姆》《黎明的通知》《雪落在中国的土地上》
　田　间 ·· 147
　　　　《给战斗者》
　绿　原 ·· 149
　　　　《憎恨》

阿垅···151
　　《纤夫》《无题》
鲁藜···160
　　《山》《红的雪花》
冀汸···163
　　《死》
曾卓···165
　　《母亲》
牛汉···167
　　《在牢狱》

第九章　九叶派诗歌·······························170

穆旦···171
　　《诗八首》《赞美》
杜运燮···176
　　《月》
郑敏···178
　　《金黄的稻束》《树》
袁可嘉···182
　　《冬夜》
辛笛···184
　　《门外》《刈禾女之歌》
陈敬容···187
　　《窗》《假如你走来》
唐祈···190
　　《游牧人》
唐湜···192
　　《我的欢乐》

杭约赫 ··· 193
  《最初的蜜——写给在狱中的M》

第十章　四十年代进步新诗 ················· 196

  袁水拍 ··· 197
    《发票贴在印花上》《万税》
  李　季 ··· 200
    《王贵与李香香》
  阮章竞 ··· 203
    《漳河水》

主要参考文献 ··· 207

后　记 ··· 209

第一章　初期白话新诗

[诗派简介]

中国诗歌发展到五四时期,经受了一场巨大的变革。发展了两千多年的传统诗歌不得不直面将要被颠覆的命运。破旧立新是所有变革的终极目的,而初期白话新诗就是在这场变革中出现的第一个具有尝试和探索意义的诗派。胡适无疑是该诗派的第一人,他的《尝试集》充满了矛盾,显示出其从传统诗词中脱胎、蜕变到逐渐寻找并试验新诗形态的艰难过程。跟胡适一样,从旧式诗词里脱胎出来的早期白话诗人还有沈尹默、俞平伯、康白情、刘半农、刘大白、朱自清、鲁迅、周作人等。

初期白话诗人在创作中逐渐形成了自己的特色,这实际上也是现代新诗最初的形态。初期白话诗总体上以现实主义创作为主,可以分为两类。一类是用白描手法描写具体生活场景或自然景物,客观写实,如胡适的《人力车夫》,刘半农的《相隔一层纸》《学徒苦》《铁匠》,周作人的《两个扫雪的人》《路上所见》,刘大白的《成虎之死》,康白情的《草儿》《江南》等;另一类是通过托物寄兴,表达诗人对社会及人生的感悟和思索,如胡适的《鸽子》《老鸦》,周作人的《小河》,沈尹默的《月夜》,鲁迅的《梦》《人与时》等。在诗歌形式上,初期白话诗普遍有种散文化的倾向,基本不用韵和平仄,以一种自然的方式,随着感情的变化来变化句子的长短。初期白话诗的重要贡献在于它的革新意义,它突破了传统诗歌的束缚,建立起了自由的诗歌样式,它的历史价值不言而喻。但是,它也不可避免地存在一些缺陷,如诗歌的散文化、诗味不足等问题。

胡 适

[诗人简介]

胡适（1891—1962），字适之，安徽绩溪人，现代著名思想家、文学家、哲学家，1910 年赴美留学，1917 年回国后受聘北京大学教授。胡适是新文化运动的发起者之一，积极提倡白话文，也是中国白话新诗第一人。胡适曾参与编辑《新青年》，出版新诗集《尝试集》、论著《白话文学史》《胡适文存》等。

胡适在新诗理论方面最大的贡献是提倡"白话文学论"和"历史进化的文学观"。他在《文学改良刍议》中提出，改良文学应从"八事"入手，这"八事"基本与提倡白话文有关。此外，胡适的"历史进化的文学观"是他文学革命论的理论基础，他提出，一时代有一时代之文学，他认为文学也应该随着时代变迁而演变为不同样式。胡适在他的《白话文学史》中系统地论述了中国白话文学的演变历程，他也正是在这种理论指导下开始新诗创作的。

在创作上，胡适以积极的乐观主义和尝试精神，力排众议，努力尝试创作新诗，他的《尝试集》是中国第一部白话诗集。从《尝试集》开始，中国诗歌才真正开始抛弃传统诗歌形式，走上了散文化、口语化的道路。《尝试集》中的诗歌取材广泛，或抨击时政，或反对封建礼教，或提倡个性解放，或写景咏物，涉及了社会、人生、自然等多个方面。诗歌体式上力求格式自由，多数作品长短不拘，诗行不等。胡适在诗歌创作上注重"具体的做法"，即将抽象的情思，曲折的思想，寄托在具体的形象中。总之，胡适的初期白话诗产生了巨大影响，甚至形成了一种可称为"尝试体"的诗歌风格，尽管存在一些不足，但作为新诗领域的拓荒诗歌，其贡献和价值是不言而喻的。

一 念

胡 适

今年在北京，住在竹竿巷。有一天，忽然由竹竿巷想到竹竿尖。竹竿尖乃是吾家村后的一座最高山的名字。因此便做了这首诗。

我笑你绕太阳的地球，一日夜只打得一个回旋；

我笑你绕地球的月亮儿，总不会永远团圆；

我笑你千千万万大大小小的星球，总跳不出自己的轨道线；

我笑你一秒钟行五十万里的无线电，总比不上我区区的心头一念！

我这心头一念：才从竹竿巷，忽到竹竿尖，忽在赫贞江上，忽到凯约湖边；

我若真个害刻骨的相思，便一分钟绕遍地球三千万转！

（选自《新青年》1918年第4卷第1号）

[诗歌导读]

《一念》这首诗是能够给人一种别样感觉的诗歌，它具有丰富的想象力，还有当时诗歌少有的现代气息，这恰好体现了白话新诗突破传统，体现现代社会风貌的特点。朱自清在20世纪30年代编写《中国新文学大系·诗集》时，将《一念》放在第一首的位置，无疑对这首诗也是高度认可的。

这首诗的主要内容是在感叹人脑海中闪过的"一念"的神奇性，实际上是对人类大脑思维的赞叹。诗人由住在北京的竹竿巷想到竹竿尖，又由竹竿尖想到家乡的一座最高山的名字就叫竹竿尖，这种丰富、快捷的联想让诗人不由得心生感慨。诗人认为，当时已知的最快速的运动，包括地球绕太阳、月亮绕地球的转动速度，以及各种星球的运动速度，甚至是无线电，也无法与心头一念的自由相比；如果是相思，那更加是无法形容的速度；人思维的速度是无法测算的，人思维的能量更是巨大无比的。在五四时期，在这个空前重视"人"的时代，这首诗自然也有其独特的价值。此外，诗歌中出现了标志现代生活的"地球""星球""轨道线""无线电"等词语，无疑增加了诗歌的现代气息。

诗歌的外在形式是一种散文化的形式，突破了传统诗歌的格律，但诗人仍然希望通过一些手段让诗歌达到音节和谐的状态。诗歌接连用了四句以"我笑你"开头的排比句，增加了诗歌的内在韵律感。而且诗歌的每一行的最后一个字"旋""圆""线""念""尖""边"等都是押得"an"韵，使得诗歌读起来有种独特的节奏。作为一首早期白话诗，尽管给人以耳目一新的感觉，但《一念》仍然难以摆脱诗味不足等缺点。

梦与诗

胡 适

都是平常经验,
都是平常影象,
偶然涌到梦中来,
变幻出多少新奇花样。

都是平常情感,
都是平常言语,
偶然碰着个诗人,
变幻出多少新奇诗句!

醉过才知酒浓,
爱过才知情重——
你不能做我的诗,
正如我不能做你的梦。

(选自《尝试集》,亚东图书馆 1922 年版)

[诗歌导读]

  胡适的这首《梦与诗》体现出了 20 世纪 30 年代"现代诗派"的风格,它写出了现代人的某些情绪。诗人将两种源自现实生活,但又与现实生活有一定距离的"梦"和"诗"结合在一起,想表达现代人的复杂生活感受,甚至是带有一定哲理的感受。诗歌的第一节说梦是源于日常生活的景象,但却会呈现出五花八门的新奇模样;第二节是说诗人可以将平常的语言和情感写成具有新奇诗句的诗歌。"梦"和"诗"虽然是不同的概念,但就它们都是寄托着诗人对平常生活的期待而言,它们是相通的。诗歌的第三节才是重点,诗人通过第三节表达了自己的观点,认为有些感受,尤其是"情"和"爱",只有真正去体验才会知道,人与人之间也是不同的、隔阂的、不能真正理解沟通的。"你不能做我的诗,正如我不能做你的梦"道尽了现实社会中的残忍真相。当然,这也体现了胡适的实用主义思想。诗歌中的"醉过才知酒浓,爱过才知情重"已成为广为流传的名句,在现代流行歌曲中时常被化用。最著名的化用此名句的流行歌曲就是梅艳芳的《女人花》。

这首诗在结构上较为齐整,全诗共四节,每节四句,可以看出诗人在诗歌形式上的努力。此外,每节的二、四句押韵,如第一节的"象"和"样",第二节里的"语"和"句",第三节里的"重"和"梦",它们在当时都是同韵字。胡适虽然一直在积极倡导新诗的散文化,但也许是因为传统思想的影响,潜意识里还是希望诗歌应有一定的形式。

沈尹默

[诗人简介]

沈尹默(1883—1971),浙江省吴兴区人,著名学者、诗人、书法家、教育家,早年曾留学日本。他积极倡导新诗创作,代表作有《月夜》《三弦》等。沈尹默擅长旧体诗词创作,著有《秋明集》《秋明室杂诗》《秋明长短句》等。

沈尹默是较早从事白话诗创作的诗人之一,他的诗才曾得到极大肯定,周作人就曾评价其具有诗人的天分。沈尹默在新诗创作上整体表现为继承传统和锐意创新,他的部分诗歌表现了忧国忧民的情怀和对底层百姓疾苦的同情,以及对社会不公正不平等的谴责,如《三弦》《宰羊》等;还有一部分诗歌表达了知识分子对个性自由、人格独立的追求,如《月夜》《落叶》等诗。他的诗歌在艺术表现上,善于创造鲜明的形象,托物言志;会通过创造含蓄的意境来抒发感情,而不是通过抽象说理来表达情感。他的诗歌语言通俗,借鉴了旧体诗词的用韵方法,使得新诗具有一种音乐美。

月 夜

沈尹默

霜风呼呼的吹着,
月光明明的照着。

我和一株顶高的树并排立着，

　　却没有靠着。

（选自《新青年》1918年第4卷第1号）

[诗歌导读]

　　沈尹默的这首《月夜》一直是一首被人称赞的好诗，这首诗仅有四句，却是有着很丰富的含义。

　　这首诗歌篇幅很短，仅有四句话，但却描绘了一幅深秋月夜图。图画中的景象很简单：一个秋天的月夜，冷风在呼呼地吹，月光在明亮地照着。"我"和一棵树并排站立，没有靠在一起。但就是这样一幅图景，却有着不可言传的深意。诗歌的前两句描绘的景象整体上给人一种萧瑟、肃杀的感觉，霜色凝重、冷风呼啸、冷月高悬，这恰好是对五四运动后社会状况的反映。当时，中国的有志青年虽然经历了辛亥革命，推翻了封建王朝，但北洋军阀的势力依然强大，整个社会依然处在无边的黑暗中。广大民众也是处在不觉悟的状态，亟需启蒙。面对这样的处境，诗人借这首诗表现了独立不倚的坚强性格和奋斗精神。诗歌的三、四两句，"我和一株顶高的树并排立着，却没有靠着"体现了这种独立奋斗的精神。这首诗的主旨就是要呼吁青年一代要坚持追求人格独立、个性解放，进而去唤醒更多的国人，去彻底变革这个黑暗的社会。

　　诗歌表现了五四时期人们强烈的自我意识，这不仅表现在内容和主题上，也体现在诗句的表达上，如"我和一株顶高的树并排立着"一句，"我"直接出现在诗句中，这在古典诗词中极为少见。而这样的表达，实际上也是一种个性的张扬，是时代精神的体现。这首诗在艺术表现上也有独到之处，简洁、含蓄、含义深广。诗人的白描手法虽简约，却颇有韵致。虽然是一首新诗，不讲究格律，但是诗歌前两句有种对称感，而且每句的结尾都是相同的字，读起来仍然有种音节上的美感。

刘半农

[诗人简介]

刘半农（1891—1934），江苏省江阴市人，中国新文化运动先驱，著名文学家、语言学家和教育家。1917年到北京大学任教授，曾参与《新青年》杂志的编辑工作，积极投身革命，1920年赴英国、法国留学，1925年回国，任北京大学国文系教授。主要作品有《扬鞭集》《瓦釜集》《半农杂文》《中国文法通论》《四声实验录》等。

刘半农是一位在新诗草创时期为其做出过重要贡献的诗人，是被称为"勇敢的战士"的诗人[1]。鲁迅先生曾说过，刘半农是《新青年》里的一个战士。他活泼，勇敢，很打了几次大仗。[2]刘半农在参与革命期间发表的《我之文学改良观》《诗与小说精神上之革新》等都是新诗发展初期重要的理论文章。他提出的破坏旧韵、重造新韵、增多诗体、诗要写思想中最真的一点等观点都是极有价值的观点。

刘半农在新诗创作上的贡献也非常大。他有不少作品都表现了阶级对立和劳动人民生活的艰辛，也有一些表现了底层民众温馨的生活画面。刘半农还自觉吸收民间资源以丰富自己的作品，尝试用山歌、歌谣等形式写诗，他的《瓦釜集》就是模仿家乡江阴的方言创作的诗集。

教我如何不想她

刘半农

天上飘着些微云，
地上吹着些微风。
啊！
微风吹动了我的头发，
教我如何不想她？

---

[1] 陆耀东. 中国新诗史：第2卷[M]. 武汉：长江文艺出版社，2009：100.
[2] 鲁迅. 鲁迅全集：第6卷[M]. 北京：人民文学出版社，2005：73.

月光恋爱着海洋,
海洋恋爱着月光。
啊!
这般蜜也似的银夜。
教我如何不想她?

水面落花慢慢流,
水底鱼儿慢慢游。
啊!
燕子你说些什么话?
教我如何不想她?

枯树在冷风里摇,
野火在暮色中烧。
啊!
西天还有些儿残霞,
教我如何不想她?

(选自《晨报》副刊《诗镌》1923年9月16日)

[诗歌导读]

刘半农的这首诗的原名是《情歌》,后改名为《教我如何不想她》。《教我如何不想她》应该算是现代新诗中较为著名的诗歌之一。众所周知,它曾经被赵元任谱曲传唱,成为广为流传的歌曲。这首诗引人关注的原因还有一个,就是刘半农在诗中发明了一个字,就是汉语中的"她"。五四以前,"他"是不分男女的,刘半农在诗歌中首次使用"她"指代女性,后来被人们广泛认可。

这首诗的内容非常单纯,就是表达对恋人的深沉思念。刘半农一向重视对民间资源的吸收和借鉴,他借鉴了民间歌谣经常使用的比兴、重复等手法,使得诗歌有种浓郁的民间风味。第一节中,诗人由"微云"和"微风"起兴,自然地想起了心中的爱人。第二节中,诗人说月光和海洋真诚地依恋着,如此迷人的夜晚,此时此刻,多么希望能飞到恋人身边。第三节中,诗人看着"水面落花""水底鱼儿"陷入一种无可奈何的境地,这两个浮动不稳定的意象也衬托出诗人内心情感的波动。第四节描绘的是一幅对比强烈的画面。"冷风里的枯树"与"暮色中的野火"形成了强烈的对比,暗示出内心深处强烈的思念之情,西边红色的残霞似乎给人带来一些希望。诗歌至此也给人以余音袅袅,回味无穷的感觉。

  这首诗在结构形式上既有整齐的外观,又有一定的自由。全诗是整齐的四节,每节的结构大致相同。每节的第一和第二句都是三个音步,第三句都是表达浓烈感情的"啊",第五句都是同样的"教我如何不想她"。这样的结构使得这首诗具有一唱三叹的音乐效果,在形式上保留了一定传统诗词的格律特点,但又有一定的自由。因此,相比初期白话诗的散文化,这首诗显然更具美感一些,这对人们探索新诗形式也有一定的启示意义。

一个小农家的暮

刘半农

她在灶下煮饭,
新砍的山柴,
必必剥剥的响。
灶门里嫣红的火光,
闪着她嫣红的脸,
闪红了她青布的衣裳。

他衔着个十年的烟斗,
慢慢的从田里回来;
屋角里挂去了锄头,
便坐在稻床上,
调弄着只亲人的狗。

他还踱到栏里去,
看一看他的牛,

回头向她说：
"怎样了——
我们新酿的酒？"

门对面青山的顶上，
松树的尖头，
已露出了半轮的月亮。

孩子们在场上看着月，
还数着天上的星：
"一，二，三，四……"
"五，八，六，两……"

他们数，他们唱：
"地上人多心不平，
天上星多月不亮。"

（注）末两句是江阴谚

（选自《扬鞭集》，北新书局1926年版）

[诗歌导读]

　　早期白话诗中有相当数量的诗歌都在反映阶级对立和底层百姓生活的艰辛，如胡适的《人力车夫》，刘大白的《田主来》等。而刘半农的这首《一个小农家的暮》却给人不同的感觉，没有令人压抑的苦难和忧愁，只有"世外桃源"式的悠闲和自在。诗人是在留学英国时写下这首诗的，身处异国他乡，思念祖国，思念家乡，该诗描绘了一幅温馨的农家生活图景。即使身处国外，也不可能不知道当时国内军阀统治下农村生活的真实状态，但诗人执着地这么写，实际上写的是美化后的农村，是一种理想状态的农家生活。

　　诗歌精心地描绘了一个农村家庭的三个生活片段。诗人首先描绘了一幅农家妇女做饭的图景。妇女在灶下忙着做饭，山柴在灶里"必必剥剥的响"，灶里的火光照着她的脸和衣裳。一切都是那么静谧和温馨，妇女的内心是平静而满足的。接下来，诗歌又描写了这家的男人从田地里回来的情景，他安闲地逗逗狗，又去看了看牛，关心自家酿的酒怎么样了。生活的平静与满足还体现在天真快乐的孩子身上。半轮月亮挂在天上，孩子在场上看月亮、数星星、唱着儿歌，这是多么轻松和谐的画面。诗歌故意将孩子们数星星的次序写错，表面上是为了押韵，实际上写出了一种稚拙美。几幅画面虽然没有必然的因果关系，但是连在一起，却整体营造出一种欢乐祥和的"农家乐"氛围。

这首诗歌在形式上是自由诗，全诗共六节，每节行数不同。除了第三节，诗歌的每节都在有意的压清脆响亮的"ang"韵，如其中的"响""光""裳""上""亮"等。诗歌读起来有种音韵和谐的美感，也增添了轻松气氛。诗歌的语言生动，富有生活气息，如形容山柴在灶下燃烧的场景"必必剥剥的响"，嫣红的火光照着妇女嫣红的脸，闪红了她青布的衣裳。诗歌有着很强的画面感，传递出温暖祥和的氛围。

俞平伯

[诗人简介]

俞平伯（1900—1990），原名俞铭衡，字平伯，浙江省湖州市德清县人，著名诗人、散文家、红学家、新文学运动初期诗人，中国白话诗创作的先驱者之一。俞平伯1919年毕业于北京大学，先后在燕京大学、北京大学、清华大学任教，曾参加新潮社、文学研究会、语丝社等文学团体，与朱自清等人创办《诗》月刊。主要著作有《红楼梦辨》《冬夜》《古槐书屋问》《古槐梦遇》《西还》《雪朝》《忆》《燕知草》《杂拌儿》等。

俞平伯的新诗创作大多集中在五四运动前后，他在这一时期创作的诗歌主要被收入诗集《冬夜》中。《冬夜》在五四时期的诗集中居于重要地位，尤其是在写实类的新诗中，它被视为是继胡适的《尝试集》之后，写实类新诗的又一发展。俞平伯诗歌的创作风格总体上呈现出散文化的现实主义风格。因为俞平伯有着深厚的古典文学修养，所以他的诗歌还是不自觉地受到了传统诗词的影响，他的诗歌在形式上最突出的特点就是音节之美，喜用双声、叠韵字，偶尔使用工整对仗句。

俞平伯是继胡适之后较早从事新诗创作并写作新诗理论文章的诗人之一，他的《白话诗的三大条件》《社会上对于新诗的各种心理观》《诗底进化的还原论》等都是在当时颇有影响力的文章，对新诗的建设和发展都产生了一定的积极影响。俞平伯在诗歌创作上有许多观点与胡适相通，提出了"诗的平民化"等观点。

孤山听雨

俞平伯

（作品见《冬夜》，亚东图书馆 1922 年版）

[诗歌导读]

《孤山听雨》是一首优美的自由体景物诗，也是纪游诗。传统诗歌因为篇幅有限，景物诗一般容量较小，很难对景物展开细致的描绘。只有散文可以尽情描摹抒情，如苏轼《石钟山记》《放鹤亭记》等，无不承载着更加丰富的内容和情感。现代新诗的散文化倾向，为诗歌细腻写景提供了可能。俞平伯的这首诗就是初期白话诗中较为优秀的写景诗歌。

《孤山听雨》以细腻的笔触描绘了一幅雨中西湖的美景，全诗共五节，主要写了雨前、雨中和雨后的西湖。古往今来，多少文人留恋杭州西湖美景，留下了多少名篇佳话。最有名的莫过于苏轼的《饮湖上初晴后雨》，"水光潋滟晴方好，山色空蒙雨亦奇。欲把西湖比西子，淡妆浓抹总相宜。"俞平伯的这首《孤山听雨》一方面有古典诗词的痕迹，另一方面也有自己的独特之处。诗歌不仅写了视觉中的西湖美景，更注重对"听雨"的描绘。诗人先是描写雨前的美景，满目"苍苍可滴的姿容"，有种"幽甜到不可说"的韵味。随后，从一开始的"飒飒的两三点雨"，到"花喇喇银珠儿那番迸跳"，湖面上顿时生动起来，湖上的景观也逐渐朦胧起来。随着雨渐渐停了，山也绿了，还有莽苍之气徘徊在远处。这简直就是一幅幅动静相间，声色俱佳的水墨画，让人有种身临其境之感。

这首诗在形式上也有许多可取之处。虽然是一首白话诗，但诗歌的语言相对较为凝练。虽然不注重押韵，但诗句有种内在的韵律，语句轻柔、典雅，有种古典词曲的韵味。诗人善于运用比喻、拟人等手法，有些语句、用字也极为生动传神。例如，"凉随着雨生了，闷因着雷破了"，这里的"生"和"破"就是非常传神的用法，突出西湖景色的一种动态变化。

康白情

[诗人简介]

康白情（1896—1959），字鸿章，四川省安岳县人。毕业于北京大学，曾参与组织"新潮社"，创办《新潮》月刊。曾参与召开"少年中国学会"成立大会，创办《少年中国》月刊。1920年赴美留学，回国后，先后在山东大学、中山大学等学校任教。著有诗集《草儿》《河上集》等。

康白情从1919年开始发表新诗，他早期的诗作收进了诗集《草儿》中。诗集《草儿》中有较多的纪游诗和送别诗。康白情擅长在诗歌中描写景物，还会在写景时融入自己的思考和情感，如《江南》《暮登泰山西望》等；他的许多送别诗也善于在写景中烘托气氛，营造意境，如《送客黄浦》等。康白情还有相当多作品是关注现实、国事，抒发感慨的。总之，康白情的诗歌创作整体上风格细腻，富有抒情色彩。

康白情在新诗观点上受胡适影响较多，他在《新诗底我见》中对新诗建设提出了一些有益的观点。例如，他提出，诗要写，不要做；因为做足以伤自然的美。旧诗里所有的陈腐规矩，都不妨一律打破。最戕害人性的是格律，那么首先要打破的就是格律。这些见解在新诗发展早期无疑都有一定积极的意义。

江　南

康白情

一

只是雪不大了，
颜色还染得鲜艳。
赭白的山，

油碧的水,
佛头青的胡豆。
橘儿担着;
驴儿赶着;
蓝袄儿穿着;
板桥儿给他们过着。

二

赤的是枫叶,
黄的是茨叶,
白成一片的是落叶。
坡下一个绿衣绿帽的邮差
撑着一把绿伞——走着。
坡上踞着一个老婆子,
围着一块蓝围腰,
哼哼地砍得柴响。

三

柳椿上拴着两条大水牛。
茅屋都铺得不现草色了。
一个很轻巧的老姑娘
端着一个撮箕,
蒙着一张花帕子。
背后十来只小鹅
都张着些红嘴,
跟着她,叫着。
颜色还染得鲜艳,
只是雪不大了。

(选自《少年中国》1920年第1卷第9期)

[诗歌导读]

　　康白情的诗以色彩鲜明的意象和淳朴可爱的乡村景象著称，这首《江南》恰好体现了这些特点。《江南》描写的是江南的雪景。江南的雪景应该是不太容易描写的，但诗人以敏锐的观察力和选择力、出色的概括和描摹能力，为人们展现了几幅生动、意趣盎然的江南雪景画面。

　　第一幅图中，雪不大了，但颜色确实鲜明，白的山，碧的水，青的胡豆，还有蓝色的袄。色彩形成鲜明对比，一切都是那么美，那么安逸。第二幅图中，五颜六色的树叶，加上穿着绿衣服的邮差，还有围着蓝围腰正在砍柴的老婆子，简直就是一幅乡村的美景图。第三幅图是一幅姑娘喂鹅的图景，姑娘头上的花帕子，红嘴的小鹅，画面何其明亮生动！诗人在描绘这些图景时，也是极富有表现力的，将一些景象进行动态刻画，如"板桥儿给他们过着""都张着些红嘴，跟着她，叫着。"这样的写法，使得诗人所描绘的雪景显得生机盎然，充满生命力的。

　　这首诗的长处，除了颜色的表现之外，还有一个结构上的特点，就是首尾呼应。开头两句"只是雪不大了，颜色还染得鲜艳"，到了结尾，变成"颜色还染得鲜艳，只是雪不大了"。首尾两句的重复使整首诗呈现了一个"环形结构"，或者说是封闭结构。由此看来，诗人似乎有意将这乡村的美景限制在一个空间之内。康白情应该是现代诗人中较早尝试这种结构的诗人。后来的诗歌中，戴望舒的《雨巷》，徐志摩的《再别康桥》，艾青的《大堰河我的保姆》都有类似的结构。

刘大白

[诗人简介]

　　刘大白（1880—1932），字大白，别号白屋，浙江省绍兴市人，与鲁迅是同乡好友，现代著名诗人、文学史家，著有诗集《旧梦》《邮吻》等。

　　刘大白是我国新诗运动的主要倡导者之一，无论在新诗的创作上还是在理论批评上，都有独到的贡献。刘大白的诗歌创作风格属于现实主义风格，重视对社会人生的现实描摹;他的诗歌在内容上很有特点,有不少作品反映了工农大众的苦难及他们的反抗精神,如用民谣体写成的诗歌《卖布谣》《田主来》就是反映农民疾苦,表现贫富阶级对立的作品。刘大白还第一次歌颂了为反抗地主压迫而牺牲的农民英雄,如《每饭不忘》《成虎之死》等。他在诗歌中塑造了许多勇于反抗的、战斗的农民形象,这也是为新诗创作开拓了新的领域。

刘大白在新诗艺术上最大的贡献,就是对民歌资源的借鉴和吸收,其作品具有民歌的风格特点。这一点,他和刘半农有相似之处。刘大白大多直接采用民谣体进行创作,如《卖布谣》《驾犁》《割麦插禾》等诗歌。此外,刘大白的民谣体诗歌表现出口语化倾向,适于朗诵、歌唱等形式。

刘大白不仅在诗歌创作上有重要贡献,在诗歌的评价方面也有一些超出一般见解的精辟思想。

春 意

刘大白

一只没篷的小船,
被暖溶溶的春水浮著;
一个短衣赤足的男子,
船梢上划著;
一个乱头粗服的妇人,
船肚里桨著;
一个红衫绿裤的小孩,
被她底左手挽著。

他们一前一后地划著桨著,
嘈嘈杂杂地谈著,
嘻嘻哈哈地笑著;
小孩左回右顾地看著,
痴痴憨憨地听著,
咿咿哑哑地唱著,

一只没篷的小船，

从一划一桨一谈一笑一唱中进行著。

这一船里，

充满了爱，

充满了生趣；

不但这一船里，

他们底爱，

他们底生趣，

更充满了船外的天空水底：

这就是花柳也不如的春意！

（选自《秋之泪》，开明书店 1930 年版）

[诗歌导读]

  刘大白的这首《春意》与刘半农的《一个小农家的暮》有许多相似之处，它们都描写了一个家庭中的妇女、男子还有孩子；它们同样描绘了温馨和谐的生活画面；它们同样表现了诗人所向往的理想生活状态。

  诗歌描写的是春天的景象，春天本身就是一个充满生机和希望的季节。细读这首诗，首先映入眼帘的是一只漂浮在"暖溶溶的春水"上的没篷的小船；船上有一个短衣赤足的男子，有一个乱头粗服的女人，还有一个红衫绿裤的孩子；显然，这是一家生活在水上的船民。接着，船上传来了声音，这一家人一边划着船，一边在"嘈嘈杂杂地谈著，嘻嘻哈哈地笑著"；那个可爱的孩子在父母的交谈嬉笑中，也无比放松，左回右顾，"痴痴憨憨地听著，咿咿哑哑地唱著"。诗人为我们描绘了一幅春意盎然，声色俱佳的江南水乡风光图。在诗歌的最后一节，诗人忍不住感慨，这船里充满了爱和生趣，是最美的春意。这也许是诗人偶然遇见的，一幅难得的太平景象。诗人写过太多关注底层百姓疾苦的诗歌，而这首诗显然描绘的是极其珍贵的和谐温馨的画面。诗人在诗歌中寄托了自己的理想和憧憬，希望全天下处处是春意盎然的景象。

  诗歌在形式上是自由体新诗，全诗共三节，每节句式并不相同。但诗人在写作中使用排比、重复等句式，使得诗歌节奏明快，有种音韵上的美感。第一节中就是四句句式相似的排比句，每一句的结尾都是"著"，读起来有种独特的音乐美感。第二节中前六句又是相似的句式，而且最后一个字全是"著"，最后一句虽然与前面句式不相同，但结尾也是"著"。最后一节，诗歌隔行押尾韵，整首诗读起来，有种轻盈愉悦的美感。

朱自清

[诗人简介]

朱自清（1898—1948），字佩弦，出生于江苏省东海县（今连云港市东海县），中国现代著名散文家、诗人，曾先后任教于清华大学和西南联合大学，曾参加过"少年中国学会""文学研究会"，著有《国文教学》《新诗杂话》等。

朱自清从1919年开始发表诗歌，大多诗歌收在《雪朝》和《踪迹》当中。他的诗歌数量不多，总共五十首左右，但写作态度极其认真，注重诗歌质量。朱自清的诗歌鲜明地反映了时代的特色，也反映了部分觉醒青年的复杂心境。可以说，是时代给了他创作的灵感，他说，这是时代为之！十年前正是五四运动，大伙儿蓬蓬勃勃的朝气，紧逼着我这个年轻的学生。于是乎跟着人家的脚印，也说说什么自然，什么人生。[①]他的部分诗歌表现了自己在时代的浪潮中向往光明、赞颂光明的愉悦的心声，如《光明》《歌声》《满月的光》《北河沿的路灯》等；部分诗歌表现了其对无产阶级革命的向往，充满热情和启迪的力量，如《送韩伯画往俄国》《血歌》等。在朱自清的短诗中，还有一类诗歌最能体现他的艺术特色和特长，就是以日常生活为题材的诗歌。他往往能在这类诗歌中挖掘出平凡生活中的诗意，如《小舱中的现代》《侮辱》《宴罢》《星火》等。

朱自清的诗歌情感真挚、朴实平易，不仅在内容上力求反映人生，展现时代特色，在艺术表现上也积极创新。诗人在艺术表现上挥洒自如，不拘一格，或托物言志，或直抒胸臆，或借景抒情，或烘托对比，通过多种手法来创造生动的意境，如在《煤》《北河沿的路灯》里，诗人借煤和灯的形象，来抒发自己对光明

---

① 朱自清. 朱自清文集[M]. 北京：当代世界出版社，2010：152.

的向往之情。诗人不太注重诗歌的形式，不拘字数，不讲究韵律，不注重音乐性，其诗歌语言自然素朴，清新生动，不注重刻意修饰，时常选用贴切的语言去描述事物的特征，以表达自己的感受。除了新诗创作，朱自清在新诗理论和新诗批评上也有重要贡献。

光 明

朱自清

风雨沉沉的夜里，
前面一片荒郊。
走尽荒郊，
便是人们的道。
呀！黑暗里歧路万千，
叫我怎样走好？
"上帝！快给我些光明吧，
让我好向前跑！"
上帝慌着说："光明？
我没处给你找！
你要光明，
你自己去造！"

（选自1919年12月25日《北京晨报》）

[诗歌导读]

朱自清的这首《光明》创作于1919年底，此时，轰轰烈烈的五四运动拉开了新时代的大幕，但此时"高潮"似乎已开始呈现消退之势。社会上的各种探讨救国救民的学说五花八门，各抒己见，许多人依然处在茫然当中。此时的诗人正在北京大学读书，面对着依然黑暗的社会现状，怀着不知何处去的迷茫和困惑，诗人写下了这首《光明》，表现了这一代人对于未来光明之路的思考、期盼和呼唤。

诗歌一开头就展示了一幅黑夜中的景象，"风雨沉沉的夜里，前面一片荒郊"象征着当时黑暗腐败的社会环境。"走尽荒郊，便是人们的道"则是在说人们在漫无边际的黑暗中，摸索前行，不知要走向怎样的道路！诗歌表达了当时年轻人面对未来的焦灼和忧郁，他们多么渴望见到光明。接下来，诗人描述了青年人面对歧路时的矛盾彷徨的心态，"黑暗里歧路万千，叫我怎样走好？"五四运动的高潮逐渐退去，整个社会并没有大的改变，先前激进的人也都渐渐退隐了，于是，整个社会的年轻人都陷入了一种迷茫苦闷的状态中。但诗人仍然在积极寻求光明，"上帝！快给我些光明吧，让我好向前跑！"在这里，诗人迫切地呼唤上帝来引导，可见诗人渴望光明的心情和积极进取的精神。然而，诗人内心很清楚，这个世界是没有什么救世主和上帝的，光明只能依靠自己去创造。诗人假借上帝之口说出了这个真理，"你要光明，你自己去造！"这也是全诗的主旨。所以，这首诗的可贵之处就在于，它不仅表现了当时的年轻人渴望冲破重重黑暗的愿望和决心，更重要的是还赞扬了自力更生，不依靠上帝恩赐的奋斗精神和创造精神。这种精神无疑是最具价值的，它激励着人们放弃幻想，去努力争取解放，这也是国家独立自主，人民获得解放的重要途径和精神支柱。

这首诗在艺术表现上也有可取之处，诗歌虽然也是草创期的诗歌，但相比胡适《尝试集》的作品，显然较为凝练，而且意象也较为新颖。诗人注重将哲理的表达与新颖的意象结合起来，避免诗歌过于直白。诗歌在形式整体上表现了诗体解放的特点，全诗不讲究平仄、对仗和押韵，以白话和口语入诗，节奏自然流畅。

赠 友

朱自清

你的手像火把，
你的眼像波涛，
你的语言如石头，
怎能使我忘记呢？
你飞渡洞庭湖，
你飞渡扬子江；
你要建红色的天国在地上！
地上是荆棘呀，
地上是狐兔呀，

地上是行尸呀；
你将为一把快刀，
披荆斩棘的快刀！
你将为一声狮子吼，
狐兔们披靡奔走！
你将为春雷一震，
让行尸们惊醒！
我爱看你的骑马，
在尘土里驰骋——
一会儿，不见踪影！
我爱你的手杖，
那铁的铁的手杖；
它有颜色，有斤两，有铮铮的声响！
我想你是一阵飞沙走石的狂风，
要吹倒那不能摇撼的黄金的王宫！
那黄金的王宫！
呜——吹呀！
去年一个夏天大早我见着你：
你何其憔悴呢？
你的眼还涩着，
你的发太长了！
但你的血的热加倍的薰灼着！
在灰泥里辗转的我，
仿佛被焙炙着一般！——
你如郁烈的雪茄烟，
你如酽酽的白兰地，
你如通红通红的辣椒，
我怎能忘记你呢？

（选自《中国青年》1924 年第 28 期）

[诗歌导读]

　　这是一首赠给友人的诗，最早发表在《中国青年》1924年的第28期上，后改为《赠A.S.》。大家一直在猜测，这位友人到底是谁呢？诗歌中的表达也比较模糊。有学者说，这位友人可能指的是邓中夏。文史学家张毕来的考证历来被大家认可，他曾说过，这位友人，不知是谁，但分明是一位共产党员……此诗发表之前数月（1923年12月），邓中夏同志曾有两首五律诗，均以"莽莽洞庭湖，五月两飞渡"开始，诗的主旨正是要"建红色的天国在地上"。本诗中"你飞渡洞庭湖，你飞渡扬子江"恰好与邓中夏的五律诗句相呼应。而且，朱自清与邓中夏本来就是友谊较深的朋友。朱自清在《中国青年》上发表这首诗的时候，邓中夏恰好是该刊的编者之一。而邓中夏在上海从事革命活动时使用的名字，即"安石"两字的拼音开头字母正好就是A和S。种种迹象似乎都在显示这位友人就是邓中夏，但实际上，这位友人是谁已经不重要了，重要的是这是一首赞扬早期共产党人的诗。

　　诗人在诗歌中塑造了一个拥有巨大精神力量的英雄形象。诗歌采用第一和第二人称，用"我"向"你"述说的形式，表达了诗人对英雄无比崇敬的心情。诗歌在一开头就连用了几个比喻，从不同角度来塑造友人的形象。"你的手像火把"喻指"你"已经掌握了革命的真理，可以引领大家前进。"你的眼像波涛"是指"你"有着较高的革命热情；"你的语言如石头"是指革命立场坚定，以及革命意志坚强。"你"有着远大的革命理想，"你要建红色的天国在地上！"但现实是如此的黑暗，诗歌连用了几个比喻来形容现实的社会，到处是荆棘遍地、狐兔横行、行尸走肉。然而，面对如此黑暗的世界，你却能果敢坚毅地披荆斩棘；"你将为一把快刀"，"你将为一声狮子吼"，"你将为春雷一震"，你将以果断凌厉的个性，以磅礴的气势，斩断那些荆棘，驱走那些狐兔和行尸。在诗人眼里，友人是那么有魅力，骑在马上，绝尘而去的飒飒风姿，铮铮作响的铁的手杖，都给人留下深刻的印象。尽管他是那么憔悴，眼还涩着，但他的血是"加倍的薰灼着！"诗人又连用了三个比喻"郁烈的雪茄烟""酽酽的白兰地""通红通红的辣椒"来进一步赞美友人热烈、纯真的革命激情。所以，诗人塑造的就是这样一个顶天立地、英勇无畏、坚如磐石、百折不挠的革命者形象。诗人以此为基点，热切地呼唤着能够横扫一切、荡涤一切的时代精神的到来。

本诗在艺术表现上充满激情，节奏明快，有着强烈的感染力。诗人灵活采用多种方法以营造出炽热奔放的情感和豪迈雄浑的气势。诗人使用一系列的比喻和热烈的意象来塑造了这个充满战斗精神的革命者形象。全诗在形式上是完全的自由体式，不讲究押韵和对称，根据感情的需要来决定句子长短，诗歌有其内在的韵律。

鲁　迅

[诗人简介]

鲁迅（1881—1936），原名周樟寿，字豫山，后改为豫才，到南京求学时改为周树人，浙江省绍兴市人，"鲁迅"是他1918年发表《狂人日记》用的笔名。他是著名文学家、思想家、革命家、教育家，新文化运动的重要参与者，中国现代文学的开山人和奠基人。他的著作以小说、杂文为主，代表作有小说集《呐喊》《彷徨》《故事新编》等，散文集《朝花夕拾》，散文诗集《野草》，杂文集《坟》《热风》《华盖集》《南腔北调集》《三闲集》《二心集》《而已集》等。鲁迅被誉为现代中国的"民族魂"，他的思想和作品深刻地影响着一代又一代的中国知识分子。

鲁迅写的新诗并不多，除去后来的散文诗集《野草》，真正的新诗数屈指可数，而且主要集中在五四时期。鲁迅发表新诗较早，1918年5月，鲁迅在《新青年》上发表第一篇白话小说《狂人日记》的同时，还发表了三首新诗《梦》《爱之神》《桃花》，接着又发表了《他们的花园》《人与时》等几首新诗。鲁迅说过，他其实是不喜欢写新诗的，但也不喜欢做古诗，只因为那时诗坛寂寞，所以打打边鼓，凑些热闹；待到称为诗人的一出现，就洗手不写了。[①]鲁迅后来确实很少写新诗，但早期创作的这几首诗却有着不可忽视的价值，也的确起到了"打打边鼓"的作用。

---

① 鲁迅. 鲁迅全集：第7卷[M]. 北京：人民文学出版社，2005：4.

爱之神

鲁 迅

一个小娃子,展开翅子在空中,

一手搭箭,一手张弓,

不知怎么一下,一箭射着前胸。

"小娃子先生,谢你胡乱栽培!

但得告诉我:我应该爱谁?"

娃子着慌,摇头说,"唉!

你是还有心胸的人,竟也说这宗话。

你应该爱谁,我怎么知道。

总之我的箭是放过了!

你要是爱谁,便没命的去爱他;

你要是谁也不爱,也可以没命的去自己死掉。"

(选自《新青年》1918年第4卷第5号)

[诗歌导读]

鲁迅的作品总会表达深刻的思想,不管是小说、杂文、散文还是诗歌。这首《爱之神》发表在五四运动期间,也正表达了鲁迅对"爱情"——这个在当时被高度关注话题的深刻思考。五四运动期间,在反对封建礼教,追求个性解放的大背景之下,婚恋自由是当时人们思考的内容之一。所以,爱情成为新文化运动的倡导者普遍关注的一个主题。鲁迅的这首爱情诗立意新颖,发人深省。

这首诗没有针对爱情本身来写,也没有去写爱情的甜蜜或痛苦,而是提出一个让人思考的问题,就是"应该爱谁"的问题。丘比特是罗马神话中的爱神,传说被丘比特的箭射中,就会获得爱情。诗歌一开始就描绘了爱神丘比特的可爱形象,如他"展开翅子""一手搭箭,一手张弓"。被射中的人茫然不知所措,问自己"应该爱谁"。诗人这样的构思是想说明,在五四时期,虽然有许多人刚刚觉醒,希望得到爱情,但同时又是茫然的,不知道如何得到爱情,不知道去爱谁。小爱神没法具体回答应该爱谁的问题,而是启发人们自己去思考,"你要是爱谁,便没命的去爱他"。这才是爱情该有的态度,这对于刚刚觉醒的一代人来说,应该是最好的爱情启蒙。同时，小爱神又说："你要是谁也不爱，也可以没命的去自己死掉。"这种谁也不爱的人，实际上是不懂爱，不懂自我价值的人，这样没有觉醒的人，他的人生是没有意义的，无异于行尸走肉，那还不如"去自己死掉"。鲁迅的这首诗对五四期间刚刚接受启蒙的青年人来说，无疑具有深刻的启迪价值。

诗歌情节简单，语言朴素，对话基本是口语，幽默自然、形式新颖。诗人通过象征性的形象和暗示性的对话，使诗歌的主题更加深刻，发人深思。鲁迅早期的白话诗大多都有这样的特点，总是在看似简单的诗歌情节中表达某种深意。

人与时

鲁 迅

一人说，将来胜过现在。
一人说，现在远不及从前。
一人说，什么？
时道，你们都侮辱我的现在。
从前好的，自己回去。
将来好的，跟我前去。
这说什么的，
我不和你说什么。

（选自《新青年》1918年第5卷第1号）

[诗歌导读]

五四时期的白话新诗，一部分是客观写实的现实主义诗歌，另一部分是通过托物寄兴，表现诗人感悟和思索的诗歌。鲁迅的这首《人与时》就是这样一首诗，是对"哲理诗"的探索之作。

每个人对待未来、现在和将来的态度都是不同的。有的人就十分恋旧，有的人总将一切寄托在将来，总之，大部分人并不重视现在；还有人稀里糊涂，从未思考过这个问题。鲁迅在这诗中表达了自己的观点和态度。诗人首先列出几种态度，认为这几种态度没有一种是重视"现在"的，甚至是"侮辱我的现在"，接下来，诗人以"我"的口吻评价了三种态度。那些认为从前好的复古保守派们，干脆自己回去吧,也就是鲁迅在后来的杂文中所说,"仰慕往古的,回往古去罢"[①];那些认为将来好的,就从现在出发,奔赴将来;那种脱离现在的,空想将来的态度同样是不可取的;至于那种只能说"什么"的人,那只能是不可理喻的糊涂人,他们只是麻木地活在现在,既看不到未来,也不关心变革。

  诗歌在构思立意上,都很有新意,尤其是将"现在"拟人化,去评论几种不同的观点,借以表达诗人自己的观点。诗人创作这首诗歌的目的是希望人们专注于现在,努力去迎接光明的未来。诗歌虽然用的是白话,但十分精炼,很有后来杂文的风格。

---

① 鲁迅. 鲁迅全集:第3卷[M]. 北京:人民文学出版社,2005:52.

第二章　二十年代自由体新诗

[诗派简介]

　　现代新诗经过初期白话诗的探索性创作阶段，到1921年左右，算是基本站稳了脚跟。但是，新诗很快面临着新的危机和突破，诗坛期待着能够推进新诗发展的诗人和作品出现。20世纪20年代初出现的一批诗人，他们承担着新诗发展突破的重任，迎来了"开一代诗风"的创作。这一部分的诗歌创作基本摆脱了初期白话诗的各种问题，在诗体解放、诗歌的个性化、诗歌的抒情性等方面都有出色的表现。从严格意义上来说，并不能将这些诗人的作品笼统地称为"自由体新诗"，更不能将他们归为一个诗派。迄今为止的文学史和诗歌史中，没有人明确地将他们归为一个流派。但在20世纪20年代初期，这个特殊的历史阶段，他们在新诗创作上的确有一些共同点，如他们是真正摆脱传统的束缚，把新诗创作向前推进一大步的诗人。《中国现代文学三十年》中将这些诗人的创作放在一节中，称他们是"开一代诗风"的新诗创作。本书在这里姑且将他们放在一章中分析，暂时称他们的作品为"自由体新诗"。本书所说的"自由体新诗群"主要指的是20世纪20年代的几个以创作自由体新诗为主的诗人、诗歌群体，如以郭沫若为主的创造社诗人群，湖畔诗社，还有以冰心、宗白华为代表的小诗派，还有抒情诗人冯至等。

　　这些诗歌的主要特点是，它们普遍强调诗歌的抒情特质，诗人大多采用自由诗体创作诗歌。此外，从诗歌的精神内涵来看，五四时期的自由精神和时代精神在诗歌中有更加充分的体现。

郭沫若

[诗人简介]

郭沫若（1892—1978），四川省乐山市人，原名郭开贞，沫若是他1919年开始发表新诗时用的笔名。他是中国现代著名文学家、历史学家、考古学家、思想家、政治家。郭沫若的著作颇丰，涉及文学、历史学、翻译等多个领域，可以说是多个领域的专家，曾著有诗集《女神》《前茅》《恢复》《战声》《蜩螗集》等；诗歌、散文、戏曲集《瓶》；历史剧《卓文君》《王昭君》《屈原》《虎符》《高渐离》《蔡文姬》等；学术著作《甲骨文字研究》《殷周青铜器铭文研究》《中国古代社会研究》等；还有大量译著。

郭沫若是在现代文学史上足以代表一个时代的诗人和历史剧作家，他是鲁迅在20世纪初热切呼唤，终于出现的摩罗诗人，也是预言诗人。[1]五四时期，郭沫若的确是可以被称为"诗坛巨人"的诗人。郭沫若的诗，尤其是《女神》这个诗集中的诗歌，彻底摆脱了传统诗歌的束缚，以崭新的内容和形式，充分反映了五四精神，堪称是中国现代新诗的奠基之作。《女神》中有大量优秀的爱国诗篇，它们体现了诗人炽热的爱国情感，曾给亿万中华儿女以巨大的鼓舞，给他们希望与信心，如《炉中煤》《凤凰涅槃》《女神之再生》《晨安》等诗。《女神》中的诗歌主要有以下几个特点，首先，诗歌具有无与伦比的激情，旨在冲破一切束缚，创造一个精神空前自由的审美天地，在这里，人的一切情感都能被激发出来，都是无拘无束、自然奔放的。其次，诗歌具有天马行空的想象力，意象丰富、意境开阔。整个大自然都是诗人抒写的对象，形成了一个壮阔的形象体系。最后，诗歌的形式是自由的，每首诗的节数、行数、字数都不固定，押韵没有统一的规律，但它们表达的情感是相似的。

凤凰涅槃

郭沫若

（作品见《郭沫若全集》第一卷，人民文学出版社1982年版）

---

[1] 钱理群，温儒敏，吴福辉. 中国现代文学三十年[M]. 北京：北京大学出版社，1998：103.

[诗歌导读]

诗歌《凤凰涅槃》给人一种酣畅淋漓的感觉，其中洋溢的激情总是能让人受到强烈的感染。这首创作于一百多年前的作品，曾经带给人们多少激情和憧憬啊！《凤凰涅槃》写于1920年1月20日，同月30日至31日就在上海《时事新报》的副刊《学灯》上发表了，而且报刊破例以整版的篇幅刊载了这首长诗。读者无不惊异于诗人的创作灵感和诗歌中火山喷发式的情感。

《凤凰涅槃》是诗集《女神》中的代表作。诗歌取材于阿拉伯地区和我国有关凤凰的古老神话。诗人将这些神话融合，取其"集木自焚，复从死灰中更生"这一神话情节，创造出了具有象征意义的凤凰形象和神话故事。诗歌中凤凰的形象既是诗人自我形象的化身，也是民族和国家的象征。通过诗歌可以看出，诗人认为，面对满目疮痍、病入膏肓的旧中国，改良根本就无济于事，只有彻底毁灭，燃起大火烧掉这旧世界，才能获得新生，就像凤凰涅槃一般。诗人将打破一切，创造一切的五四精神融入了诗歌创作过程中。诗歌中凤凰自焚，火中更生的凤凰形象使诗人了解了不断毁灭、不断创造，以及在毁灭中创造的辩证思想。

诗歌具有明显的诗剧特征。诗歌形象众多，情节井然有序，结构宏大，作品容量也较大。全诗由六部分组成。《序曲》中，旧世界阴冷凄凉，凤凰在做自焚前的准备工作，它们从容淡定、视死如归，《凤歌》是雄鸟在涅槃前的歌唱，它对宇宙万物发出了愤怒的控诉和诅咒，是一种雄性的慷慨激昂的旋律；《凰歌》是雌鸟在涅槃前的歌唱，歌唱充满了雌性幽怨的悲声，它不是在强烈地控诉和诅咒，而是在缠绵而幽怨地哭诉；《凤凰同歌》是凤与凰焚弃旧我，焚毁旧世界，创造新我，创造新世界的坚定决心；《群鸟歌》是群鸟对凤凰自焚发出的讽刺和嘲笑；《凤凰更生歌》是凤与凰重生后激动之至发出的欢唱，是对新生理想的歌颂和赞美，也是全诗的高潮。诗人在写作这一节时，无法控制自己的情绪，一连写了十五节颂歌。虽然不够精练，但却充分表达了情感。几年之后，诗人大概觉得有些冗长，又压缩至五节。

与诗歌热情澎湃的内容相适应，诗歌的形式是自由体。这首诗彻底打破了传统诗词格律的束缚，实现了诗体大解放，形式自由奔放。全诗没有固定的格律，每一节诗中有的押韵,有的不押韵,都不固定。虽然是自由的形式,但还是有一些规律。例如,诗歌中有不少诗节是偶数句押韵的,有的则是一韵到底。诗人还运用了排比、复沓等方式,使诗歌在自由中又有某种秩序。

霁 月

郭沫若

(作品见 1920 年 9 月 7 日《时事新报·学灯》)

[诗歌导读]

郭沫若早期的作品并不全是如《女神之再生》《凤凰涅槃》《天狗》《晨安》等作品那样激情四溢、热烈夸张,也有一些风格不同的作品。这首《霁月》就显得相对沉静、舒缓很多,有种静谧之美。

在诗歌中,诗人描写了这样一幅情景:淡淡的幽光笼罩着海上的森林,森林中下着寂寥的新雨;在白杨行道的导引下,沿着沉默的海边徐行;浮动的暗香与"他"亲吻;与明月轻谈,想借件缟素的衣裳;"他"早已没有睡意,希望银色的海能够与"他"唱和。这是一幅人与自然融为一体,和谐相处的画面。我国古代诗歌在描写山水景物时,大多借景抒情,托物言志;而在这首诗中诗人恰当地融入了自然中,认为自己是自然的一分子。诗人的这种人与自然融为一体的思想受到了泛神论思想的影响。郭沫若曾将泛神论思想概括为,泛神便是无神,一切的自然只是神的表现。而且,对郭沫若影响较大的诗人,如歌德、惠特曼、泰戈尔、雪莱等,几乎都认可泛神论思想。在中国古代诗人中,屈原、李白、王维对郭沫若影响较大。王维诗歌中的物我为一的境界,多少与泛神论也有一些相同之处。这首诗中的人与自然的关系可能比较接近泰戈尔的风格,因为泰戈尔写过许多人与自然融合,和谐沟通的诗篇。

诗歌在形式上,总体是自由诗。诗歌共四节,每节四行,行数、字数并不整齐。三、四两节,二、四句押尾韵,后两节的第三句结尾处都带了语气词"哟",使得诗句读起来有种轻盈之感。

汪静之

[诗人简介]

汪静之（1902—1996），原名立安，自静之，安徽省绩溪县人，是胡适的同乡，现代著名诗人。汪静之是"湖畔诗社"的四位创办者之一。

1922年，汪静之与冯雪峰、潘漠华、应修人在西子湖畔，组建了一个小小的诗社，就是"湖畔诗社"。文学史上称这四位诗人为湖畔诗人，曾出版诗集合集《湖畔》《春的歌集》。湖畔诗人在创作新诗时，除了应修人稍微大一点，其他人都是不到二十岁的中学生。他们是真正被五四运动唤起的一代新人；他们在创作新诗时，基本上是在五四运动高潮时期，还没有被五四运动落潮时的苦闷与彷徨影响；他们的诗是没有沾染旧文章习气老老实实的少年白话新诗。湖畔诗社的诗歌主题包括爱情、友情、母爱，还有对底层人民的同情，但写得最好的，影响最大的还是爱情诗。朱自清认为，真正专心致志做情诗的人，是"湖畔"的四个年轻人[①]；这四位诗人的爱情诗是大胆的、真挚的、热烈的、坦率的，但绝不是庸俗和猥琐的；他们是真正觉醒的青年，他们真诚地歌颂爱情，追求自由恋爱。

湖畔诗社在诗歌形式上，真正实现了诗体大解放。大多数诗歌是自由体，不太讲究用韵，但追求"自然的音节"。除少数几篇有古典诗词的痕迹外，湖畔诗人的绝大部分作品都是真正诗体解放的诗歌，这在新诗发展早期是有着积极意义的。湖畔诗人的诗歌在语言上，总体是清新、自然的，甚至带着点天真的。虽然有时候也比较注重炼字炼句，但仍然不失自然、质朴的特点。

汪静之在20世纪20年代曾出版诗集《蕙的风》《寂寞的国》，他的诗以爱情诗居多，而且相较于其他几位，他的爱情诗显得更大胆、更泼辣、更直率，对封建礼教的冲击力也最大，所以在当时影响力相对较大。

伊底眼

汪静之

（作品见《蕙的风》，亚东图书馆1922年版）

[①] 朱自清. 中国新文学大系·诗集（影印本）[M]. 上海：上海文艺出版社，2003：4.

[诗歌导读]

汪静之的情诗一向以大胆、直率出名。这首《伊底眼》写的是热恋中的青年男女的眼神给对方带来的感受，情人的眼睛似乎有着魔力，可以上一秒让你觉得甜蜜得要死，下一秒就让你忧愁得要坠入深渊，情人的一举一动都牵绊着对方的心，幸福与忧愁在顷刻间转化。

整首诗运用生动的比喻来抒发情感。第一节中，诗人将"伊底眼"比喻成"温暖的太阳"，让我冰冷的心立刻变得温暖；第二节中，诗人将"伊底眼"比喻成"解冻的剪刀"，只要"一瞧着我"，我原先的孤独和不安就得到了安慰，我的灵魂也找到了栖息之所，灵魂也就获得了自由；第三节中，诗人又将"伊底眼"比喻成快乐的钥匙，只要"一瞅着我"，我就住进了乐园。前三节都是爱情给人带来的幸福感，但爱情并不是只有一副面孔，接下来就发生变化；第四节中，诗人将"伊底眼"比喻成"忧愁的引火线"，让我"沉溺在愁海里"。诗人描述的这种有关爱情的感觉是真实细腻的，青春的爱情总是在给人带来幸福、快乐和甜蜜的同时，也给人带来忧愁、惆怅和失落。诗歌情感单纯，风格自然清新。

诗歌在形式上是自由诗体，通篇不用韵，但每节相同的句式排比反复，形成了诗歌内在的节奏，读起来有种轻盈的音乐美感。

冯雪峰

[诗人简介]

冯雪峰（1903—1976），原名冯福春，浙江省义乌市人，现代著名诗人、文艺理论家。1922年与汪静之、应修人、潘漠华成立湖畔诗社，曾合出白话诗集《湖畔》《春的歌集》；曾任"左联"（中国左翼作家联盟，简称左联）党团书记，1934年参加长征；历任上海市文联副主席、中国作协副主席、人民文学出版社社长兼总编辑等职位。

冯雪峰的诗歌创作可分为前后两个时期，第一个时期为"湖畔时期"，第二个时期是"上饶集中营时期"。前期诗歌的主题大多是对自由的向往、对爱情的赞颂、对母爱的歌咏等。他的爱情诗风格明朗、清新，大多是农村少男少女的纯真感情；他往往通过描写农村青年的劳动场面来表现爱情，如描写采茶、洗衣等活动。这些爱情诗大多美好、浪漫，没有委屈和眼泪，几乎都是对爱情的赞美。诗人还创作了以"母爱"为主题的诗歌，如《睡歌》《晚歌》等。这一时期的诗歌大多构思新颖，风格清新，给人以耳目一新的感觉。冯雪峰第二阶段的诗歌风格与主题都有较大变化，诗歌主要以向往革命、赞颂革命，向往光明和自由为主题。诗歌收入《真实之歌》《灵山歌》中。

落 花

冯雪峰

（作品见《湖畔》，湖畔诗社1922年版）

[诗歌导读]

冯雪峰的这首《落花》风格清新明丽，既有自然之美，又有人情之美。湖畔诗社的几位年轻人，都是在由衷地歌颂大自然，歌颂纯真的人间之爱。诗题为"落花"，这恰好是自然界最美、最浪漫的景致之一。"落花"也是我国古典诗词中常用的意象，以此为名，更增添了诗歌的韵味。诗人在诗歌中并不仅仅是写落花，而是将落花送给自己最爱的人。

诗歌开头一句"片片的落花，尽随着流水流去"，就是一幅诗意浓郁的画面。接下来诗人对着流水深情地呼喊，"流水呀！你好好地流罢。你流到我家门前时，请给几片我底妈"这样，妈妈戴在头上可以遮盖白头发。诗人对母亲有着很深的感情，从小就很热爱母亲。他曾经在诗歌《睡歌》中表达过对母亲的热爱和对她的同情。此时，诗人刚刚离开家乡，还怀着对母亲的深深思念，所以，首先想到的就是把花送给母亲。紧接着，诗人又想送几片落花给姐姐，好让姐姐把它贴在耳边，可以让她在照镜子时能够开心地笑一下。最后，诗人要送几片花给自己的心上人，而且说，"伊底脸上是时常有泪的"，这就暗示了那个姑娘因为思念而时常落泪。诗人在诗歌中写了三位自己关心的女性，母亲、姐姐和心上人。诗人根据她们不同的年龄、身份和需求，表达了自己的祝愿，合情合理，又不失新意。

诗歌构思新颖，通过流水落花，诗人表达了对自己关注的几位女性的关心和祝福，尤其是委婉地表达了对心上人的思念。诗人写诗时只有十九岁，还是一个身上带有稚气的大男孩，所以诗歌也透露着一股天真、纯真、浪漫之气。

应修人

[诗人简介]

应修人（1900—1933），著名诗人、作家。五四时期开始发表新诗，曾与汪静之、潘漠华、冯雪峰成立"湖畔诗社"，曾出版诗集合集《湖畔》《春的歌集》。

应修人在 1924 年前创作的诗歌总体风格较为单纯和明净，体现了一个年轻人的乐观和对世界的善意。诗人涉世未深，以一个少年的眼光去看待世界，想象着世界，描绘出了梦幻般的图景。在他的笔下，无论是自然界还是社会，都充满着乐观向上的气息。他在所写的诗歌中赞美人生，赞美自然界的生命力。实际上，他在诗歌中描绘的情景，在当时的现实世界是很难找到的，大多数都是诗人主观的想象。应修人的爱情诗非常纯情真挚，如《妹妹你是水》《悔煞》《邻家座上》等都是优秀之作。诗人善于描写爱情中一瞬间的感情，一转念的思绪，非常传神，总给人一种新颖别致之感。诗人的诗歌从 1924 年开始是个转折，现实世界逐渐摧毁了他的幻梦，诗歌的意境逐渐开阔，风格趋于奔放，部分作品还展示了社会斗争的画面。但作为湖畔诗社的诗人，他在 1924 年以前的作品，显然更能体现他的创作风格。

妹妹你是水

应修人

妹妹你是水——
你是清溪里的水。
无愁地镇日流，
率真地长是笑，
自然地引我忘了归路了。

妹妹你是水——
你是温泉里的水。
我底心儿他尽是爱游泳,
我想捞回来,
烫得我手心痛。

妹妹你是水——
你是荷塘里的水。
借荷叶做船儿,
借荷梗做篙儿,
妹妹我要到荷花深处来!

（选自《春的歌集》,湖畔诗社 1923 年版）

[诗歌导读]

应修人的这首《妹妹你是水》很有民歌的语调和形式,与汪静之的《伊底眼》似乎是姊妹篇;它们都是在抒发爱情浓烈时的感受,情人的一颦一笑都会在自己内心引发丰富的感受,情人的各种姿态都是美好的,美好得像水一样。

在诗歌中,诗人将心爱的姑娘比喻成水。水是温柔的,滋润万物的,用水来比喻女性,的确是最合适的。诗歌的第一节中,诗人将姑娘比喻成是清溪里的水。清溪里的水是自然、纯真的,象征着姑娘纯洁活泼、天真快乐,"无愁地镇日流,率真地长是笑"更加突显姑娘天真活泼、无忧无虑的性格;而"我"不知不觉被吸引,忘了归路;实际上也就是爱上了这个姑娘。第二节中,诗人又将姑娘比喻成温泉里的水。温泉里的水,自然是温暖的,"我底的心儿他尽是爱游泳",是说自己沉溺在姑娘的爱情里,不能自拔,想要"捞回自己的心",但却"烫得我手心痛",是说自己爱得太深太热烈了。第三节中,诗人又将姑娘比喻成荷塘里的水。诗人为什么将姑娘比成荷塘里的水呢?应该是想赞美姑娘的纯洁清高的品质,因为由荷塘里的水会很自然地想到纯洁的荷花,纯洁庄重的姑娘是神秘而不好亲近的,而"我"要借着荷花和荷梗,去亲近心爱的姑娘。诗歌的三节在情感上也是层层深入的,从"忘了归路"到"烫得我手心痛",再到"到荷花深处来",是在表明感情一步步加深，从最初的爱上到深爱，再到渴望亲近。诗歌抒发的感情热烈而纯真，极有感染力。

诗歌在形式上是自由体新诗，几乎是没有旧诗词的痕迹，完全是流畅自然的白话口语。但诗歌通过相同的句式反复出现，三节有着大体相似的结构，诗歌也有着内在的韵律。

潘漠华

[诗人简介]

潘漠华（1902—1934），浙江省宣平（今武义）县人，原名训，学名潘训，现代诗人、作家，革命烈士。1920年开始文学创作，1922年与汪静之、应修人、冯雪峰成立"湖畔诗社"，曾出版诗集合集《湖畔》《春的歌集》。1926年，潘漠华加入共产党，后参加革命活动，直至牺牲。

与其他几位诗人的创作风格不同，潘漠华似乎有一种与生俱来的悲苦情绪。潘漠华早年家境贫寒，幼年丧父，家庭遭受一个又一个的悲剧打击，这让他常常用泪眼来看世界。所以，他的诗歌的曲调大多是悲伤凄苦的，比如写亲人的悲苦，漂泊者的孤寂，梦想的破灭，爱情的逝去等。他的情诗似乎也是有些悲和泪的，有的如泣如诉，有的由于环境的险恶，带有一些愤慨和忧伤，也有恋爱中的情感奔涌，但总有一些甜中带苦的感受。朱自清评价他的情诗，写得最是凄苦，不胜掩抑之致。[①]

月　光

潘漠华

月光洒满了山野，
我在树荫下的草地上，
踯躅，徘徊，延伫；
我数数往还于伊底来路，
想着飞蓬的发儿，

[①] 朱自清. 中国新文学大系·诗集（影印本）[M]. 上海：上海文艺出版社，2003：4.

将要披在伊底额上看见了。

我心儿慌急,
夜风吹开我衣裳。
月儿光光了,
这使我失望了,
伊被荆棘挂住伊底衣了。

我垂着头儿,
噙着泪珠,
双手褰着裳儿,
踏过茂草,
将月光也踏碎了。

我跑到溪边,
睁大我底眼眶,
尽情落下我底眼泪,
给伊们随水流去;
明天流经伊底门前时,
值伊在那儿浣衣,
伊于是可以看见,
我底泪可以滴上伊底心了。

(选自《春的歌集》,湖畔诗社1923年版)

[诗歌导读]

  湖畔诗社的情诗以直率、大胆、热烈出名,但不同诗人的情诗风格也是不一样的。应修人前期的情诗就较为单纯明净,充满乐观的基调。汪静之的情诗也是大胆、热烈、甜蜜的,但潘漠华的情诗则显得有些内敛、悲伤。这首《月光》正是这种风格。

诗歌描写了一个处于热恋状态的男子在焦急地等待着他心爱的姑娘，不知道是什么原因，他久等不来，从一开始的焦急等待，到失望，再到含泪而归。诗人将等待的心理刻画得极为细腻，先是在月下踟蹰、徘徊、延伫，因为着急还"数数往还于伊的来路"，想象着她飞奔而来，头发覆在额上的情景。久等不来，就开始慌急了，慢慢失望了，推测她大概被"荆棘"挂住了衣衫。这里的"荆棘"可能是暗示姑娘家庭的阻挠。他终于意识到她不会来了，痛苦地流下了眼泪，他于是跑到溪边，眼泪落进溪水，希望眼泪随着溪水流到姑娘门前，这样她洗衣时就可以看见，也算是流到她心上了。最后的一节完全是主观的臆想，虽然不可能实现，但这种想法是很奇妙的，可见男子是多么的痴情！诗歌不仅在心理刻画上非常细腻有层次，而且能够通过景物描写烘托气氛。诗人笔下的月光、山野、草地、小溪营造了一定的氛围，更加衬托出男子内心的焦灼与忧愁。五四时期，青年男女追求自由恋爱，但现实往往还是存在阻力的。所以，这首情诗在风格上是感伤的。

诗歌的语言虽然是白话的，但却很有诗意，如"月光洒满了山野""夜风吹开我衣裳""将月光也踏碎了"等句子，实际上都是一些妙笔。诗歌在形式上较为自由，不讲究行数、字数的整齐。全诗共四节，前三节有结构上的相似，也让诗歌有种内在的节奏感。

冰　心

[诗人简介]

冰心（1900—1999），原名谢婉莹，福建省福州市长乐区人，中国现代诗人、散文家、翻译家、儿童文学作家、社会活动家，出版诗集《繁星》《春水》《冰心诗集》等。

冰心是五四运动中影响力最大的女作家。冰心在新诗上的创作成就主要是小诗。冰心受到印度诗人泰戈尔影响，被他的哲学思想和清澈、凄美的文采感染，开始创作小诗。她的诗集《繁星》和《春水》中的作品反映了其全部的人生哲学，诗歌的内容几乎都是"刹那间的感受"和"稍纵即逝的意念"，诗歌主题有关于哲理思考的，也有歌颂母爱、童心、自然美的。在表现手法上主要是寓理，也有抒情和白描。冰心的这种诗歌体式形成了中国现代诗歌史上的"冰心体"。小诗形式短小，几乎全是独节无韵诗，大多三五行，也有十几行的，不讲究平仄、格律、押韵，依靠自然音节获得节奏感和音乐美。

《繁星》（五二）

冰 心

（作品见《繁星》，商务印书馆 1930 年版）

[诗歌导读]

《繁星》总共 164 首，主要发表于《晨报》副刊《诗镌》上，在青年诗歌爱好者中引起过强烈反响。冰心自述，在创作《繁星》时，受到印度诗人泰戈尔的《飞鸟集》的影响，通过类似小诗一类的东西来收集自己零碎的思想。所以，冰心的很多的诗歌都是在表现刹那间的感受。这首《繁星》（五二）就是诗人乘车外出时，看到道路旁的花儿和石子，产生的感慨。

诗人可能正乘坐在一列火车上，偶然发现轨道旁的小花和石子，可能只有很短暂的时间。如果是普通人遇见，或许并没有太多的感想，又或者是感到意外的欣喜。但是诗人却总是在平凡中发现不平凡，写出了不一样的感想。诗人感慨："我和你是无限之生中的偶遇，也是无限之生中的永别。"诗人偶遇小花和石子，这当然令人欣喜，但同时又意识到，很快就要永别，带上了伤感的色彩。相遇便永别，即使有机会再来，也无法辨别了。这种感觉道尽了人生中聚散离合的无奈与感伤。短暂的人生中，不管是与物的缘分，还是与人的缘分，都不是主观能决定的，只能随缘。"偶遇"和"永别"在人的一生中不断上演着，感伤又能怎样？这首诗写出了这种感觉，很容易在读者中引起共鸣。不能不说，女作家的心思相对来说较为细腻，能够以独特的视角从平常事物中悟出哲理。

《春水》（五）

冰 心

（作品见《春水》，新潮社 1923 年版）

[诗歌导读]

《春水》(五)这首诗体现了冰心所思考的青年人的人生道路问题,青年人究竟应该选择怎样的道路呢?是选择平坦的道路,还是曲折的道路,哪一条路更加幸福快乐呢?诗人借小河的经历来说明这一问题。

诗歌的第一节中说,这是一条平原上的小河,它"平平荡荡的流将下去,只经过平沙万里",虽然非常自由,但非常沉寂,也没有觉得快乐。太平静的河流实际上太死气沉沉了,并不快乐。第二节中说,这是一条穿越高山深谷的小河,它"曲曲折折的流将下去",一路经历了多少艰难险阻,不知道克服了多少困难,一刻也不能喘息。这样的小河,它根本无暇去体会休闲的快乐,所以,它也是不快乐的。

诗歌在最后一节,通过小河的体验,诗人悟出了困惑已久的问题。那么,究竟怎样才能快乐呢?生活的道路太平静了,太平坦了,生活如一潭死水,就会无聊,也不会有快乐。生活的道路上磨难太多,处处是艰辛,当然也不会有快乐。最好的道路应该是"平荡而曲折"的。生活应该是富于变化的,既有平静又有曲折,既有顺境,又有逆境,人才能有更多的经历和体验。这首诗是诗人对不同人生道路的一种理解,体现出诗人的一种哲学感悟。

冯 至

[诗人简介]

冯至(1905—1993),原名冯承植,河北省涿州市人,著名文学家、诗人、翻译家、教育家,中国科学院学部委员,瑞典皇家科学院外籍院士。其主要作品有诗集《昨日之歌》《十四行集》等,散文集《山水》《东欧杂记》等;小说《蝉与晚秋》《仲尼之将丧》《伍子胥》等;传记《杜甫传》;译著《海涅诗选》《德国,一个冬天的童话》等。

冯至的第一本诗集《昨日之歌》,上卷是抒情短曲,下卷是四首叙事长诗。仅凭《昨日之歌》,冯至就已经奠定了诗人在现代诗歌史上的地位。冯至被鲁迅称为中国最为杰出的抒情诗人[①]。冯至是浅草社、沉钟社的成员，他自称是在郭沫若《女神》的影响下开始的抒情诗创作的，但他的诗歌显然有自己的风格。不同于《女神》的情感宣泄、形象繁复，冯至诗歌最大的特点就是艺术的节制，他的诗带有一种"沉思"的调子，有哲理化的倾向。诗歌在形式上采用半格律体，诗行大致整齐，追求一种有节制的美。冯至的诗在情调上感伤苦闷，诗歌的节奏舒缓，音韵柔美，形成了一种幽婉的风格。冯至的诗不仅在当时影响颇大，给诗坛提供了独特的诗美，就是在今天，这些诗歌同样有较强的影响力。

我是一条小河

冯 至

（作品见《昨日之歌》，北新书局1927年版）

[诗歌导读]

这是一首凄美的爱情诗，展示了一个青年的内心世界，描绘了一段美好情感最终"幻散"的过程。每个人都会有这种经历，不期而遇，惊鸿一瞥，刻骨铭心，最终烟消云散。诗人将"我"比喻成一条小河，因为小河是流动的、变化的，而且是单向流动的。人生不也是如此吗？不断地向前流动和变化，那些偶遇的情愫，大多都随风飘散了。这首诗或许可以唤起人们类似的回忆，产生深刻的共鸣。

诗歌为我们讲述了一段完整的，而且是情感不断深入的情感经历。在第一节中，"我"是一条小河，偶遇一位彩霞般明艳的姑娘，姑娘身影倒映在小河的柔波里，"我"心意萌动，产生了爱情，两个"无心"也说明这场爱情的不期而至；然而，这不期而至的爱情，总是令人难忘。在第二节中，"我"无论流向哪里，总忘不掉那个美丽的身影，总会不自觉地把"我和你"联系起来；流过森林，就想用翠绿的叶子裁剪成你的裙裳；流过花丛，就想用那凄艳的花编织成你的花冠。恋爱中的人总是这样吧！满心满眼都是对方的身影。然而，好景不长，"我"流入了无情的大海里，美好的梦破碎了，"我"不知道漂流到何处去了，但那彩霞般的影儿也幻散了。人世是无常的，大多时候也是无奈的，爱情也是随缘的，有太多的情感是没有结果的。诗歌笼罩着一种感伤和哀愁的气息。

---

① 鲁迅. 鲁迅全集：第6卷[M]. 北京：人民文学出版社，2005：251.

诗歌的节奏舒缓，有种独特的情调。诗人擅长用语言色彩来烘托意境，第一节中的两个"无心"，一方面说明情感降临的不期而至，另一方面说明情感的自然、和谐和真挚。二、三节中的"荡荡地""粼粼地"都是在烘托"我"对姑娘的深情。诗歌中看似自然的语言，却是由诗人不经意营造的，有别样的韵味。诗歌在形式上，显示出自由而又规律的特点。韵律也较为自由，有的诗节押韵，有的则完全不押韵。结构大体规整，但较为自由，如二、三节结构相似，其他并不刻意追求一致。

蚕 马

冯 至

（作品见《昨日之歌》，北新书局1927年版）

[诗歌导读]

中国传统诗歌长于抒情，短于叙事。五四运动以来，新诗在探索中前行，但尝试做叙事类新诗的诗人很少，而冯至的这几首叙事诗"堪称独步"，将现代叙事诗提高到了新的高度。冯至在20世纪20年代创作的这几首叙事诗都取材于民间故事或神话传说，而且都是凄婉的爱情故事。

这首《蚕马》取材于《搜神记》中一则具有神话色彩的故事。诗人在附注中已有介绍，大体上就是一匹马因为人的不守信用，最终报复于人的故事。据说，这还是一个与我国古代养蚕业、种桑树有关的传说故事。原文读起来有些恐怖意味，并没有什么爱情的成分，但冯至对它进行创造性的改编之后，它就成了一个充满传奇色彩的浪漫动人的爱情故事。诗歌中，马似乎变成了英俊的青年，他热烈执着地追求自己心爱的姑娘，愿意为她付出一切。

作为一首叙事长诗，它自然有自己的情节。而且，这首诗的复杂之处在于，它有着双重视角，有着内外两条线索，一个是现实中的故事，诗歌每部分的第一节就是现代故事；另一个是传说中"女化蚕"的故事。这个现代视角的故事，实际上是主人公"我"追求一个姑娘的故事，青年对姑娘的痴情是通过在姑娘的窗前唱出来的，青年从"蚕儿正在初眠"唱到"蚕儿正在三眠"，一直到"蚕儿正在织茧"，他的心绪也在不断变化，从心里"燃起火焰"，到"燃烧着火焰"，最后"还燃着余焰"。姑娘始终没有打开窗户,这也就暗示了这段爱情的结局了,而且这个故事与"女化蚕"的故事在诗歌的最后一节融合在一起,互相阐释。"女化蚕"的故事更令人唏嘘,马儿痴恋少女,为姑娘奉献自己的一切;白马驯良地帮助姑娘耕地,又帮姑娘寻回父亲,他跪在姑娘窗前不愿离去;白马最终被杀,在一个电闪雷鸣之夜,用马皮裹住姑娘,化成蚕茧,实现了"生生世世保护你"的诺言。其实由于"人与马"的隔阂,白马和姑娘是不可能在一起的。

这两个故事在内在取得了某种联系。诗人对神话进行了创造性改编,神话中那匹马似乎是一个地位低下的青年,诗歌中马的形象经常与青年的形象重合。尽管白马那么痴情于少女,但终究因为"门第"之别,封建家长的阻挠,只能以悲剧形式结束;而这个现代视角的故事,青年直到"琴弦已断",最终也没有等到姑娘打开窗户。这其中的原因,是否也是门第之别呢。从这种意义上来看,这两个故事的确具有某种一致性。在诗歌的最后一节,故事达到高潮,改编后的神话阐释了这个没有结局的现代故事。诗人写出了五四时期广大青年对婚姻恋爱自由的愿望和追求,也反映了现实世界存在的难以解决的问题。

诗歌有种别样的情调,笼罩着一种中古时期的神秘氛围。这首诗用自然景物渲染气氛,烘托人物心情,推动情节发展,如溪边的红花、天边的红霞、温暖的柳絮、彩色的蝴蝶等都是富有感情色彩和象征意义的景物。从形式上来看,诗歌的体式既自由又工整。全诗分为三章,每章五节,除最后一节,每节八行。有些诗节押韵,但并不严格。诗歌还多用排比、反复等手法,回环往复,增强了诗歌的抒情氛围。

第三章 前期新月派诗歌

[诗派简介]

新月社成立于 1924 年，新月派随之出现，两者随着 1933 年《新月》月刊的停刊而宣告解散。新月社以 1927 年为界分为前期新月社和后期新月社，但前期成员并不全是诗人，真正作为一个诗人群体出现，要从 1926 年《晨报》副刊《诗镌》的创刊开始。本书讨论的主要是前期新月社诗人及诗歌，包括以《晨报》的副刊《诗镌》为基本阵地的诗人群及他们的作品。前期新月派（后简称新月派）的主要诗人有闻一多、徐志摩、朱湘、饶孟侃、刘梦苇、于赓虞等，他们大多有留学欧美的经历。

新月派诗歌最大的贡献就是提出"理智节制情感""新诗格律化"等主张，为新诗的规范化发展做出了努力。现代新诗经过初期白话诗的尝试性创作时期，又经历了自由体新诗的开拓性发展阶段，在取得巨大成就的同时，也面临着一些需要解决的问题。初期白话诗突破旧体诗词的限制，利用白话文写诗，虽然出现了一些优秀的作品，但不少白话诗还是过于平淡直白，缺少诗味。郭沫若的《女神》存在情感不够节制的缺陷，在诗歌的形式和内容方面也没有确定的形式。总之，新诗在发展道路上迫切需要确立新的艺术形式和美学规则。新月派诗歌的出现，恰好适应了这一历史要求。

实际上，新月派诗人致力于让新诗成为美的艺术，使诗的内容及形式双方表现出美的力量，成为一种完美的艺术。

在诗歌的内容方面，新月派提出"理智节制情感"的美学原则。新月派诗人对部分新诗创作的情感泛滥，直抒胸臆的抒情方式不太赞同，他们主张将情感客观化，将情感融入客观景物，他们认为诗歌的情感表达应该趋向于含蓄，注重形象性。在诗歌的形式方面，新月派诗人重视新格律诗的创作，他们努力地探索"新格式与新音节"。闻一多是新格律诗的积极倡导者，他在《诗的格律》一文中指出，这样看来，恐怕越有魄力的作家，越是要戴着镣铐跳舞才跳得痛快，跳得好。只有不会跳舞的才怪脚镣碍事。只有不会作诗的才感觉得到格律的束缚。对于不会作诗的，格律是表现的障碍物；对于一个作家，格律便成了表现的利器，闻一多提出的诗歌创作的"三美"主张，即音乐美、绘画美、建筑美，可以作为新月派诗歌创作的基本理论。

闻一多

[诗人简介]

闻一多（1899—1946），原名闻家骅，字友三，湖北省浠水县人，中国现代著名诗人、学者、民盟成员、民主斗士。曾先后在武汉大学、青岛大学、清华大学和西南联合大学任职，新月社重要诗人，是前期新月派的代表诗人，曾出版诗集《红烛》《死水》。闻一多在新诗发展史上，居于重要地位，他是最优秀的爱国诗人之一，同时在新理论上也有重要贡献。他在新诗的形式方面，尤其是格律诗的发展上，提出了许多有价值的看法。

闻一多的诗歌中，最具特色的是那些爱国诗。闻一多受传统文化的影响很深，具有极强的爱国情感和民族意识，尤其当他留学美国时，他深刻地感受到两种文化的冲突。于是，他写下了多篇爱国主义诗歌，以表达自己内心的复杂感受，倾诉对祖国的思念和忧虑，他的诗歌《太阳吟》《忆菊》等就是这类诗歌的代表作。而回到祖国后，他发现祖国满目疮痍，内心无比的愤懑，写出了《发现》等诗歌，写尽了一个爱国知识分子内心的矛盾和痛苦。闻一多还有一些爱情题材的诗歌也十分有名，其实不管是哪一种题材的诗歌，他的诗总是情感充沛、热情似火。虽然诗人内心是如此的激烈热情，但诗人总是自觉追求情感的克制。闻一多和郭沫若一样，都有着火一样的激情和无边的想象力，但闻一多的诗在表达感情时，显然更加注重情感的节制和诗歌的规范。闻一多的诗歌在形式上自觉实践"新格律诗体"，诗集《红烛》中的诗还不全是格律体，《死水》中的诗歌几乎全是新格律诗，真正实现了"节的匀称"和"句的均齐"。

闻一多的新诗理论对中国新诗的发展贡献很大，他在《晨报》副刊《诗镌》上发表的《诗的格律》一文，系统表达了有关新格律诗的观点，是他早期建设新诗理论的总结。闻一多就新诗格律的建设问题，提出了一些独到的见解。他认为诗的格律表现在两个方面：听觉方面和视觉方面。听觉方面，他强调格式、音尺、平仄、韵脚等；视觉方面，诗的格律表现是"节的匀称"和"句的均齐"。他提出的"三美"主张大体反映了这些观点。闻一多在自己的诗歌创作中也实践了这些主张。

忆 菊

闻一多

（重阳前一日作）
插在长颈的虾青瓷的瓶里，
六方的水晶瓶里的菊花，
攒在紫藤仙姑篮里的菊花；
守着酒壶的菊花，
陪着螯盏的菊花；
未放，将放，半放，盛放的菊花。

镶着金边的绛色的鸡爪菊；
粉红色的碎瓣的绣球菊！
懒慵慵的江西腊哟；
倒挂着一饼蜂窠似的黄心，
仿佛是朵紫的向日葵呢。
长瓣抱心，密瓣平顶的菊花；
柔艳的尖瓣攒蕊的白菊，
如同美人底蜷着的手爪，
拳心里攫着一撮儿金粟。

檐前，阶下，篱畔，圃心底菊花：

霭霭的淡烟笼着的菊花,
丝丝的疏雨洗着的菊花——
金底黄，玉底白，春酿底绿，秋山底紫……

剪秋萝似的小红菊花儿；
从鹅绒到古铜色的黄菊；
带紫茎的微绿色的真菊，
是些小小的玉管儿缀成的，
为的是好让小花神儿，
夜里偷去当了笙儿吹着。

大似牡丹的菊王到底奢豪些，
他的枣红色的瓣儿，铠甲似的，
张张都装上银白的里子了；
星星似的小菊花蕾儿
还拥着褐色的萼被睡着觉呢。

啊！自然美底总收成啊！
我们祖国之秋底杰作啊！
啊！东方底花，骚人逸士底花啊！
那东方底诗魂陶元亮，
不是你的灵魂底化身罢？
那祖国底登高饮酒的重九，
不又是你诞生底吉辰吗？

你不像这里的热欲的蔷薇，
那微贱的紫萝兰更比不上你。
你是有历史，有风俗的花。
啊！四千年的华胄底名花呀！

你有高超的历史，你有逸雅的风俗！

啊！诗人底花呀！我想起你，
我的心也开成顷刻之花，
灿烂的如同你的一样；
我想起你同我的家乡，
我们的庄严灿烂的祖国，
我的希望之花又开得同你一样。

习习的秋风啊！吹着，吹着！
我要赞美我祖国底花！
我要赞美我如花的祖国！
请将我的字吹成一簇鲜花，
金底黄，玉底白，春酿底绿，秋山底紫……
然后又统统吹散，吹得落英缤纷，
弥漫了高天，铺遍了大地！

秋风啊！习习的秋风啊！
我要赞美我祖国底花！
我要赞美我如花的祖国！

（选自《红烛》，泰东书局1923年版）

[诗歌导读]

《忆菊》是闻一多爱国诗歌中的名篇，以菊花为载体，抒发了其对祖国的赞美和思念之情。诗歌创作于重阳节的前一天，诗人当时身处异邦，每逢佳节倍思亲，诗人倍加思念自己的祖国。中国的重阳节有赏菊花的习俗，于是诗人由赏菊联想到去赞美祖国的各种菊花的美，最后来赞美如花的祖国。

梅兰竹菊在中国传统文化中是君子品格的象征。菊花具有品质高洁、清丽淡雅、傲霜斗雪等特点，历来被文人赞颂和喜爱。诗人以菊花为意象来寄托自己的思念祖国之情，再加上菊花在中国的意义，又恰逢重阳节，真是再巧妙不过的构思了。诗人先是描写了菊花的千姿百态之美。在诗歌的第一节中，诗人描写了插在各种器具里的未开、半开、盛开的菊花。中国人有将菊花插在器具里，摆在桌子上装饰的习惯。它们被插在"虾青瓷的瓶子里""六方的水晶瓶里"，还有放在篮子里的菊花，有的守着酒壶，有的陪着杯盏。总之，菊花是那么受人喜爱。诗歌的第二、三、四、五节，诗人描写了花园里各种菊花的形态，先是介绍了各种品种的菊花，什么"鸡爪菊""绣球菊""江西腊""黄心"等。生长在各种地方的菊花、不同环境中的菊花，不管是淡烟笼罩，还是细雨洗着的各种颜色的菊花，都给人以美的享受。诗人此时充分发挥了一个画家的专长，描绘了一幅姹紫嫣红的菊花图。接下来诗人又描绘了菊花王国里那些小菊花和大似牡丹的菊王，它们各具姿态，争奇斗艳。

诗人在描绘了一幅幅菊花图之后，开始产生联想，引出了一系列思考和感慨。从第六节到最后，诗人借菊花来抒发自己对祖国的深厚情感。菊花被认为是祖国秋天的杰作，是东方之花，多少文人骚客赞美菊花，如陶渊明的"采菊东篱下，悠然见南山"的悠闲与超脱已成为多少后人的理想生存状态。菊花是有着悠久历史和东方神韵的花，是祖国的花。由赞美祖国的花到赞美如花的美国，就是自然而然的了。诗歌的主题精神在诗的结尾得到了升华，表达了诗人对祖国的眷恋和思念之情。

这首诗的创作时间较早，当时还没有提出诗歌的"三美"主张。但从诗歌的形式来看，还是在一定程度上体现了诗歌的"三美"，尽管这种体现没有后期诗歌那么严格。诗歌的创作特别有画面感，色彩极为丰富。各种颜色的菊花，体现了一种绘画美。在音乐美方面，诗歌虽没有那么严谨，但也体现了诗人的用心，如相同句式的复沓，诗节里自由的韵脚，各种感叹词的运用，也都增添了诗歌的音乐美感。这首诗整体上带有五四时期自由诗的特点，但已经体现了诗人在诗歌形式探索上的意识。

死 水

闻一多

这是一沟绝望的死水，

清风吹不起半点漪沦。
不如多扔些破铜烂铁,
爽性泼你的剩菜残羹。

也许铜的要绿成翡翠,
铁罐上绣出几瓣桃花;
再让油腻织一层罗绮,
霉菌给他蒸出些云霞。

让死水酵成一沟绿酒,
漂满了珍珠似的白沫;
小珠笑一声变成大珠,
又被偷酒的花蚊咬破。

那么一沟绝望的死水,
也就夸得上几分鲜明。
如果青蛙耐不住寂寞,
又算死水叫出了歌声。

这是一沟绝望的死水,
这里断不是美的所在,
不如让给丑恶来开垦,
看他造出个什么世界。

(选自《死水》,新月书店 1928 年版)

[诗歌导读]

《死水》是闻一多诗歌中的杰作,也是他实践"新格律诗理论"的典范之作。诗人留学海外时,靠着自己的想象和理想,觉得自己的祖国很美,日夜思念着祖国,以致忘了现实中国的黑暗,写出一系列,如《太阳吟》《忆菊》《一个观念》等热情洋溢的爱国主义诗篇。可当诗人回国以后,看到满目疮痍的现实世界,美好的梦破碎了,随之便是愤恨、不甘等情绪。据闻一多的友人饶孟侃说,《死水》一诗,是诗人见到一个臭水沟有感而创作的。诗人对军阀统治下旧中国的黑暗和腐败深恶痛绝,眼下的臭水沟激发了诗人的创作灵感,形成了这首诗的意境。

全诗使用隐喻、象征的手法,来喻指那个浊臭不堪、完全丧失生命力的社会环境。诗歌的第一节就直接展示了一个令人绝望的死水环境。面对一沟绝望的死水,诗人觉得它已经无法被挽救、改造,于是干脆"扔些破铜烂铁",泼些"剩菜残羹",以加速它的灭亡。接下来,诗歌进一步描述了"死水"将会变成什么样子。诗歌二、三节描写的是死水的外形和色彩。诗人在本来已经令人厌恶的死水画面中,又增加了更加令人厌恶的东西。诗人故意用"翡翠""桃花""罗绮""云霞"等看似鲜艳美好的东西来讽刺死水里的腐败。接下来,诗歌还表现了"死水"里的声音,死水里居然还有笑声,"小珠笑一声变成大珠",甚至还有歌声,"如果青蛙耐不住寂寞,又算死水叫出了歌声"。这些声音更加反衬出"死水"的沉寂,使其显得更"死",这也是诗人愤激之情达到顶点的表达。诗歌的最后一段则进一步强调了诗人对死水的绝望。尽管死水里有颜色鲜艳的"翡翠""桃花"等,但那只是假象,那里"断不是美的所在"。诗人最后寄希望于让丑恶继续开垦,让腐败更加腐败,在绝望里才有希望。这也是对诗歌前面的照应。

《死水》是新诗史上杰作,这不仅体现在诗歌内容上具有强烈的批判精神,还体现在诗歌形式上的精心构制。《死水》的结构严密齐整,是新格律诗的代表作。诗歌的外形非常齐整,全诗共五节,每节四句,每句九字,完美地体现了"三美"的主张。诗歌的韵律也十分讲究,每节一韵,双行押韵,诗歌的每一行都是由三个"二字尺"和一个"三字尺"构成的,每句四顿。诗歌显然具有内在的韵律和节奏,读起来有种音乐的美感。此外,诗歌在绘画美的表现上也格外突出,用词丰富,尽管是写丑恶,但也是用了鲜艳明亮的辞藻,这反而增加了讽刺和批判的力量。总之,《死水》是诗人实践"三美"主张的成功之作和代表作。

徐志摩

[诗人简介]

徐志摩（1897—1931），原名徐章垿，字槱森，浙江海宁硖石人，1918年赴美留学时，改名为志摩。中国现代诗人、作家、散文家、新月派诗人。留学回国以后，历任北京大学、南京大学教授，并在北京、上海发表新诗。1926年，任《晨报》副刊《诗镌》的主编，曾著有诗集《志摩的诗》《翡冷翠的一夜》《猛虎集》《云游》，散文集《落叶》《巴黎的鳞爪》《自剖》等，日记《爱眉小札》等。

徐志摩是新月派诗歌代表诗人。如果说，闻一多是新月派的主帅，那么，徐志摩就应该是一位主将。徐志摩的诗歌创作活动贯穿了前后新月诗派，为现代新诗的倡导与发展做出了重要贡献。徐志摩诗歌的思想内涵与他个人思想一致，非常驳杂，而且不成系统。徐志摩是一位民主主义者，向往资产阶级民主政治，重视人的价值，主张人的心灵自由，追求爱、追求美、信仰资产阶级自由；但同时，由于这些理想难以实现，他又觉得十分矛盾和苦闷，这些思想都反映在他的诗歌作品中。徐志摩诗歌的内容都较为丰富，但最能显示徐志摩诗歌艺术特点和风格特色的诗歌，是一些抒发个人情怀，有真切的生活感受，歌颂爱、歌颂美、歌颂自由的抒情诗歌，这些诗歌反映了徐志摩的个性追求和人生信仰。其中，自由的心灵是他生命和创作的核心支撑。最终决定他诗歌艺术的，也就是他这种无拘无束的自由天性。徐志摩的这种自由的天性和潇洒灵动的诗风在他的爱情诗中得到了最完美的体现。在徐志摩的全部诗作中，爱情诗占有很大的比重，也是他全部诗作中，最有特色、最有价值的诗歌。

徐志摩的诗歌艺术性较高，他非常重视诗歌的形式感，而且越是到后来，越是在形式上用力，形成了鲜明的创作特色。他的诗大多情感真挚充沛、风格欧化、构思精巧、意象新颖，流动着内在的韵律和节奏；他的诗既实践了闻一多的"三美"主张，又勇于创造并运用多种诗歌形体。徐志摩的诗歌以其独特的抒情风格赢得了广大读者的长久喜爱。

雪花的快乐

徐志摩

假如我是一朵雪花，
翩翩的在半空里潇洒，
我一定认清我的方向——
飞扬，飞扬，飞扬，
这地面上有我的方向。

不去那冷寞的幽谷，
不去那凄清的山麓，
也不上荒街去惆怅——
飞扬，飞扬，飞扬，
你看，我有我的方向！

在半空里娟娟地飞舞，
认明了那清幽的住处，
等着她来花园里探望——
飞扬，飞扬，飞扬，
啊，她身上有朱砂梅的清香！

那时我凭借我的身轻，
盈盈的，沾住了她的衣襟，
贴近她柔波似的心胸——
消溶，消溶，消溶，
溶入了她柔波似的心胸！

（选自《志摩的诗》，新月书店 1928 年版）

[诗歌导读]

徐志摩的抒情诗具有潇洒灵动的诗风，这首《雪花的快乐》应该是最生动的体现。诗歌中，诗人以雪花自比，借雪花反映了自己潇洒灵动的个性，诗歌中的主人公雪花就是诗人自己。全诗借一朵雪花的言语、行动，抒发了诗人对心中美好事物勇敢、执着的追求精神。

全诗以一种假设的口吻开始，"假如"一词奠定了全诗柔美、缠绵的基调，又在热烈、执着、潇洒欢快中浸入了忧伤的情感。自主、执着的雪花象征着诗人对自由、爱和美的歌颂和追求。雪花是潇洒飘逸的，洋洋洒洒从半空飘落，但是，诗人自比的这朵雪花，它的飘落是有自己的方向的，它不愿去"冷寞的幽谷"，不愿去"凄清的山麓"，也不愿"上荒街去惆怅"，因为地面上有它的方向，它要"消溶"在"散发着朱砂梅的清香"的心胸里。这朵带着诗人灵魂的雪花，它超凡脱俗，轻盈飘逸，它有着自己明确的方向。而那个散发着朱砂梅清香的姑娘象征着什么？她应该是一切美好事物的化身，是诗人心中的美好理想，是诗人的灵魂栖息地。诗中那朵雪花在追求自己理想的过程中，是那么欢喜和快乐。但是，全诗终究是建立在"假如"这一虚拟词语上，所以，这首诗一方面因为脱离现实而变得轻盈，另一方面，情境的假设使这种追求和幻想显得有一丝丝忧伤。

这首诗在形式上堪称完美，结构相同，内容略有不同，在时间、空间上有延续，使雪花有自上而下、回旋飞扬的状态。全诗共四节，每一节的形式是一样的，整齐和不整齐是搭配的。每节都是五行，每行基本都是三顿，而且每节的倒数第二行都是重复同一个词，重复三次。而前三次重复的都是飞扬，到第四节忽然变了，变成消溶。这不是随便改变的，是因为内容变了，雪花已经落到姑娘身上了，不能再飞扬了。每一节押的韵也不一样，而且诗人很用心，潇洒的时候用的是花韵，飞扬的时候用的是比较明亮的"ang"韵，最后落到姑娘身上变成消融，变成鼻音结尾。不断变化的韵脚，也使得诗歌有种回环往复的音乐美感。徐志摩一直非常重视诗歌的形式技巧，努力为新诗创建新格律，甚至是借鉴传统诗词中某些形式技巧，这首诗应该是一个成功的范例。

半夜深巷琵琶

徐志摩

又被它从睡梦中惊醒，深夜里的琵琶！
是谁的悲思，

第三章　前期新月派诗歌

是谁的手指，

像一阵凄风，像一阵惨雨，像一阵落花，

在这夜深深时，

在这睡昏昏时，

挑动着紧促的弦索，乱弹着宫商角徵，

和着这深夜，荒街，

柳梢头有残月挂，

啊，半轮的残月，像是破碎的希望他，

他头戴一顶开花帽，

身上带着铁链条，

在光阴的道上疯了似的跳，疯了似的笑，

完了，他说，吹糊你的灯，

她在坟墓的那一边等，

等你去亲吻，等你去亲吻，等你去亲吻！

（选自《晨报》副刊《诗镌》1926年5月20日）

[诗歌导读]

　　这首《半夜深巷琵琶》在内容和形式上都较为别致新颖，诗风凄迷、冷艳、诡异，诗意含蓄朦胧，颇有一些现代诗的风格。全诗主要在抒写深夜的琵琶声引起的复杂感受和联想。诗歌的一开头就十分精彩，一下子将读者吸引进诗歌意境中，有种先声夺人的感觉。诗人在深夜里被琵琶声惊醒，不免有一番联想。琵琶声哀怨感伤，"像一阵凄风，像一阵冷雨，像一阵落花"。究竟是什么人，在这"夜深深""睡昏昏"时，拨动着琴弦。残月斜照，深夜里的琵琶声飘荡在荒街里。这是一个什么样的氛围啊！诗人开始了感叹。

　　诗歌从第四节开始，内容变得晦涩。诗人开始发挥想象，由残月想到了"他"，还有一个"她"，他们分别是什么？从表面上来看，似乎是男女恋人，但实际上诗人另有所指。他是"破碎的希望"的象征，他"头戴一顶开花帽，身上带着铁链条"。他在光阴的道上疯了似的跳，疯了似的笑。诗人描述的这种感觉，实际上就是人们在人生道路中，怀揣着希望不断奋斗、不断前进的感觉，是希望不断被打碎,又不得不奋起继续战斗的艰难过程。那么,这个"她"又象征着什么?她应该象征着人终其一生想要追求的安逸、静谧,而这个东西在人生的这一边是没有的,她只能是在坟墓的那一边等你。诗歌所表达的想法虽然比较晦涩难懂,但通过仔细阅读,还是能体会诗人所要表达的复杂感受。诗人其实就是想表达人生的一种两难状态,或者说是一种哲理,即人生就是追求和幻灭交织的过程,直到死去,人才能获得安宁。

诗歌在艺术形式上也很有特点。从诗歌的外形上来看,全诗似乎没有分节,但是长短句夹杂在一起,整齐中又有变化,显得新颖别致。诗歌的押韵并不严格,但相同句式的重复,如"是谁的悲思,是谁的手指",还有最后一句,三个"等你去亲吻",也使得诗歌有音乐上的美感。

我不知道风是在哪一个方向吹

徐志摩

我不知道风
是在哪一个方向吹——
我是在梦中,
在梦的轻波里依洄。

我不知道风
是在哪一个方向吹——
我是在梦中,
她的温存,我的迷醉。

我不知道风
是在哪一个方向吹——
我是在梦中,
甜美是梦里的光辉。

我不知道风

是在哪一个方向吹——
我是在梦中,
她的负心,我的伤悲。

我不知道风
是在哪一个方向吹——
我是在梦中,
在梦的悲哀里心碎!

我不知道风
是在哪一个方向吹——
我是在梦中,
黯淡是梦里的光辉。

(选自《猛虎集》,上海新月书店1931年版)

[诗歌导读]

  这是一首流传久远的诗歌,曾经被谱曲为电视剧《人间四月天》的主题曲。诗歌大概创作于1927年以后,这时期恰好是诗人思想的转折点,对应着诗歌风格的转变。徐志摩诗歌创作前期是理想浪漫期,诗歌大多是写理想追求和爱情思绪的;后期是诗人的迷茫沉落期,诗歌内容大多是感伤苍白的。这首诗从内容上来说非常单薄,只是表达了某种情绪,的确,如果仅从表面来看,这首诗似乎没有什么具体的内容,但深究下来,其中却蕴藏着巨大的情感内涵。

  诗歌有两句反复吟唱的主旋律,就是"我不知道风是在哪一个方向吹——"诗歌的每一节开头都是同样的这句话,这既是主旋律,也是基调,它暗示了诗人正处于迷茫的状态,没有方向感,不知道风向哪里吹。诗人的迷茫可能集中在两个方面,一个是社会理想的破灭。徐志摩留学英美,受到资产阶级民主思想影响,寄希望在中国也建立资产阶级民主制度。但回国后,处处碰壁,距离自己的理想越来越远,诗人也由原来的热情逐渐趋向消沉。1927年以后,社会形势更加复杂严峻,诗人则陷入了更深的迷茫中。另一个可能是自己情感上的困惑。徐志摩在感情经历上非常丰富，曾与几位女性有过纠葛，现实的感情生活也并不如意，有时也会陷入人生的迷茫之中。所以，这首诗从表面上来看是一首爱情破灭的诗歌，但实际上，可能是多种情绪交织的一首诗。

诗歌中的这种复杂情绪并不是直接宣泄出来的，而是委婉表达出来的。诗人毕竟是"新月派"主将，是擅长进行情感克制的诗歌创作的。诗歌中有一个关键的情境就是诗人反复强调"我是在梦中"，这就表明了诗人在现实中的迷失。诗歌的前三节，诗人还是在"甜美"的梦境中，"她的温存，我的迷醉"。诗歌的后三节，诗人则是"在梦的悲哀里心碎！"情感的对比，从"甜蜜"坠入"心碎"，更加衬托出诗人的迷茫和痛苦。诗歌在形式上堪称完美，全诗共六节，每节四行。每节前三句完全相同，第四句不同，这样的句式让诗歌的情绪在不断地回旋中逐渐强化；每一节的一、三句是五个字，是三顿；二、四句是八个字，是四顿。此外，这首诗双行押韵，而且一韵到底。这首诗的音乐效果纯净而又富有变化，显然是经过诗人精心设计的。

朱　湘

[诗人简介]

朱湘（1904—1933），字子沅，原籍安徽省太湖县，生于湖南省沅陵县，中国现代诗人，新月诗派重要诗人，曾出版诗集《夏天》《草莽》《石门集》《永言集》等。

朱湘是一位才华横溢的诗人，鲁迅曾称赞他是"中国的济慈"。沈从文认为郭沫若、朱湘、徐志摩、闻一多是新诗尝试期之后影响力较大的四位诗人，他曾认为，朱湘是个天生的抒情诗人，在新诗格式上、旧辞藻运用上的贡献较大。朱湘的诗歌总体来说具有很明显的民族传统风格，没有什么"欧化"病，他的诗是植根在民族诗歌的沃土里的，他是一位真正具有东方气质的诗人。从诗歌的内容和意境来看，朱湘表现的是中国人的生活、思想和感情，描绘的是中国人的生存状态，诗歌中透露出的是中华民族长期形成的审美习惯。沈从文说他是用东方人的声音，唱东方的歌曲。[①]他的《采莲曲》《催妆曲》《摇篮歌》《王娇》等都是极富民族特色的作品。

朱湘是个富有创造力的诗人，他一直孜孜不倦地进行新诗形式的探索和创造。他既注意借鉴西方的诗律学，学习西方诗歌整齐而多变的格律体的长处，又积极主张吸收古典词曲和民歌的传统音律节奏，从而创造出均齐、统一、和谐而多变的诗歌形式。朱湘是闻一多"三美"主张的追随者和实践者，他在诗韵、诗行、诗章的探索和实践方面，都取得了令人瞩目的成就。

采莲曲

朱 湘

小船呀轻飘，
杨柳呀风里颠摇；
荷叶呀翠盖，
荷花呀人样娇娆。
日落，
微波，
金线闪动过小河。
左行，
右撑，
莲舟上扬起歌声。

菡萏呀半开，
蜂蝶呀不许轻来，
绿水呀相伴，
清净呀不染尘埃。
溪间
采莲，
水珠滑走过荷钱。

[①] 沈从文. 沈从文文集：第 11 卷 [M]. 广州：花城出版社，1984：121.

拍紧,
拍轻,
桨声应答着歌声。

藕心呀丝长,
羞涩呀水底深藏;
不见呀蚕茧
丝多呀蛹裹中央?
溪头
采藕,
女郎要采又夷犹。
波沉,
波升,
波上抑扬着歌声。

莲蓬呀子多,
两岸呀榴树婆娑,
喜鹊呀喧噪,
榴花呀落上新罗。
溪中
采莲,
耳鬓边晕着微红。
风定,
风生,
风飔荡漾着歌声。

升了呀月钩,
明了呀织女牵牛;
薄雾呀拂水,

凉风呀飘去莲舟。

花芳

衣香

消溶入一片苍茫;

时静,

时闻,

虚空里袅着歌音。

(选自《草莽集》,开明书店1927年版)

[诗歌导读]

  《采莲曲》是朱湘的抒情代表作,是一首具有民歌风格的抒情作品。它以优美的画面、舒缓的音调,描绘了水乡人采莲的动人景象。诗歌中洋溢着劳动的喜悦,回荡着欢快的节奏,宛如一首甜美的民歌。

  采莲本身就是一项令人愉快、轻松的劳动。最早描绘采莲活动的是汉乐府民歌《江南》,"江南可采莲,莲叶何田田,鱼戏莲叶间……"这首乐府民歌虽然没有详细描写采莲活动,但却展示了采莲季节里浓郁的江南风情。朱湘的这首《采莲曲》吸取了民歌和传统诗词的精华,是一首优美的现代采莲曲。全诗共五节,依次描写了采莲人划船进入荷塘,然后采莲、采藕,最后月夜归去的情景。第一节是写去荷塘的途中情景。微风吹拂,小船轻飘,杨柳轻摇,满眼都是碧绿的荷叶和妖娆的荷花。采莲人一边"左行""右撑",一边唱起欢快的歌声。第二节是写进入荷塘采莲的情景。荷塘里的景色很美,荷花盛开,碧波荡漾。采莲人一边采莲,一边唱着歌。第三节写采藕,第四节写采莲蓬,第五节写采莲结束后回家。这三节不仅写了外在的景物,还融入了人的情感。从"藕心呀丝长""莲蓬呀子多"到"明了呀织女牵牛"都委婉地表达了采莲女内心萌动的爱情。"藕"通"偶","丝"通"思",还有少女采莲时犹豫的表情,都是含蓄地情感表达。两岸婆娑的柳树、喜鹊、榴花等,这些都是些象征喜庆的景物,实际上也都是有深意的,但表达得都很含蓄。诗人将美景、劳动场面与人的情感融合在一起创作了这首诗,给人以美的享受。

  《采莲曲》在形式上也有许多独到之处。朱湘的大多诗歌都比较讲究形式的整齐，但这首诗在诗行上却是长短交错、错落有致的，这样反而给人一种节奏感。尽管诗句长短不一，但五节诗的结构却是相同的，对应的诗行字数都是一样的，每节都是十行，字数都是五、七、五、七、二、二、七、二、二、七。此外，每节有三韵，一、二、四行结尾押一个韵，五、六、七行结尾押一个韵，八、九、十行押一个韵。这样一来，诗歌的音韵是流动的，富于生机的。再加上"左行、右撑"，"拍紧、拍轻"，"波沉、波升"等短语的应用，更是给人一种随波上下起伏的感觉，全诗充分表现出了一种音韵和谐之美。所以，这首诗也是诗人在实践诗歌"三美"主张过程中的一篇成功之作。

答 梦

朱 湘

我为什么还不能放下？
因为我现在漂流海中，
你的情好像一粒明星，
垂顾我于澄静的天空，
吸起我下沉的失望，
令我能勇敢的前向。

我为什么还不能放下？
是你自家留下了爱情，
他趁我不自知的梦里，
顽童一样搬演起戏文——
我真愿长久在梦中，
好同你长久的相逢！

我为什么还不能放下？
我们没有撒手的辰光，
好像波圈越摇曳越大，
虽然堤岸能加以阻防，

第三章　前期新月派诗歌

湖边柳仍然起微颤；
并且拂柔条吻水面。

情随着时光增加热度，
正如山的美随远增加；
棕榈的绿荫更为可爱，
当流浪人度过了黄沙：
爱情呀，你替我回话，
我怎么能把她放下？

（选自《草莽集》，开明书店1927年版）

[诗歌导读]

　　这首《答梦》是一首爱情诗，是一首对逝去恋情的怀念之作。诗人大概是经历了一段刻骨铭心的恋情，不知何种原因分手了，也许是无法改变的客观原因吧！不知道过了多久，还是始终没法放下。曾经的爱情不仅没有随着时间慢慢流逝，而是越来越强烈，实在是放不下！可能越是爱而不得，越是要怀念，留下的都是美好的回忆！

　　诗歌共四节，反复在抒发诗人的不能忘怀之情。从诗歌的情感抒发模式来看，大多采用比喻的手法，极少情感的直接宣泄，除了"我为什么还不能放下？"这句，其他都是非常克制的。这种情感表达的方式，与新月诗派提倡的理智节制情感的理论也是一致的。诗歌的第一节，"我"似乎漂在大海中，而"你"的情感就像"明星"一样，"垂顾"着我，让"我"不至于下沉，而勇敢地向前。第二节中，"你"留下的爱情，时常来到"我"的梦里，以致"我"愿意长久地待在梦里。第三节中，过去的美好回忆"好像波圈越摇曳越大"，虽然堤岸可以阻挡，但湖边的柳树依然打战。诗人就是想借此来表达，过去的美好感觉并没有随时光变淡，而是越来越烈。最后一节中，通过描写"山的美随远增加"，流浪人度过黄沙后，才更知道棕榈绿荫的可爱，来进一步强调"我"对爱情的执着和坚定。从诗歌的整体情感表达来看，虽然这段感情逝去了，但诗人并没有太多的哀怨和感伤，而是有着积极乐观的心态，非常难得。诗人为了让情感对象化、客观化，

63

的确是花了许多心思，许多表达也都是非常巧妙的。

这首《答梦》在诗歌形式上也非常符合新月派"新格律诗"的特征。诗歌的外形整齐对称，全诗共四节，每节六句。每一节的最后两句故意错位，给人以错落有致的感觉。诗歌的每一节也都按照一定的规律押尾韵，读起来有种音乐的美感。

刘梦苇

[诗人简介]

刘梦苇（1900—1926），原名刘国钧，湖南省安乡县人，现代诗人，新月派重要诗人。1920年入长沙第一师范学校读书，1923年开始发表新诗，1924年与友人在上海成立飞鸟社，创办《飞鸟》月刊，曾著有诗集《青春之花》《孤鸿集》等。

刘梦苇因为去世较早，诗歌数量也不多，长期以来少有人关注。他是《晨报》副刊《诗镌》的发起人之一，最早提出新诗形式建设，并从理论和实践上进行积极探索的新月诗人。刘梦苇的诗歌从内容上大致可分为三大类，第一类是社会诗。这类诗歌主要反映社会问题。诗歌表达了诗人对黑暗社会的不满和抗争，以及对未来光明生活的向往。第二类是爱情诗。这一部分作品在他全部诗作中占的比例最大，艺术价值上也最突出，他的《吻之三部曲》《铁路行》都是较有影响力的爱情诗。第三类是表达个人情感的诗。诗人本身命运悲苦，经历坎坷，长期压抑的情怀只能通过诗歌来诉说。

刘梦苇在新诗理论上，尤其是诗歌的形式上，曾做过许多有益的探索和尝试，他关于诗歌形式的论文并不多，目前见到的只有一篇《中国诗底昨今明》，这是一篇具有重要理论价值和史料价值的论文。他在论文中指出，中国之新诗要有真实的情感，深富的想象，美丽的形式和音节、词句。这里提到的新诗的形式、音节和词句的要求，与后来闻一多提出的著名的"三美"主张是基本一致的。

最后的坚决

刘梦苇

今天我才认识了命运的颜色，

——可爱的姑娘请您用心听；
不再把我的话儿当风声！——
今天我要表示这最后的坚决。

我的命运有一面颜色红如血；
——可爱的姑娘请您看分明，
不跟瞧我的信般不留神！——
我的命运有一面颜色黑如墨。

那血色是人生底幸福的光泽；
——可爱的姑娘请为我鉴定，
莫谓这不干您什么事情！——
那墨色是人生的悲惨的情节。

您的爱给了我才有生的喜悦；
——可爱的姑娘，请与我怜悯，
莫要把人命看同鹅绒轻！——
您的爱不给我便是死的了结。

假如您心冷如铁的将我拒绝；
——可爱的姑娘，这您太无情，
但也算替我决定了命运！——
假使您忍心见我命运的昏黑。

这倒强似有时待我夏日般热；
——可爱的姑娘！有什么定准？
倘上帝特令您来作弄人！——
这倒强似有时待我如岭上雪。

（选自《晨报》副刊《诗镌》1926 年 4 月 26 日）

[诗歌导读]

《最后的坚决》是一首典型的爱情诗，它有着鲜明的新月派诗歌风格，执着于在诗歌中抒发缠绵悱恻的爱情。这首诗应该是"我"写给心爱的姑娘的一封情书。这封情书情真意切，是面对心上人时的热烈表白。

诗歌通篇都是"我"对姑娘的告白，没有姑娘的一丝反应。但从诗歌的内容来看，这位姑娘一定是非常美丽的，是"我"的理想爱人。但不知是什么原因，也许这位姑娘是由于矜持，不善于表达，没有对"我"的热情正面回馈；也许是这位姑娘还不够喜欢"我"，根本就是一种模棱两可的态度。所以，人们只能看到诗人在这里反复呼喊，希望姑娘能给他爱情。诗歌的第一节和第二节就在说这个姑娘"把我的话儿当风声"，"瞧我的信"也"不留神"。姑娘似乎对"我"有些漫不经心。"我"的人生于是被分为两面，"颜色红如血"和"颜色黑如墨"，而不同的面则完全取决于姑娘对"我"的态度。诗人几乎是用乞求的口气在对姑娘表达爱意，如"您的爱给了我才有生的喜悦""您的爱不给我便是死的了结"。"我"的命运几乎就由姑娘来决定，假如姑娘拒绝了"我"，那么"我"的命运就会变得昏黑。倘若彻底拒绝倒也好，这也强似一会儿"夏日般热"，一会儿如"岭上雪"，忽冷忽热更痛苦。这首诗的感情真挚热烈，直率大胆，在当时反对封建思想，争取婚恋自由的大环境下，还是具有一定积极意义的。但同时，诗歌中的"我"看起来就是一个恋爱至上的人，已经失去了自我，这种非爱即死的想法实在不可取。虽然追求美好的爱情是人的正常愿望，但如果沦落到乞求的地步，甚至以死相逼，实在是有些太卑微、太可怜了。

这首诗在形式上是典型的"新月体"，全诗共六节，每节四行，而且，每一节的句式和结构大体相似，达到了"句的均齐，节的匀称"，有种建筑美感。刘梦苇提倡新诗的形式变革，自己也在创作中努力去实践，取得了不小的成就。

铁路行

刘梦苇

我们是铁路上面的行人，
爱情正如两条铁轨平行。
许多的枕木将他们牵连，

却又好像在将他们离间。

我们的前方象很有希望,
平行的爱轨可继续添长;
远远看见前面已经交抱,
我们便努力向那儿奔跑。

我们奔跑到交抱的地方,
那轨道还不是同前一样?
遥望前面又是相合未分,
便又勇猛的向那儿前进。

爱人只要前面还有希望,
只要爱情和希望样延长;
誓与你永远的向前驰驱,
直达这平行的爱轨尽处。

（选自《晨报》副刊《诗镌》1926 年 4 月 8 日）

[诗歌导读]

  这首《铁路行》是一首别致的爱情诗，它用"铁路"或"铁轨"来比喻爱情，这在现代诗中也是较为新奇的。"铁路"是一种具有现代意味的意象，而且给人的印象是冷冰冰的。诗人却能在"铁路"和爱情之间找到相似之处，也算是别具一格。

  诗人借"铁轨"来抒写爱情，一开始就给人以冰冷的感觉，也许是想抒发爱情的无望之感，但诗歌整体上还是体现了在无望中的希望，从而呈现出温暖的底色。诗歌开头第一节就把恋爱中的人比喻成行走在铁轨上的两个人，爱情就像平行的铁轨。行走在铁轨上当然是受到许多限制的，不能像一般的走路那样随意，距离很近，又很难靠近，虽然有枕木连接，但依然是若即若离的。这种情形当然是让人感到无望的。第二节中，诗人就在无望中迎来了希望，因为平行的铁轨在远方似乎是交会在一起的，只要跑到前方，就能迎来爱情的希望。诗歌的第三节中，等恋人跑到前方的交抱处，却发现这里依然是平行的，"那轨道还不是同前一样？"抬头凝视远方的铁轨，发现那儿又有交抱的地方，于是又"勇敢地向那儿前进"。诗歌的最后一节，诗人在向爱人表白，只要"前面有希望"，就"誓与你永远地向前驱驰"，直到铁轨的尽头。诗歌整体上虽然表现了诗人与爱人之间的情感若即若离、不确定的特点，但诗人的态度依然是坚定的，对爱的坚守也是执着的。诗人也坚定地表达了一种决心，即一定要超越现实的束缚，永远向希望进发，永不放弃的决心。

诗歌在形式上依然是典型的"新月体"，全诗共四节，每节四行，外观形式非常齐整。每一节中，一、二句或三、四句押尾韵，第二、第三、第四节的一、二句押韵。所以，整首诗读起来有种音乐的美感。

于赓虞

[诗人简介]

于赓虞（1902—1963），河南省西平县人，"新月派"诗人，著名诗人、翻译家。1923年与赵景深、焦菊隐等组织绿波社，1926年与胡也频、沈从文等组织无须社。曾在河南大学、西北大学、西北师范学院任教，著有诗集《晨曦之前》《骷髅上的蔷薇》《魔鬼的舞蹈》《孤灵》等。

于赓虞的诗歌创作主要集中于1923—1935年这十余年的时间。他的诗歌形式与新月派倡导的新格律诗总体一致，但诗歌的风格偏于颓废，接近戴望舒的象征诗歌风格。于赓虞受到西方诗人雪莱、波德莱尔的影响，创作了风格独特的诗歌，被称为"恶魔派"诗人。于赓虞的诗歌内容丰富，部分诗歌关注现实，揭露现实的丑陋，抒发忧国忧民的情感，如《花卉已无人埋》《不要闪开你明媚的双眼》《歌者》等；还有以"思乡"为主题，揭露了家乡遭受浩劫的《遥望天海》《昨夜入梦》等。他还有一些诗歌描写了自己漂泊的命运、惨淡的人生。诗人背井离乡、漂泊异地、婚姻不幸，常以浪迹天涯的"游子""孤客""旅人"自称，不断地在诗歌中抒发着命运的悲苦和感伤的情怀，如《海天辽阔》《流浪之岁暮》《漂泊之春天》等。1927年，现实的黑暗让诗人更深地坠入苦痛、挣扎、悲哀中，抒发着一代人的失落和幻灭。当有人说他的诗"潮湿""阴暗""过于感伤""恶魔派"，他说："也许他们会怀疑我不曾在太阳以下生活过，不知道人间有享乐的幸福，然而，这正是我的生活。"①

于赓虞是个非常有才华的诗人，他的诗歌细腻深沉，暗藏着巨大的感染力。他善于表现复杂的内心世界，善于将主观感觉巧妙地外化。他的诗歌大量使用拟人、拟物的方法，将各种声音、色彩、感觉、嗅觉、味觉等，用有形、有色、有生命力且可感知的意象来表达。他所写的诗歌中的意象大多偏阴暗色彩，如坟墓、骷髅、冤魂、野鬼、地狱等，他尤其喜用带"荒"字的词，如荒坟、荒冢、荒漠、荒野、荒山等，这些意象都在尽情地述说着诗人的苦闷、颓废和哀怨。于赓虞还特别注重诗歌的形式美，他的诗在艺术形式上大胆创新，灵活多样，诗歌韵律活泼、节奏鲜明，富有音乐美。

秋　晨

于赓虞

别了，星霜漫天的黑夜，
我受了圣水难洗的苦辱，
你方从我的背上踏过，
欢迎啊，东曙，你又已复活！

在这最后的瞬间，我睁眼，
双手抱住太阳的脚，看
叶颤，花舞，听市声沉醉，
直到落下欢欣的眼泪！

（选自《世纪的脸》，北新书局1934年版）

---

① 于赓虞. 世纪的脸[M]. 北京：北新书局，1934：69.

[诗歌导读]

　　于赓虞的许多诗歌意象都偏阴暗，通常会表达感伤、哀怨的情感，他也因此被称为"恶魔派"诗人。这首《秋晨》似乎是诗人所写诗歌中较为清新的一首诗，没有太多的阴暗色彩。诗歌的题目是"秋晨"，但不是一幅描绘秋天早晨景色的诗，而是一首迎接秋晨的抒情诗。诗歌只有两节，但依然表现了诗人出色的感受描绘能力。诗歌表达了一种告别沉重的黑夜，满怀欣喜地去迎接早晨的激动心情。

　　诗歌的第一节，诗人与"星霜漫天"的黑夜告别，因为这个黑夜给他带来了许多痛苦。诗人对这个黑夜的描写也是"星霜漫天"的，诗人认为自己所受的苦难，是圣水都难洗的。诗人似乎曾经试图用祷告的方式、乞求圣水的方式来摆脱苦难，但最后都无济于事。黑夜中的苦孽还是从自己的背上踏过，这里用了拟人手法，只有亲身体验过苦难，才能有如此贴切的描写。诗人面临即将到来的清晨，有种如释重负的感觉，欢迎东曙的到来。"东曙"，即东方的曙光，就是指早晨。诗人这么称呼，像是在称呼一个朋友，似乎这个朋友也和自己一样承受了黑夜的重压，现在即将复活。

　　诗歌的第二节主要是写诗人面对早晨到来的欣喜心情和表现。"在这最后的瞬间"，"我"睁开眼睛。在漫长的黑夜中，诗人闭着眼睛在昏睡中承受了无尽的苦难，现在天要亮了，太阳要出来了，眼睛要睁开了。第二句中，"双手抱住太阳的脚"是说，太阳的光线照进来时，"我"迫不及待地去拥抱的感觉。接下来描写的是诗人从视觉、听觉去感受早晨的表现。太阳出来了，那些叶子都是颤抖的，花也是舞蹈着的，它们也是因为激动吧！经历了漫长的黑夜，它们现在也是欣喜若狂的。市井声也多起来，那不是嘈杂的声音，而是让人沉醉的声音。诗人沉浸在这令人沉醉的清晨中，认真地看，认真地听，"直到落下欢欣的眼泪！"可以想见，诗人经历了怎样复杂的心理活动。

　　于赓虞一向重视诗歌的形式，这首诗的形式就极为讲究。全诗两节，每节四行，而且诗行排列也错落有致，每节的一、二行和三、四行都押尾韵。整体看来，这是一首从内容到形式都很精致的诗。

饶孟侃

[诗人简介]

饶孟侃（1902—1967），江西省南昌市人，现代诗人，外国文学研究专家。1924年毕业于清华大学外文系，曾是"清华四子"（饶孟侃、朱湘、孙大雨、杨世恩）之一，新月派重要成员，曾任职于四川大学、中国人民大学、外交学院等校。其著有诗集《泥人集》，小说集《梧桐雨》《兰姑娘的悲剧》，译著《巴黎的回音》等。

饶孟侃在新诗理论和创作上都有独特的贡献。早在清华大学读书时，他就参加了文学社，结识了闻一多、徐志摩等人，参加了新月社，成了新月派的重要代表人物。他的诗主要发表在《晨报》副刊《诗镌》《新月》《诗刊》上。饶孟侃在诗歌创作上受到了闻一多的影响，诗风也接近闻一多。饶孟侃的大多数诗歌都表现了他对现实人生的关注和批判。例如，《三一八》《天安门》等诗歌，控诉和诅咒了北洋军阀的罪恶。部分作品还描写了底层百姓痛苦挣扎的生活状态，揭露了社会的黑暗现状，如《捣衣曲》《弃儿》等。可以说，饶孟侃的诗充满着正义感，饱含爱国情感，是现实主义的风骨之作。他也始终与闻一多站在一起，表达了对国家、民族的热爱，以及对黑暗现实强烈的批判之意。他还有一些表达个人情感的诗歌，风格较为清新，富有韵味，如抒发思乡之情的《家乡》，为悼念亡友杨世恩而做的《招魂》等。

饶孟侃对新诗的贡献还在于对新诗格律的倡导。他曾先后发表《新诗的音节》《再论新诗的音节》等文，热情倡导新诗的格律化。他对新诗散文化、放弃形式美的倾向，提出了自己的主张，即一种特殊的情绪应该有一种特殊的音节和体裁，才能够充分地把它的妙处表现出来。[1]他在创作实践中，也努力使诗歌形式趋于完美。他尤其注重诗歌音节的安排，认为诗歌的情绪主要靠音节来表现。

家 乡

饶孟侃

这回我又到了家乡，

---

[1] 王锦厚，陈丽莉. 饶孟侃诗文集[M]. 成都：四川大学出版社，1997：180.

前面就是我的家乡：
远远的凝着青翠一团；
眼前乱晃着几根旗杆。
转个弯小车推到溪旁，
嘶的一声奔上了桥梁；
面前迎出些熟的笑容，
我连忙踏步走入村中。
故乡啊仍旧一般新鲜，
虽然游子是风尘满面！
你瞧溪荷还飘着香风，
歌声响遍澄黄的田陇，
溪流边依旧垂着杨柳，
柳荫下摇过一只渔舟。
呀呀井栏边噗噗洗衣，
炊烟中远远一片呼归，
算命的锣儿敲过稻场，
笛声悠扬在水牛背上，
这回我又到了家乡，
前面就是我的家乡。

（选自《晨报》副刊《诗镌》1926年4月12日）

[诗歌导读]

家乡是一个人永远的灵魂栖息地，多少漂泊在外的游子对自己的家乡魂牵梦萦，并且，"乡情"和"乡愁"也是文学作品永恒的主题。饶孟侃的这首《家乡》就是一首抒发游子思乡之情的优秀诗歌。

诗歌的题目是"家乡"，但诗中所描写的景物并不是诗人回到家乡后见到的真实情景，而是诗人想象中的家乡的情景。诗人在想象中描绘了一幅恬淡的田园牧歌式的家乡画面。诗人幻想着自己正走在回乡的路上，激动地说出："这回我又回到了家乡，前面就是我的家乡。"他印象中的家乡应该凝着"一团青翠"，村头还晃动着几根旗杆。进入村庄以后，就看见有小车经过溪旁，很快又奔上小桥。接下来有许多"熟的笑容"迎面而来，还有更多的让人依旧"新鲜"的景物映入眼帘。溪荷飘着香风，歌声响遍田陇，溪边垂着杨柳，柳荫下摇过渔舟；还有乡亲在井边洗衣，炊烟中的呼唤，算命的人敲着锣儿走过稻场，水牛背上悠扬的笛声……这些景物在诗人眼里是那么熟悉和温暖，但又很新鲜。诗人是那么激动和兴奋，然而这只是他脑海中的幻想，似乎他真的回到了家乡！诗人在结尾处又再一次强调"这回我又回到了家乡，前面就是我的家乡"。不得不说，这是一首构思精巧的诗，如果诗歌写的是诗人回到家乡的真实场景的话，可能就没有这种效果了。

这首诗在形式上是典型的"新月体"，是新格律诗的优秀代表。全诗虽然没有分节，但首尾是相似的语句重复，造成一种首尾呼应，回环往复的艺术效果。诗歌中每句均由四个音节组成，而且每两句押尾韵，形式非常工整，读起来朗朗上口，韵味十足。

第四章　早期象征派诗歌

[诗派介绍]

早期象征派诗歌是20世纪20年代在中国诗坛上崛起的"一支异军",主要成员是以李金发为代表的王独清、穆木天、冯乃超等几位青年诗人。实际上,这几位诗人并未组成什么统一的文学社团,未出版自己的同人刊物,也没有发表什么宣言,他们只是在创作上都明显受到了西方象征主义的影响,于是构成了早期象征派。

早期象征派诗歌在艺术上追求"纯诗"的概念,即强调诗歌要真正发挥抒发自我情感的作用,而且要是"朦胧"和"暗示"的。早期象征诗人强调诗歌的主观性、内向性,强调表现内心生活和心里的真实,这象征诗人注重向内心开掘,可以说是一种私人表达。他们常常通过"思想知觉化"的手法,让思想找到它的"客观联系物",让情绪找到它的"对应物",用一个个意象来表达内心的感受。而且象征派诗人想象力丰富,他们时常通过出人意料的联想把情感与事物联系在一起。所以,这种仅凭个人直觉的联系有时并不能被读者理解和接受,从而造成了诗歌的晦涩难懂。

崛起于20世纪20年代的早期象征派是中国新诗史上一个比较复杂的艺术流派,它的出现明显受到了西方文艺思潮的影响,同时也有新诗发展的内在原因。象征诗派所开创的诗风,在中国诗坛持续了20年之久,并对当代诗歌也产生了深远影响。

李金发

[诗人简介]

李金发（1900—1976），原名李淑良，广东省梅县人，中国现代象征派诗歌的开创者。李金发于1925年在《语丝》上发表了第一首诗作《弃妇》，1925至1927年间，出版诗集《微雨》《为幸福而歌》《食客与凶年》等。

李金发19岁就开始新诗创作，与国内许多诗人不同，他是在异国开始新诗创作的。异国他乡的环境，再加上法国象征主义的影响，李金发的诗歌与国内的新诗还是有很大差别的。李金发的大多数诗歌都是一种私人情绪表达，抒发的也都是消极、悲观、颓废的情绪。李金发的诗歌模仿法国象征派诗人的痕迹很重，他自己也认为是受了法国诗人波德莱尔和魏尔伦的影响才开始写诗的。他的许多诗都采用了"远取喻"的方式，他总是能发现事物之间的新关系。诗人的思维非常跳跃，所以，他的许多诗歌因为晦涩难懂而令人费解。西方文化的影响、知识的驳杂、内心的矛盾痛苦共同促成了诗人诡异神秘的诗风。因此，他被称为"诗怪"。从诗歌的内容上来看，李金发的诗歌大多充满抑郁、凄凉、消极的愁苦情绪；而在艺术形式上，他运用寄托、象征等手法，打破了固有程式，追求新奇险怪的诗歌境界。

弃　妇

李金发

（作品见《微雨》，北新书局1925年版）

[诗歌导读]

《弃妇》是李金发发表的第一首诗歌。周作人当时大力推荐，发表在1925年《语丝》杂志的第14期上，这首诗歌也是诗集《微雨》中的第一首诗。《弃妇》的发表被认为是中国象征派诗歌诞生的标志。第一次读这首诗，一定会有种怪异的感觉，诗中不顺畅的表达、奇怪的一串串意象会让人不知所云且难以理解。这首诗是一篇典型的象征主义诗歌，具有内涵的多义性和不确定性。

诗歌抒发了一个弃妇的痛苦和悲哀。全诗共四节。第一节中书写了一个弃妇的痛苦状态与心境。这个弃妇披头散发，头发遮着脸，不愿看到这罪恶的世界。一个弃妇本来就是受害者，但却还要受到世俗目光的歧视。"黑夜与蚊虫联步徐来""狂呼在我清白耳后"，都象征着巨大的世俗力量，想"隔断"也是不可能。第二节主要写弃妇内心的孤独与痛苦。自己的痛苦是无人可以理解、无人可以诉说的，就连上帝也救不了自己。只能依靠"一根草儿"与"上帝"的神灵在山谷里往返联系。所以，自己是孤立的、孤独的，也许大自然中的"游峰""山泉""红叶"能给自己少许安慰。诗歌的第三节转换了叙述视角，由原先弃妇的视角转换为第三人称视角。弃妇的隐忧堆积在动作上，一切都是压抑烦闷的。无法排除的烦闷被夕阳之火化成灰烬，然后从烟囱里飘出，被游鸦带走，一同栖息在海边的礁石之上，静听舟子之歌。这些都是弃妇的美好愿望，实际上都是很难实现的。诗歌的最后一节，弃妇在极度痛苦的处境下来到墓地徘徊，人也衰老了，眼泪都干了。诗歌的结尾显得更加沉重和绝望。

从诗歌整体上来看，诗歌写出了弃妇内心的孤独、痛苦和绝望。当时诗人身处异国他乡，弱国子民的凄楚和情感方面的挫折使诗人将自己看成一个内心抑郁、孤独绝望的弃妇。诗歌整体上给人以晦涩难懂的感觉，众多的意象纷至沓来，陌生化的表达令人恍惚，意象间的关系若有若无。读者只有真正深入诗歌的情境，才能慢慢理清诗歌中各种意象的象征意义。

王独清

[诗人简介]

王独清（1898—1940），陕西省蒲城县人，现代诗人，1926年加入创造社，并主编《创造月刊》，成为该社后期主要诗人之一。著有诗集《圣母像前》《死前》《埃及人》《威尼市》《锻炼》《独清诗选》《我从CAFE中出来》等。

王独清从1923年开始诗歌创作，诗风受到浪漫派、象征派和未来派的影响。诗人在年轻时曾游历多国，但生活的困顿使他四处流浪，为了生计做过各种底层工作。欧洲的游历生活给诗人带来了创作上的灵感。诗人总以一种流浪知识分子的眼光看待世界，诗歌弥漫着感伤及颓废的气息。诗人在诗歌中或是吊唁名人，或是悲悼罗马，或者是哀叹爱情的逝去，或者是呼唤英雄。在他的诗歌中，总有一个伤感的、颓废的"零余人"形象，这实际上也是诗人自己形象的真实写照。王独清的诗歌主要是对内心世界的挖掘，但在艺术表现上却不像李金发的诗歌那样晦涩与朦胧，相对明朗和清丽。

王独清在诗歌的音韵、格律、形式上做过大胆的尝试。他的诗歌《威尼市》就是对新诗格律的探索和尝试，追求诗歌的音乐美。他对新诗格律和音乐美的探索，甚至早于闻一多和徐志摩。他还受未来派影响，尝试从字形的变化上来表现诗意。总之，王独清对中国新诗有着独特的贡献。

但丁墓旁

王独清

现在我要走了（因为我是一个飘泊的人）！
唉，你收下罢，收下我留给你的这个真心！
　　我把我底心留给你底头发，
　　你底头发是我灵魂的住家；
　　我把我底心留给你的眼睛，
　　你底眼睛是我灵魂的坟茔……
我，我愿作此地底乞丐，忘去所有的忧愁，
在这出名的但丁墓旁，用一生和你相守！
　　可是现在除了请你把我底心收下，
　　便只剩得我向你要说的告别的话！
　　Addio, mia bolla!①
现在我要走了（因为我是一个飘泊的人）！
唉，你记下罢，记下我和你所经过的光阴！
　　那光阴是一朵迷人的香花，
　　被我用来献给了你这美颊；
　　那光阴是一杯醉人的甘醇，
　　被我用来供给了你这爱唇……

---

① 意大利语：再见，我的亲爱的。

我真愿作此地底乞丐，弃去一切的忧愁，
在我倾慕的但丁墓旁，到死都和你相守！
可是现在我惟望你把那光阴记下，
此外应该说的只是平常告别的话！
Addio, mia Cara!①

（选自《圣母像前》，光华书局1926年版）

[诗歌导读]

王独清的这首《但丁墓旁》既有浪漫主义诗歌的特点，也有象征主义诗歌的特点。他曾经是创造社的成员，与李金发不同，他的诗还是具有浪漫派的痕迹，尤其是这首诗，表现了流浪诗人浪漫、伤感、自恋的气息。

诗歌在内容上很简单，就是一首浪漫的抒情恋歌。诗歌的题目叫"但丁墓旁"，其实是想借此表达纯洁的爱恋和痴情。读过《神曲》的人都知道，但丁有位少年时代的恋人贝阿特里采，那是一种纯精神性的爱恋。所以，在但丁的墓旁，书写这样一首恋歌，也许会让诗歌更富有浪漫主义色彩。诗歌中所讲述的恋情是诗人在异乡"流浪"时的偶遇，因为诗歌第一句就说自己要走了，"因为我是个漂泊的人"。他不会因为这段恋情，就停下漂泊的脚步，但是却把自己的真心留下了。它就像一首伤感的乐曲，一开始就定下了基调。在诗歌的第一节中，诗人反复吟咏，要把真心留给自己的恋人。他是那样的不舍，他甚至愿意留下来与心上人在一起，哪怕是做一个乞丐。然而，现实是残酷的，美丽的梦境也终将被打碎。理智告诉他，他只能留下自己的真心和回忆。诗歌的第二节，诗人回忆了两人共同经历的那些美好的光阴，"那光阴是迷人的香花""那光阴是一杯醉人的甘醇"，但诗人希望恋人把光阴留在记忆里，而自己要离开。

这首诗歌在整体上情感饱满，氛围浓郁，结构上的刻意构建也起了一定的抒发情感的作用。这首诗借鉴了象征派诗人魏尔伦的写作手法，利用旋律、节奏等手法，将特定情感化为有规律的音乐形式。诗歌的两节在格式上非常相似，只是变换了个别词语，这就形成了诗歌回环往复的音乐效果。另外，这首诗在韵脚的使用上也非常巧妙。诗歌第一节的一、二行与第二节的一、二行是押韵的。第一

---

① 意大利语：再见，我的亲爱的。

节的三、四行与第二节的三、四行是押韵的；每一节中，每两句都是押韵的。诗歌两节中内容本来就是相似的，相似的内容加上重叠的韵脚，大大增加了诗歌的抒情效果和音乐美感。

玫瑰花

王独清

在这水绿色的灯下，我痴看着她，
我痴看着她淡黄的头发，
她深蓝的眼睛，她苍白的面颊，
啊，这迷人的水绿色的灯下！

她两手掬了些谢了的玫瑰花瓣，
俯下头儿去深深地亲了几遍，
随后又捧着送到我面前，
并且教我，也像她一样的捧着来放在口边……

啊，玫瑰花！我暗暗地表示谢忱：
你把她的粉泽送近了我的颤唇，
你使我们俩的呼吸合葬在你芳魂之中，
你使我们俩在你的香骸内接吻！

啊，玫瑰花！我愿握着你的香骸永远不放，
好使我们的呼吸永远和她的呼吸合葬，
——我愿永远伴随着这水绿色的明灯，
我愿永远这样坐在她的身边！

（选自《创造周刊》1926年6月1日）

[诗歌导读]

这首《玫瑰花》是一首风格独特的爱情诗。在20世纪20年代，新诗中的爱情诗可谓是风格各异，数量巨大，但像这种具有异域风格和象征色彩的诗歌却并不多见。王独清在欧洲时，生活拮据、四处流浪，经历了自杀和失恋的痛苦。据说，这首《玫瑰花》讲的就是诗人过往的一段爱情经历。诗人在法国时，曾迷恋房东的女儿玛格丽特，而玛格丽特是《茶花女》中女主人公的名字，于是诗人就经常自称是阿芒，因为阿芒是小说中男主人公的名字。可见，诗人当时用情之深。

诗歌一开头就是一幅色彩浓重、光影摇曳的油画。"迷人的水绿色的灯下"，诗人痴迷地看着美丽的少女，她有淡黄的头发，深蓝的眼睛，苍白的面颊。在诗人眼里，她是那么迷人！诗歌的第二节，少女双手捧着玫瑰花瓣，俯下头亲了几遍，然后送到"我"面前，让"我"也一样放在口边。第三节中，当"我"捧着刚才少女吻过的玫瑰花瓣靠近口唇时，"我"陷入了深深的迷醉和梦幻中，禁不住要感谢玫瑰花瓣，是它们把她的粉泽带到了"我"的唇边。那么，就让"我们"的呼吸"合葬在你的芳魂之中"，让"我们俩在你的香骸内接吻"。诗歌在第四节中，情感到达顶点，"我"愿意永远握着玫瑰花瓣不放，"我"愿意将呼吸与她的呼吸合葬，愿意永远像这样坐在她身边。诗人似乎是个爱情至上的人，是个爱情的崇拜者，他在追求一种纯粹的精神爱恋。这首诗的内容无疑是感伤的，诗人也许早就知道，他们之间是不可能有未来的，所以表面上是热情的渴望，实际上是深深的失落。所以，《玫瑰花》呈现出来的是一种残缺之美。

诗歌在艺术表达上也很有特色，呈现出情、音、色的完美融合。诗歌的色彩比较鲜明，有水绿色、淡黄色、深蓝色、白色等，呈现了一幅色彩斑斓的画面。诗歌的形式方面，全诗共四节，每节四句。全诗大致押韵。诗歌的句式也很有特点，虽然句式并不齐整，长短交错，但长句都有语气上的连贯感，在整体上有种跌宕起伏的节奏，呈现出一种音乐美感。

穆木天

[诗人简介]

穆木天（1900—1977），原名穆敬熙，吉林省四平市人，中国现代诗人、翻译家，象征诗派代表人物。1921年加入创造社，1926年开始发表作品，1931年负责左联诗歌组工作并参与成立了中国诗歌会,主要诗集有《旅心》《流亡者之歌》《新的旅途》等。

穆木天在1930年开始转变诗歌创作和诗学观念,他前期的诗歌作品主要收在诗集《旅心》中,大部分是在日本创作的,其中吟咏爱情和抒写内心感受的诗篇,如《雨后》《落花》《苍白的钟声》等,最能代表象征派作品的特色。穆木天的诗歌还表现出对空灵静寂的自然风光的热爱,如《薄暮的乡村》《雨后》等。作为一位早期象征主义诗人,穆木天虽然有借鉴西方象征派诗歌的意识,但诗歌中的情绪总体还是明朗积极的,并不似其他象征诗歌中有颓废的情绪。穆木天早期的诗歌创作,在艺术技巧和表现手法上具有明显的象征派诗歌特点,如强调诗歌形象和语言的暗示性,注重诗歌的形式美和音乐美。他的许多诗歌形式,尤其是句式,都有着鲜明的创新性。他善用长句,有时会将长句分割成词语,中间不用标点符号,读起来更有节奏感,如《苍白的钟声》《落花》等诗。

穆木天对新诗创作的主张主要集中在1926年写的《谭诗——寄沫若的一封信》中。穆木天主张按照象征主义的艺术标准去创造"纯粹的诗",要划清诗与散文的界限;强调诗是要暗示的,诗是最忌说明的;追求诗歌的形式和韵律,认为诗歌的形式应该力求复杂,越多越好;等等。这些主张显示了早期象征派的诗歌创作风格。

落 花

穆木天

(作品见《旅心》,创造社出版部1927年版)

[诗歌导读]

《落花》是穆木天的代表作,诗歌抒发的感情是通过象征的手法来表达的,整体的情调是朦胧的。诗人很多时候是通过描述一种情景来象征某种感觉的,这种感觉也是朦胧且飘忽的。这是一首浪漫的情诗,但甜蜜中夹杂着一丝伤感。

全诗分为三节,都是在描述诗人恋爱时的心理变化。诗歌的第一节就写了诗人恋爱时甜蜜宁静的心理。也只有恋爱时内心的满足与甜蜜,才能有那样细腻的感触,才有耐心去感知环境中各种细小的变化。诗人愿意透过"寂静的朦胧"和

"薄淡的轻纱"去细听雨在屋檐上的敲打,去感受远方飘来的一声"嘘叹",原来那是落花飘落的声音。诗歌通过"落花"来象征对恋人的感情。诗歌的第二节,诗人开始围绕落花描写细腻的感受。热恋的情感无所不在,像落花一样洒在各个角落。落花落在地面上,掩盖了地面上的各种东西,落花伴着细雨飘落。落花让诗人联想起了漂泊、无家可归的生活现状,开始思念自己的家乡。诗人身处异国他乡,异国的漂泊感与恋爱的情感交织在一起,形成一种复杂的感受。在这种意义上,落花既是爱情的象征,也是漂泊感的象征。在外漂泊的日子里,也只有爱能给人以慰藉。所以,在第三节中,诗人热切地希望姑娘能愿意永远这样下去,永远这样看着落花飘落,享受着爱情的甜蜜。当然诗人的愿望得到了姑娘的回应,她依偎在"我"的臂中,细细地听歌。至此,全诗的情感达到了一个高潮,诗人也借助落花表达了自己的心意,诗人认为哪里都是故乡,有爱的地方就有归宿。落花这个意象既有一种朦胧感,也有一种伤感气息。

这首诗除了在情感上有朦胧的美感,在诗歌的形式上也有许多值得关注的地方。穆木天受到法国象征派诗歌的影响,重视诗歌的形式美。这首诗在音乐美、绘画美等方面都有可探索的地方。首先,诗歌具有画面美感。诗人凭借着他细腻的感触为人们描绘了一幅幅或静态,或动态的朦胧画面。细雨蒙蒙,白色的落花在薄纱似的背景中飘落,落花辗转飘向各个角落,撒满整个世界。这些都是绝美的画面。其次,诗歌也特别注重音乐美感。全诗共三节,但每一节最后都以"落花"结尾,每一节中也是押"a"韵,听起来有种和谐的音乐美感。此外,全诗多处使用了双声叠韵的词语,如"渐渐的""轻轻的""纤纤的""深深的""弱弱的"等;还有一些相似句式的重复,这些都增加了诗歌的音乐美感。

冯乃超

[诗人简介]

冯乃超(1901—1983),广东省南海县人,出生在一个华侨家庭中。现代著名诗人、作家、文艺评论家、翻译家和教育家。1927年回国参加革命工作,曾是创造社成员、初期象征派代表诗人,曾加入中国左翼作家联盟,著有诗集《红纱灯》，小说、散文集《傀儡美人》，翻译作品《芥川龙之介集》等。

  冯乃超从 1925 年开始写诗，他最初写的一批象征派诗歌发表在《创造月刊》和《洪水》半月刊上，并因此与创造社结缘，成为创造社的重要成员。1928 年，他的诗集《红纱灯》出版，奠定了他在诗坛的地位。《红纱灯》共收 43 首诗，代表了冯乃超诗歌创作的最高成就，其中的诗歌总体风格一致，大多抒发了诗人在日本时的苦痛、哀怨、忧郁的情绪。诗人在诗集的序言中称自己创造的是"畸形的小生命"。他的这些诗歌，或者是写青春的苦闷、内心的空虚、爱情的凋零，或者是写死亡、黑夜、幻梦。诗歌中处处是无声的苦痛、宿命的幽暗、无尽的忧郁，几乎是一曲曲生命的哀歌；诗歌里情感的表达也多用隐喻、象征、通感等手法，散发着颓废、唯美的格调。而且诗人所使用的意象也大多是晦暗阴郁的，但又是美丽凄艳的，如《红纱灯》中"青色的愁""腥红的哀怨""苍白的花开""树林的幽语""阴霾的风琴"等。

  冯乃超的诗歌具有典型的象征派诗歌的特点，注重暗示和象征，具有音色之美，而且意象丰富、意境深远。他的诗具有一种独特的美学，既有忧郁美、颓废美，也有残缺美、梦幻美。

残　烛

冯乃超

（作品见《红纱灯》，创造社出版部 1928 年版）

[诗歌导读]

  诗歌的题目是"残烛"，与冯乃超的大多数诗歌一样，这是一首表达哀伤痛苦情绪的诗歌。"残烛"这个在古典诗歌中就经常采用的意象，象征着生命的衰退或枯竭。诗人以此为题，来表达内心的痛苦和哀愁。

  诗人大概是想追忆自己的一段情，又或者是想表达自己的某种意愿，因此才写下了这首诗。开头第一节，诗人就描绘了一幅"飞蛾扑火"的情景。冯乃超受到日本"物哀"文化的影响，诗歌中经常赞颂死亡美。"飞蛾扑火"是一种舍身追求光明的意象，具有一种死亡的悲壮美，正如诗中所言，"追求柔魅的死底陶醉"。诗人由此产生联想，去"追寻过去的褪色欢欣"。第二节中，诗人就说"焰光的背后"有"朦胧的情爱""青色的悲哀",他愿意"效灯蛾",也成为"情热火花的尘埃"。诗人在这里表达的不一定是对爱情的追求,也可能是对美好理想和幸福的追求。在诗歌的第三节中,诗人面对即将燃尽的残烛,身心疲惫,内心充满哀怨。诗歌的最后一节,诗人面对"奄奄垂灭的烛火",面对烛焰背后的"情爱"和"悲哀",依然在想"飞蛾扑火",内心无比怅惘。

《残烛》在艺术表现上也有诸多可取之处。诗歌的情感表达细腻、朦胧,但不似初期象征派的其他诗人的作品那般晦涩难懂。此外,诗歌的形式美也非常值得关注。全诗共四节,每节四句。每节押韵,有的两句押韵,有的三句押韵,使得感伤的情调以动听悦耳的形式传递出来。另外,诗人在学习象征派诗歌艺术的同时,还有意汲取中国传统诗词的养分,如使用具有传统特色的意象,注重韵律、对仗等,使得诗歌具有象征派诗歌特色和民族风韵。

胡也频

[诗人简介]

胡也频(1903—1931),出生于福建省福州市,现代作家、诗人。1924年,胡也频参与编辑《京报》副刊《民众文艺周刊》,1928年,与沈从文共同编辑《中央日报》副刊《红与黑》,1930年,参加了中国左翼作家联盟,1931年牺牲。曾出版诗集《也频诗选》。

胡也频的诗大多写于1926年至1929年期间,这也是他创作思想的转变期。他的诗歌大多是各具特色的抒情诗,部分诗歌揭露了旧社会的黑暗现实,表达了对旧社会的愤恨和不满,如《我是铁锚山的大王》《孤独的赐与》《恐怖的夜》等;还有一些诗歌表达了青年人的苦闷、忧郁、孤独,以及企图变革现实的愿望,如《长风曲》《悲愤》《恨》等,这也是那个时代还没有参加革命的、正直且追求光明的进步青年的共同心态。胡也频的诗歌中还有一个很重要的主题就是爱情,他的这些爱情诗大多写于与丁玲热恋同居期间。他的情诗基本都是坦率的告白,无论是写对恋人的告白,还是写离别之情,或者是爱情中偶尔的失意,都充满了真挚且细腻的情感,如《别曼伽》等。他的爱情诗写得诚恳而谦虚,抒发了其对爱情的忠诚和痴迷。沈从文认为，这些诗是一个热情男性不自私的诗，差不多每一首都是在用全人格奉献给女子的谦卑心情写成的诗。① 这也应该是胡也频爱情诗的最大特点。

别曼伽

胡也频

我站在船头，
凝望荡漾的湘水，
任"大地垂沉"，"人声鼎沸"，
唯你的影儿在眼前隐现。

啊！幸福之梦成了这一片秋色，
我苦忆沪滨的草圃，
当蔷薇吐着芳香的时候，
该和你随晨光而俱灭。

如今是担忧船身的窄小，
将禁不起我离愁的重载，
过去的甜蜜，懊恼，
与无穷的希望之彷徨。

我低声说："我的爱！"
眼睛因此潮湿了，
胸部因此热烈了，
但不闻你的回答。

听浅渚上的芦苇低吟，
疑是你潜来的脚步，
我狂欢着深深的吻痕，

---

① 沈从文. 沈从文全集：第13卷[M]. 2版（修订本）. 太原：北岳文艺出版社，2009：19.

可添一个在你唇边。

柳儿带着嘲弄在堤边飘舞,
(是多么欺人的放肆呵!)
因此失望如巨兽奔来,
霸占我无限的空虚。

你秀媚的眼光灿烂在黑暗里,
并艳冶我既悴的心花;
你那时温柔的微笑,
便无意的眼波,今也"何堪回首"了!

呵!强暴的岁月,
悄悄地抢去宇宙的宝藏,
我俩仅有的青春之美,
留下一切狼藉之痕。

我能如狂狮怒吼,野鸟长鸣,
却无力细述缠绵的哀怨,
呵,"永远"是白云的飘忽,
我但能静等生命的流。

可怖的灰色已在前途酝酿,
隐着高邱坟墓的安排;
远了,美丽的人儿之裙裾,
与浮在水上的残叶。

(作品选自《晨报》副刊《诗镌》1926年10月28日)

[诗歌导读]

这首《别曼伽》是一首优美的抒情诗,是诗人送给将要离别的爱人的情诗。

胡也频的情诗都是他与丁玲爱情生活的结晶,他的情诗细腻真挚,带着对爱人的谦卑,抒发了对爱情的痴迷和热诚,这在当时的文坛也是不多见的。可以看出,胡也频是个单纯、热情,对爱情一腔赤诚的人。

这首爱情诗主要是写与爱人分别后的感受,抒发了诗人别离的痛苦。"多情自古伤离别",热恋中的男女最伤感的就是离别。第一节写的是诗人即将坐船离开的真实场景。诗人站立船头,情绪低落,"凝望着荡漾的湘水",哪怕周围那么热闹,他也无心关注,只是眼前不断闪现着爱人的身影。第二节,诗人陷入了回忆。诗人回忆了两人在一起的幸福时光,恨不得一起消融在晨光里。在第三节中,诗人又回到了现实中,无比惆怅。诗人"担忧船身的窄小","禁不起我离愁的重载",这离愁夹杂着过去的甜蜜、懊悔和彷徨。这节明显是化用了李清照的《武陵春》中的"只恐双溪舴艋舟,载不动许多愁"这句词。第四节,诗人情不自禁地呼唤爱人,眼睛变得湿润,内心变得激动,但也听不到爱人的回答了。第五节诗人写的应该是幻觉,听到河滩上芦苇的声音,以为是爱人"潜来的脚步",幻想着能再吻一下自己的爱人。第六节又写回到现实,爱人已不在身边,似乎堤边的柳树都要嘲笑"我",诗人再度觉得失望和空虚。在第七节中,诗人再度陷入回忆,爱人"秀媚的眼光""温柔的微笑""无意的眼波"现在都永远留存在记忆中,"何堪回首"。第八节,诗人感慨岁月无情,现实残酷,他们美好的恋情也被蹂躏。第九节,诗人感慨他无力去描述此时的哀怨和痛苦,"永远"是那么"飘忽",只能静静地等待生命的流逝。这里"生命的流"应该指的是命运的安排。第九节是诗歌的最后一节,此节中,诗人面对灰色的未来及生命的无奈,内心无比惆怅。联系他与丁玲的爱情经历,也就更加能理解这首诗,也更能理解胡也频,他爱得那么忘我、那么痴迷、那么义无反顾。

胡也频受到古典诗词的熏陶,他的新诗也总具有古典诗歌的韵味,这首《别曼伽》与柳永的《雨霖铃》在意境上有相似之处。诗歌中还化用了李清照《武陵春》中的诗句。诗歌中的用语也具有古典意味,如"低吟""裙裾""残叶"等。胡也频的诗歌既受象征派的影响,也受古典诗歌的影响,而且他也是较早走出象征派影响的诗人。所以,胡也频的诗歌虽然追随象征派诗歌,如李金发的诗歌,但很快超越了象征派诗歌的局限,具有了自己独特的风格。

第五章　后期新月派诗歌

[诗派简介]

后期新月诗派是前期新月诗派的继续和发展，它以1928年创刊的《新月》月刊新诗栏和1930年创刊的《诗刊》季刊为主要阵地，其主要成员除了前期新月诗派的徐志摩、饶孟侃、林徽因等诗人外，还有以陈梦家、方玮德等南京中央大学学生为基干的南京青年诗人群和以卞之琳等北京大学、清华大学学生为基干的北方青年诗人群。这些青年诗人大部分是徐志摩的学生或晚辈，所以，后期新月诗派主要以徐志摩为旗帜进行创作。新月诗派在1931年徐志摩去世以后，逐渐走向衰落。

后期新月诗派和前期新月诗派之间虽然有着密切的关系，但新月派前后两个时期的诗人在思想倾向和创作主张方面，都有一些不同。在思想倾向方面，前期新月诗的诗人总体有着积极进步的倾向，特别是像闻一多所具有的强烈的爱国主义思想和反对封建军阀统治的战斗精神。徐志摩在这一时期也表现出对民主革命的期望，他抨击北洋军阀，同情人民的苦难。这时的新月派诗歌作品大部分充满了理想主义和乐观的精神。前期新月派的其他成员，如刘梦苇、朱大楠、杨世恩等，也都是具有进步思想倾向的小资产阶级分子。后期新月派诗人的思想倾向较为复杂。闻一多在后期逐渐转向学术研究，已基本退出诗坛。大革命失败以后，许多资产阶级文人都流露出理想破灭的幻灭感，他们无力抗争，只能逃避。所以，后期新月诗派的创作总体上开始向"内心"转变，回到自我内心世界，后期新月派的诗歌创作主张就是纯粹的自我表现。也正是因为后期新月派强调回到内心世界，所以他们也特别强调对抒情诗的创作。

后期新月派在诗歌的形式上，相比前期新月派，也出现了一些变化。前期新月派强调格律的严整，但后期新月派的年轻诗人群中，出现了向自由诗发展的倾向。此外，后期新月派诗人还在以极大的热情进行诗的形式试验，尤其是"十四行诗"的转借和创造。后期新月派诗人从十四行诗体中找到了中西诗歌体式结合的某种"契合点"，为新诗的形式创造提供了新的经验。

林徽因

[诗人简介]

林徽因（1904—1955），原名徽音，福建省福州人，著名建筑学家、作家。林徽因在中华人民共和国国徽设计、人民英雄纪念碑设计和景泰蓝工艺革新等方面做出了重要贡献。著有《林徽因诗集》《林徽因文集》等。

林徽因是建筑学家，文学创作只是她的业余爱好。她除了写诗以外，也写小说、散文，是现代文学史上有名的才女。她的新诗数量不多，存世之作也只有几十首。林徽因擅长写个人感触很深的作品，部分作品显示了她敏锐的观察力、丰富的感受力和出色的文字表现能力。诗人有不少作品写出了自然界或感情中不易把握的微妙变化，显示了非凡的创作才华，如《谁爱这不息的变幻》《山中一个夏夜》《秋天，这秋天》《你是人间四月天》等。在这些抒情诗中，诗人写得最好的当数爱情诗。林徽因的诗歌中至少有三分之一是爱情诗，而且写得非常精美。有学者认为她的爱情诗不同于郭沫若那样直泻烈情，不似闻一多那样在传统道德的基础上欲说还休，不像湖畔诗社诗人那样幼稚天真，也没有徐志摩爱情诗中的腻味。林徽因突出的特点和无人可及之处，是诗情诗意的朦胧，若隐若现，若暗若明，曲折含蓄，秀丽柔美，轻声曼唱。[①] 虽然这段话是评价《别丢掉》这首诗的，但对林徽因的其他爱情诗或抒情诗，其实也是适用的。

林徽因是新月社成员，她的诗歌带有明显的新月派风格，注重诗行的整齐，讲究诗歌的韵律和节奏。她本人还是位建筑学家，对诗歌的形式美也非常注重。她的大部分诗歌形式都排列整齐，或者长短句错落有致，显示出建筑的美感。她

---

① 陆耀东. 中国新诗史：第2卷[M]. 武汉：长江文艺出版社，2009：118.

的诗歌语言也非常精美，看似明白如话，没有雕饰，却显得纯净、明丽，颇具韵味。

深夜里听到乐声

林徽因

这一定又是你的手指，
轻弹着，
在这深夜，稠密的悲思。

我不禁颊边泛上了红，
静听着，
这深夜里弦子的生动。

一声听从我心底穿过，
忒凄凉
我懂得，但我怎能应和？

生命早描定她的式样，
太薄弱
是人们的美丽的想象。

除非在梦里有这么一天，
你和我
同来攀动那根希望的弦。

（选自《新月诗选》，上海新月书店1931年版）

[诗歌导读]

　　林徽因的这首《深夜里听到乐声》一向被看作对徐志摩《半夜深巷琵琶》的回应。林徽因和徐志摩在情感上虽然没有结果，但他们始终是关系非常好的朋友，他们曾经拥有的美好情感只能出现在回忆和诗歌中。

诗歌第一节说"这一定又是你的手指,轻弹着,在这深夜,稠密的悲思"。这和徐志摩的《半夜深巷琵琶》看似真有呼应,因为徐志摩的诗中写"又被它从梦中惊醒,深夜里的琵琶!是谁的悲思,是谁的手指,像一阵凄风,像一阵冷雨,像一阵落花……"这两首诗一开始都在写深夜里的琴声,都在表达一种怅惘缠绵、欲说还休的心情。第二节,抒情主人公很快就懂得了琴声,内心有了感应,脸上泛起了红晕。第三节,主人公听得出乐曲是凄凉的,可是无奈啊,她没法应和呀!第四节,诗人开始感慨命运的力量,一切都是命中注定,人们只是把它想得太美好了!最后一节,诗人希望将来在梦中能共同拨动象征着希望的琴弦。诗歌总体表达的情感是温婉、理智的。

诗歌在体式上也是标准的"新月体",全诗共四节,结构相同,每节都是两个长句,中间夹一短句;每节一、三句押韵,每节一韵。这首诗至少在建筑美和音乐美方面,符合新月派的诗歌形式美主张。

别丢掉

林徽因

别丢掉
这一把过往的热情,
现在流水似的,
轻轻
在幽冷的山泉底,
在黑夜,在松林,
叹息似的渺茫,
你仍要保存着那真!
一样是月明,
一样是隔山灯火,
满天的星,
只有人不见,
梦似的挂起,
你问黑夜要回
那一句话——你仍得相信

山谷中留着
有那回音!

(选自《大公报·文艺》1936年3月15日)

[诗歌导读]

《别丢掉》是林徽因诗作中最著名的一首诗歌。虽然,诗歌是诗人文学创作的结果,有虚构想象的成分,不能完全比照现实,但它一定是诗人某种心境的反映,是现实生活的反映。

诗歌笼罩着一层淡淡的伤感和惆怅,表达了抒情主人公"我"对一段逝去之情的珍视。诗歌的前八句就是在抒写这种伤感无奈的情怀。开头就是一句"别丢掉这一把过往的热情",可见,"我"是多么珍惜这一段感情,希望永远把它留在心间。虽然,过往已经时过境迁了,但热情并没有消逝,而是悄无声息地,"像流水似的",在山泉底,在黑夜,在松林,轻轻地流淌着。诗人选择了一系列偏阴冷的意象,如山泉、黑夜、松林等,来烘托这段感情的渺茫和零落。"我"希望"你"也要"保存着那真",这里既可以理解为"他"的追求,也可以理解为"我"对他的希望。接下来,诗歌回到现实,今夜的天"一样是月明,一样是隔山灯火",一样是"满天的星",只是没有了人。今夜的情景和当年两人约会时一样,唯独你不在,这情景就像"梦似的挂起"。"梦似的挂起"应该是说,像梦一样被挂在心里,也暗示"我"有多么留恋这段情感。接下来,诗歌笔锋一转,诗人写"如果你问黑夜要回那一句话",就是爱的回音。"你"一定要相信,那回音就留在山谷里。诗歌在众多若隐若现的意象里曲折地表达了一种复杂而隐秘的情绪。

作为一个新月派诗人,林徽因的诗歌必然会带有浪漫主义的气息,但实际上,她的许多作品又同时兼具了现代主义风格。在这首诗中,意象的跳跃,以及表述中的有意错行、改路,恰好形成了一种特殊的抒情氛围,别有一番意味。诗歌中的托物言情也使用得很巧妙,如诗歌中将"过往的这一把热情"描写成在山泉底、黑夜、松林中的流水。诗歌的语言也很精美,既不是口语,也不是纯书面语,没有特别的雕饰,显得自然、纯净。这首诗在形式上是自由体,诗行并不整齐,但是隔一行或两行押韵,如"情""轻""林""明""星""信""音"等,也使得诗歌具有音乐旋律美。

你是人间的四月天
——一句爱的赞颂

林徽因

我说你是人间的四月天；
笑响点亮了四面风；
轻灵在春的光艳中交舞着变。

你是四月早天里的云烟，
黄昏吹着风的软，
星子在无意中闪，细雨点洒在花前。

那轻，那娉婷，你是，
鲜妍百花的冠冕你戴着，
你是天真，庄严，
你是夜夜的月圆。

雪化后那片鹅黄，你像；
新鲜初放芽的绿，你是；
柔嫩喜悦，
水光浮动着你梦期待中白莲。

你是一树一树的花开，
是燕在梁间呢喃，
——你是爱，是暖，
是希望，
你是人间的四月天！

（选自《学文》1935年5月）

[诗歌导读]

这首诗从题目到内容都给人以温暖、充满希望的感觉。四月是最温暖、舒适的月份，是令人向往的一段时间。把人或物比喻成人间四月天，可知诗人对它是一种怎样的情感了！就因为这首诗，大家都把林徽因本人比喻成"人间四月天"。当年林徽因去世时，金岳霖题的挽联就是"一身诗意千寻瀑，万古人间四月天"。多年以后，一部拍摄林徽因的电视剧就名为《人间四月天》。由此可见，这首诗的影响力多么大。

这首诗的创作意图一向有两种说法，一种是为纪念徐志摩而作，另一种是为自己刚出生的儿子而作，表达自己的喜爱之情。其实，究竟是哪一种创作意图，并不重要，这首诗的确是一首优美、灵动、浪漫的诗歌。诗歌中，诗人把对抒情的对象"你"的感觉，通过大量的比喻手法和感官描写，化成了四月天里的种种物象，如"你"的笑声点亮了春风，在春天的光艳中变换着；"你"又像是黄昏时分、细雨蒙蒙的四月天里的云烟；"你"还是鲜艳的百花之王；"你"还像雪后的鹅黄、初放的芽的绿、水中的白莲、燕子的呢喃等。诗人似乎描绘了一幅四月天里绚烂的美景图。总之，"你"是那四月天里所有美景与美好感觉的化身，整首诗给人以温暖和喜悦的感觉。

诗歌在具体的表现手法上也有诸多可取之处。首先，诗歌很好地实践了新月派绘画美的主张，用词讲究色彩感，所选意象也是色彩缤纷的，写景讲究动静相兼，就像是一幅美不胜收的春天美景图。其次，诗歌的形式也较为整齐，全诗共五节，每节三行，视觉上有明显的建筑美感；诗歌在用韵上隔句押韵，一韵到底。本诗在一些句式上也有独特之处，故意将句子倒置，如"那轻，那娉婷，你是""雪化后那片鹅黄，你像"。这种写法也许是为了突出前者，也许是一种陌生化的表达。

陈梦家

[诗人简介]

陈梦家（1911—1966），笔名陈漫哉，浙江省绍兴市人，生于南京，中国现代著名古文字学家、考古学家、诗人。陈梦家在甲骨文、殷周铜器铭文、汉简及古代文献的综合研究方面做出了贡献，出版了多本学术著作，如《殷墟卜辞综述》《西周铜器断代》《汉简缀述》等。陈梦家是后期新月派骨干成员，曾协助徐志摩创办《诗刊》，曾著有诗集《梦家诗集》《不开花的春》《铁马集》《在前线》《梦家存诗》等。

作为一个诗人，陈梦家十六岁开始写诗，受徐志摩和闻一多影响很大。陈梦家的诗歌有着较高的艺术质量，表现手法多样，注重个性表现和灵感体现，重视意境的提炼，追求诗歌内在的"和谐"与"均齐"。陈梦家的诗歌情感纯真、细腻，他不管是写爱情、写幻想，还是写一草一木，都是一片纯真。陈梦家的早期作品略带有一些感伤气息，甚至是无名的忧愁和感伤，如《一朵野花》《自己的歌》等，这也正是后期新月派诗人的典型情绪。

陈梦家在徐志摩去世以后，成了新月诗派实际上的扛大旗之人，他总结了新月诗派的创作主张，进一步强调了诗歌规范、格律等方面的内容，他还对新月诗派的十八位诗人分别进行了独到的点评，寥寥数语，精准抓住了每个人的特点，不愧为一个真正懂诗歌的人。

一朵野花

陈梦家

一朵野花在荒原里开了又落了，
不想这小生命，向着太阳发笑，
上帝给他的聪明他自己知道，
他的欢喜，他的诗，在风前轻摇。

一朵野花在荒原里开了又落了，
他看见青天，看不见自己的渺小，
听惯风的温柔，听惯风的怒号，
就连他自己的梦也容易忘掉。

（选自《梦家诗集》，新月书店1931版）

[诗歌导读]

陈梦家的这首《一朵野花》是他的成名作，也是他早期诗歌的代表作。诗人通过对野花生命状态的描写，用拟人的手法写出了它的生命态度，借以表达一定的哲理思考。一朵野花，太平常不过，花开花落无人问津，但它却有自己的生命价值。野花就像大千世界的芸芸众生一样，都是普通的个体，但众生都有自己的生命价值，依然要努力活出自己的精彩。

全诗共两节，首句重复，形成了一种复沓的结构。第一节的开篇一句写的就是，一朵无名的野花孤独地开花了，又孤独地花落了。野花的生命是短暂的，没有人关注它何时开、何时落，这就是野花的命运。但野花有自己的态度，尽管生命短暂，也不自怨自艾，它仍然对着太阳笑，它要尽情享受生命赋予它的一切，它知道自己的价值就是在短暂的生命中拼命绽放。在诗歌的第二节中，诗人写野花开放在辽阔的荒原上，它们抬头能看见青天，看不到自己的渺小，经历过温柔的风，也经历过粗野的风，没有什么梦想，也不去想遥远的事情，只是认真地活在现在。诗歌通过描写野花的生存状态和生命态度来描绘普通人类个体的生存状态。人不是和野花一样吗？生命虽然短暂，但要珍惜自己生命的价值，努力地实现自我超越。

这首诗在形式上也是典型的"新月体"。全诗共两节，每节四行，结构大体一致。全诗一韵到底，除了首句相同之外，二、三、四句结尾都押韵。诗歌读起来音节响亮，有内在的节奏。

再看见你

陈梦家

再看见你。十一月的流星
掉下来，有人指着天叹息；
但那星自己只等着命运，
不想到下一刻的安排
这不可捉摸轻快的根由。
尽光明在最后一闪里带着
骄傲飞奔，不去问消逝

在那一个灭亡,不可再现的
时候。有着信心梦想
那一刻解脱的放纵,光荣
只在心上发亮,不去知道
自己变了沙石,这死亡
启示生命变异的开端——
谁说一刹那不就是永久!
我看了流星,我再看你,
像又是一闪飞光掠过我的心,
瞧见我自己那些不再的日子:
那些日子从我看见了你,
不论是雨天,是黑夜
我念着你的名字,有着生,
有着春光一道的暖流
淌过我的心。那些日子
我看见你,我只看着
看着你在我面前,我不做声。
我有过许多夜徘徊在那条街上
望着你住的门墙,一线光,
我想那里一定有你;我太息
透不进你的窗棂。只有门前
那盏脆弱的灯好像等着,企望
那不能出现的光明;更惨的
那一声低的雁子叫过
黑的天顶,只剩下我
站立在桥下。那些日子
我又踯躅在大海的边岸,
直流泪,上帝知道我;
海水对我骄傲,那雄壮

我没有，我没有；我只不敢
再看见青天，横流的海，
影子跟着我走回我的家。
这些我全不忘记，我记得
清楚，像就在眼前的一刻——
那时候我愿望是一支小草，
露珠是我的天堂；
但你另留下一个恍惚，
踟蹰的踪迹，我要追寻，
我不能埋怨天，我等着
等着你再来，再来一次。
就算是你的眼泪，你的恨。
可是到了秋天，我才看见
一个光明再跳上我的枯梢
雪亮，你的纯洁没有变更。
我听到落叶和你一阵
走近我的身边，敲我的门：
你再要一次的投生。
我本来等着冬来冻死，
贪爱一个永远的沉默；
这一回我不能再想，
我听到春天的芽
拨开坚实的泥，摸索着
细小细小的声音，低低地
"再看见你——再看见你！"

（选自《梦家诗存》，时代书局 1936 年版）

[诗歌导读]

这首《再看见你》是陈梦家较长的一首抒情诗。它是一首情诗，同时也是一首人生哲理诗，表现了诗人对爱情坚定执着的态度。

诗歌的开始就描写了一颗坠落的流星。一颗流星坠落了，似乎是让人叹息的一件事。但是，那星却并不在意，静静地等待着自己的命运。只是尽力在最后的时光里能有光明的一闪，不去在意什么消逝和灭亡，只要内心有着信心梦想，这死亡不也是另一种开端吗？这刹那不就是永久吗？诗歌道出了死亡背后的开端，刹那与永恒的辩证统一。

诗人由流星的坠落想到自己爱恋的人就像流星一样在自己生命中划过，于是展开了一系列的回忆。回忆自己如何"爱慕"自己的恋人，如何"痴恋"那位姑娘，哪怕是"念着你的名字"，内心中也有"春光一道的暖流"。可是，"我"只默默地看着"你"，也不出声。多少个夜晚，徘徊在姑娘门前的大街上，远远地望着姑娘的窗户。可终究最后只剩下"我"，"我"只能踯躅在海边，流着泪，独自一人回来。但诗人念念不忘，期待"你"再来一次，寄希望自己是一支小草，等到秋天，落叶和"你"来敲"我"的门。即便是冬天可能会被冻死，但仍然坚持，幻想着春天的芽在萌动，还是想"再看到你！"这是怎样的痴情和执着呀！作为一首情诗，这首诗情感表达非常克制，将情感完全融入了客观化的描述之中。

这首诗有些现代诗的风格，也体现了后期新月派诗歌逐渐过渡的形式特点。诗歌外形上不再是特别整齐的形式，格律也变得松散。但诗歌通过排比句式，词句刻意断句的方式，也有其内在的节奏。

孙大雨

[诗人简介]

孙大雨（1905—1997），原名孙铭传，祖籍浙江省诸暨市，出生于上海，中国现代诗人、翻译家、民盟成员。历任武汉大学、北平师范大学、北京大学、青岛大学、暨南大学、浙江大学、中央政治学校、复旦大学、华东师范大学等校教授。他的主要著作有《中国新诗库·孙大雨卷》《孙大雨诗文集》《屈原诗选英译》《古诗文英译集》《英诗选译集》，翻译了莎士比亚的作品，如《罕秣莱德》《黎琊王》《奥赛罗》《麦克白斯》《暴风雨》《冬日故事》《萝密欧与居丽晔》和《威尼斯商人》等。

孙大雨是后期新月派成员，于20世纪20年代中期开始诗歌创作，后期趋于成熟。孙大雨创作的诗歌只有十几首，虽然数量不多，但在诗坛上影响力很大。他的短诗成就很高，长诗贡献也很大。他的诗歌不同于其他新月派诗人纤细委婉的浪漫诗风，具有浑厚大气的诗风。他的诗歌《舞蹈会上》《夏云》等诗就已初步显现其独特的诗风，后期的诗歌《海上歌》《纽约城》《自己的写照》则更加凸显雄厚大气的诗歌特点。即便是他的爱情诗，也不是缠绵悱恻的，而是惊天动地、气势恢宏的，如《决绝》《回答》等。孙大雨还是较早尝试十四行诗创作的诗人之一，他的《爱》《诀绝》《回答》都是十四行体，为后续诗人的十四行体创作提供了参考。

孙大雨在新诗的格律理论上也有很大贡献，创建了音组理论。他的音组理论借鉴了英文诗歌格律理论。

诀　绝

孙大雨

（作品见《新月诗选》，新月书店1931年版）

[诗歌导读]

孙大雨的诗一向以有力的气势和恢宏的气度而著称，这首诗也不例外。这是一首因为对方的诀别而产生"惊天动地"的感受的爱情诗。看多了缠绵悱恻、哀怨凄美的爱情诗，这首爱情诗也的确是一个独特的存在。

诗歌一开始就是一幅世界末日的图景：天地老朽不堪，恐怕还剩下最后一口气；白云变得灰暗，太阳也失去了光芒；山岭变成烧焦的土坡，没有猿啼，也没有鸟叫；天地间只剩下大风中的几根石骨，海浪最后一次冲上沙滩，然后退去，永远结束了喧哗，从此进入万劫不复的境地。世界究竟为什么会变成如此境地？诗歌的最后一句道出了答案，"为的都是她向我道了一声决绝！"原来，是一个姑娘跟他提出了分手！一首情诗竟然写得如此有气势，能与之相比的恐怕只有汉乐府中的《上邪》了。《上邪》中"山无陵，江水为竭"，也是一幅世界末日的图景。诗人为了烘托情感，所选取的意象都是天地间大的景观，如天地、世界、白云、太阳、山岭、树林、大风、海潮等。总之，这个爱情悲剧的杀伤力太大了，直接导致诗人陷入痛苦，不能自拔，似乎进入了世界末日。诗人写的这首诗，究竟是自己的亲身经历呢？还是讽刺那些因为沉溺于儿女情感中无法自拔的青年呢？

《诀绝》在诗歌体式上是标准的十四行诗体。后期新月派诗人一直致力于诗的形式创建，其中影响最深远的就是十四行诗体。诗歌前八句中，一、四、五、八句押"an"韵；二、三、六、七句押"ou"韵；后六句转韵，隔行押韵。全诗格律严谨，形式规整，这也使诗歌的情感在规范中找到了可以抒发的地方。此外，这首诗在情感表达上也很特别，前面铺垫了十二句，实际上并没有弄清楚原因，最后两句才揭晓，使诗歌具有一定的震撼效果，这也正表现了十四行诗体起承转合的结构。这首诗显然是一篇成功的十四行诗体的试验之作。

方玮德

[诗人简介]

方玮德（1908—1935），安徽省桐城市人，后期新月派重要诗人，著有《玮德诗集》《秋夜荡歌》《丁香花诗集》等。

方玮德还在南京中央大学读书时，就开始发表新诗，受到了闻一多、徐志摩的赞赏和鼓励。他的诗歌尽管只出现了较短的时间，但影响力却不容小觑。在方玮德创作的诗歌中，爱情诗较为常见，他与黎宪初小姐的爱情经历也激励他创作了不少爱情诗。这些充满青春激情的爱情诗，如《海上的声音》《微弱》《我愿》《逃脱》等，都是难得的好诗。其创作的部分诗歌表达了对自然的热爱，如《煤山》等。还有部分诗歌表现了诗人对社会现实的关注，如《悔与回》这首与陈梦家同题唱和的长诗在当时影响很大。

方玮德的古典文学功底深厚，善于汲取古典诗歌的精华，并将其表现在诗歌创作中，他善于选取具有传统意味的意象，创造古典与现代交织的风格。总体上看，他的诗风清纯轻灵，韵律和谐，许多诗歌充满青春的激情，极富浪漫主义色彩。

我　愿

方玮德

我愿编起一千只忧愁的歌，
歌里有伤心的梦，灰色的河，
每个字眼上响出过往的错；
那收不回的一串泪一回羞，
黄昏里看不见的一刻低头。
我愿这些轻轻地让你唱过，
倘若你记起了这歌里有我。

我愿编起一千只欢喜的歌，
歌里有花香的笑，甜的妖魔，
每个脚韵里闪出疯狂的火；
你抱紧着那一段媚，一片愁，
一滴露在你唇边缓缓地流，
我愿这些轻轻地让你唱过，
你忘记也好这歌里没有我。

（选自《玮德诗文集》，1936年上海时代图书公司初版）

[诗歌导读]

方玮德的爱情诗一向是情感热烈、纯真、执着的，通常夹杂着一丝感伤的气息。

这首《我愿》应该是诗人向心爱的姑娘表达自己情怀的一首歌。诗歌中的"我"要为心爱的姑娘写歌，先是一首忧愁的歌，后是一首欢喜的歌。第一节中，"我"要为你"编起一千只忧愁的歌"，歌里有"伤心的梦""灰色的河"，还有那些泪和羞。"我"愿"你"去唱这首歌，"倘若你记起了这歌里有我"。为什么说"忧愁的歌"里有"我"呢？因为"我"的内心是忧愁的。第二节的内容完全变了，但是心态还是一样的。这是"一千只欢喜的歌"，歌里是"花香的笑"，"甜的妖魔"，这歌里应该没有"我"吧，欢喜的歌里没有"我"，透露出"我"在面对这段情感时的不确定和悲观的心态。联想起诗人自己的情感经历，大概还是一种爱而不得的心态吧！

这首诗在格式上非常齐整，也是典型的"新月体"。全诗共两节，每节七行，结构基本对称。每节的最后两句基本相似，只更换个别词语，有种回环往复的效果。每节中的一、二句押尾韵，四、五句押尾韵。整首诗也非常符合新月派提倡的音的和谐、句的均齐、节的匀称的主张。

第六章　三十年代左翼诗歌

[诗派简介]

　　20世纪30年代的左翼诗歌主要指的是中国诗歌会中的诗人创作的诗歌，也包括一些创作风格相近的诗人。中国诗歌会于1932年9月在上海成立，是受"左联"领导的一个群众性的进步诗歌团体，发起人有穆木天、杨骚、任钧、蒲风等人。中国诗歌会是作为"新月派"和"现代派"的对立面而出现的，其中的诗人群体是一批有理想、有良知、踏实奉献的青年人群体。他们继承和发扬了五四运动以来新诗的现实主义传统，把诗歌作为武器，为反帝反封建的现实斗争服务。

　　中国诗歌会的机关刊物《新诗歌》于1933年2月正式创刊，由穆木天执笔的《发刊词》清晰地阐明了他们的写作纲领。当新月派和现代派的诗歌被认为是靡靡之音时，这样的呼声无疑会在广大青年中激起强烈反响。

　　中国诗歌会的诗歌观主要包括两个方面：一是要求诗人站在时代的前列，站在无产阶级立场上去把握和反映现实，特别是劳苦大众的生活和现实；二是要实现诗歌的大众化，使诗歌成为大众歌调。可以说，这是从诗歌的内容和形式两方面提出的要求。从左翼诗歌的创作实绩来看，他们就是朝着这两个方向努力的。左翼诗歌在诗歌内容上主要表现工农大众的生活及其斗争，强调诗歌在实际革命运动中的作用。诗歌在艺术表现中，他们大多采用直接描摹现实的方式；在诗歌形式上，他们通常使用大众容易接受的形式，积极汲取民间歌谣资源。他们提出歌谣化的主张，强调诗歌应当与音乐结合一起，而成为民众歌唱的东西。他们为此创造了许多新的诗歌形式，如大众合唱诗、诗剧、朗诵诗等，同时还借鉴一些民间歌谣、时调等，真正把诗歌普及到了普通大众中。

殷　夫

[诗人简介]

殷夫（1909—1931），原名徐白，学名徐祖华，又名白莽，浙江省象山县人。"左联"五烈士之一，主要作品有诗集《孩儿塔》《伏尔加的黑浪》《一百零七个》等。

殷夫是一位优秀的无产阶级诗人，他将自己的生命都献给了革命和诗歌。他应该可以算作中国诗歌会的前驱诗人。殷夫早期的诗歌大多是爱情诗和抒情小诗，他的爱情诗情真意切，格调委婉，非常优美；抒情诗大多是通过个人感受来反映社会的黑暗和险恶，以及憎恶、反抗的情绪的。殷夫后期诗歌的诗风有了很大的变化。在这一时期，他的诗歌风格粗犷、境界开阔，有着鲜明的政治倾向和强烈的时代感。诗歌大多正面表现革命斗争，表达了诗人追求理想的执着信念和与旧世界割裂的坚定决心。殷夫的红色诗歌气势磅礴、激情昂扬，如诗歌《血字》《我们的诗》《意识的旋律》等，都代表了20世纪30年代红色诗歌的最高水平。

对于殷夫的诗，鲁迅先生曾有过高度的评价，他认为殷夫的诗是东方的微光，是林中的响箭，是冬末的萌芽，是进军的第一步，是对于前驱者的爱的大纛，也是摧残者的憎的丰碑；一切所谓圆熟简练，静穆幽远之作，都无须来作比方，因为这诗属于另一世界。[①]

给——

殷　夫

冷风刮过你的面颊，
我只低头凝思，
你呜咽着向我诉说，
但天哟，这是最后一次。

死的心弦不能作青春的奏鸣，
凝定的血液难叫它热烈的沸腾，

[①] 鲁迅. 鲁迅全集：第6卷[M]. 北京：人民文学出版社，2005：512.

> 我今天，好友，告别你，
> 秋日的寒风要吹灭了深空孤星。
>
> 我没有眼泪来倍加你的伤心，
> 我没有热情来慰问你的孤零，
> 没有握手和接吻，
> 我不敢，不忍亦不能。
>
> 请别为我啜泣，
> 我委之于深壑无惜，
> 把你眼光注视光明前途，
> 勇敢！不用叹息！

（选自《殷夫诗文选集》，人民文学出版社 1954 年版）

[诗歌导读]

　　现代新诗中有大量风格各异的爱情诗，既有湖畔诗社发表的坦白直率的爱情诗，也有新月派诗人创作的缠绵悱恻的爱情诗，还有象征派诗人创作的惆怅颓废的爱情诗。但像殷夫这首《给——》这样的爱情诗，因为爱对方，怕连累对方，却要忍痛分手的爱情诗，的确非常少见，而且他同样内容的情诗还不止这一首。《给——》《写给一个姑娘》《宣词》等都属于此类诗歌。

　　这首《给——》描绘的是诗人决心要和恋人分手的情景。中国诗歌会诗人群体的诗歌作品中有太多痴恋对方，爱而不得的情诗，但像这样两情相悦，却因为残酷的现实，理智分手的情诗，不由得让人们感慨唏嘘。作为一名革命者，殷夫短暂的一生就被捕了三次，他早就做好了准备，要把自己的生命献给革命事业。他也清醒地知道，他的爱情不会有未来，他也不想连累自己心爱的姑娘，就像他在另一首诗中写道，"姑娘，原谅我这罪人，我不配接受你的深情，我祝福着你的灵魂，并愿你幸福早享趁着青春"（《写给一个姑娘》）。在这首诗歌中，诗人显然已经思考得很清楚了，很理智地做出了抉择。那位姑娘却只是"呜咽着向我诉说"，而我"只低头沉思"，但心里已下定决心这是最后一次了。从诗歌的第二节中可以看出，诗人已经抱定了献身革命的决心，"死的心弦不能作青春的奏鸣"，血液也不再沸腾，所以，爱情也就应该放手了。在诗歌的第三节中，诗人进一步强调，自己已经没有眼泪，也没有热情了，临别时没有握手，更没有吻别，因为"我不敢，不忍亦不能"。这最后一句暴露了诗人的内心世界，面对日趋严峻的形势，自己已抱着必死的决心，所以，与恋人的分手就应该干干脆脆，不应该拖泥带水，给对方留有幻想。诗人的内心交织着决绝和不忍，他在承受着怎样的痛苦啊！诗歌的最后一节，诗人劝恋人不要哭泣，自己"委之于深壑无惜"，希望恋人能面向未来！这是多么令人痛心的祝福！这首诗歌表现了诗人一种纯洁高尚的爱情观。诗人自己身处危难，面对自己亲手斩断的情丝，没有后悔，没有怨恨，只有希望和祝福。诗人即便在处理自己私人感情时，也没有一点自私，没有"小我"，而是纯粹的"大我"，这是怎样的人生境界！也许，殷夫身上才真正体现了"生命诚可贵，爱情价更高。若为自由故，两者皆可抛"。诗人为了追求自由和光明，毅然决然地抛弃了生命和爱情。

诗歌情感表达细腻感人，有种悲壮之美。诗歌的形式也较为齐整，共有八节，每节押韵，读起来有种音韵美。

血　字

殷　夫

血液写成的大字，
斜斜地躺在南京路，
这个难忘的日子——
润饰着一年一度……

血液写成的大字，
刻划着千万声的高呼，
这个难忘的日子——
几万个心灵的暴露……

血液写成的大字，
记录着冲突的经过，

这个难忘的日子——
狞笑着几多叛徒……

"五卅"哟!
立起来,在南京路走!
把你血的光芒射到天的尽头,
把你刚强的姿态投映到黄浦江口,
把你的洪钟般的预言震动宇宙!

今日他们的天堂,
他日他们的地狱,
今日我们的血液写成字,
异日他们的泪水可入浴。

我是一个叛乱的开始,
我也是历史的长子,
我是海燕,
我是时代的尖刺。

"五"要成为报复的枷子,
"卅"要成为囚禁仇敌的铁栅,
"五"要分成镰刀和铁锤,
"卅"要成为断铐和炮弹!

四年的血液润饰够了
两个血字不该再放光辉,
千万的心音够坚决了,
这个日子应该即刻消毁!

(选自《殷夫诗文选集》,人民文学出版社 1954 年版)

第六章 三十年代左翼诗歌

[诗歌导读]

　　诗歌《血字》是殷夫的代表作，也是早期无产阶级诗歌的典范之作。1929年，殷夫曾写下《血字》《意识的旋律》《上海礼赞》等七首红色诗歌。后来，左联常委钱杏邨将其加了《血字》的总题，发表在左联刊物《拓荒者》上。刊物发行后，被国民党当局查禁，后改名《海燕》出版。

　　这首诗是为纪念"五卅"运动而作，写于1929年"五卅"运动四周年前夕。题目"血字"，一看就给人以触目惊心的感觉。"血字"就是诗中所说的"血液写成的大字"，这是对人民流血牺牲的"五卅"惨案这个抽象概念的具象化构思。诗歌的第一节，"血液写成的大字，斜斜地躺在南京路，这个难忘的日子——润饰着一年一度"，语气压抑、低沉，似乎在蓄积一种力量。紧接着，在诗歌的第二、三节中，诗人回忆了"五卅"运动中那些充满着血与火的记忆图景，如"千万声的高呼""几万个心灵的暴怒""狞笑着几多叛徒"。此时，诗人的情绪由原先的压抑变得激昂。从第四节开始，诗人情绪进一步高涨，几乎是难以遏制的暴怒。诗歌以拟人化的手法，让"五卅"站立起来，成为激励大家与敌人进行殊死搏斗的存在。诗人一方面愤怒地诅咒敌人，另一方面也坚信敌人必将失败。诗人认为，自己作为一个叛逆者，一定会充当"时代的尖刺"去战斗！诗歌最后两节，诗人复仇和战斗的情绪已到达顶点。诗人突发奇想，让"五"和"卅"化成各种战斗的武器，让"五卅"的精神在战斗中得到继承和发扬。最后，诗人提出告别"五卅"，因为"五卅"的精神已经深入人心，"千万的心音够坚决了"，这个日子可以销毁了！此时的诗歌已经奏响了震撼人心的旋律，所表达的情绪也达到了高潮。

　　一般的政治抒情诗很容易带有标语口号的弊病，但这首《血字》却以其想象奇特、形象鲜明，以及既有鼓动性又有艺术性的特点，成了一首优秀的作品。诗歌共八节，每节诗句四行或五行，长短不一。有的诗节隔行押韵，并不严格。诗歌还通过一些重复的诗句，如在前三节中，"血液写成的大字"重复了三次，给人以深刻的印象。还有一些对比手法的运用，如"今日"和"他日"、"天堂"和"地狱"、"血液"和"泪水"等表达，都有很好的艺术效果。总之，诗歌具有强烈的感染性和鼓动性，几乎代表了20世纪30年代红色鼓动诗的最高水平。

蒲 风

[诗人简介]

蒲风（1911—1942），原名黄日华，又名黄飘霞，广东省梅县人，现代诗人，曾为无产阶级革命新诗的发展做出重要贡献。

1931年，蒲风加入中国左翼作家联盟，是中国诗歌会的发起人之一。他从1928年开始发表新诗，一生中创作了《茫茫夜》《六月流火》《真理的光泽》《抗战三部曲》等多部诗集，是当时中国诗坛"最多产"的诗人。蒲风的诗歌内容主要集中在两方面，一是真实地反映农民被压迫、被剥削的痛苦生活，表现他们的觉醒和反抗，如诗歌《茫茫夜》《六月流火》等；另一则是写"九一八"事变以后，中国人民不断高涨的抗日爱国情怀，如诗集《抗战三部曲》中的诗歌。蒲风的诗歌在内容和形式上都体现了中国诗歌会所提倡的诗歌大众化的主张。他积极探索诗歌的形式，尝试用多种形式写诗，他曾经写过街头诗、明信片诗、歌谣体、儿童诗、寓言诗、长篇叙事诗、长篇抒情诗、客家方言诗等，为诗歌大众化做了许多努力。蒲风的诗歌风格总体刚健清新、朴素明朗，但因为诗人多产，往往来不及锤炼，有些作品则显得粗糙，艺术性不足。

鸦 声

蒲 风

惨白色的天空中，
突有一只孤鸦飞过。
"哑……哑……"几声
它像要把所遇见的事情向人们传播。

我飞到东：
我看见恶人们在喜气洋洋。
但被压迫的大众，

却时常和他们作激烈的反抗。

我飞到西：
这西边终究只是片片沙漠，
民气还是非常不开。
唯有恶人们刻不容缓地把他剥削，劫掠。

我飞向南方：
南方紧紧地接着海洋；
苛捐杂税层出不穷，
民众们反抗统治者的浪潮与日俱长。

再飞向北方：
北方有的是魑魅魍魉；
但大众们都起来自动反抗，
统治者们无日不在魂飞魄荡。

我停留于中部：
到处都有残酷的屠杀，
到处都是草菅人命的屠场。
但是，人们哟！新鲜的旗帜在飘扬。

惨白色的天空中，
　突有一只孤鸦飞过，
"哑……哑……"几声
　它正在把它把所遇见的事情
　向人们传播。

（选自《蒲风诗选》，作家出版社1957年版）

[诗歌导读]

蒲风早期有不少诗歌都揭露了黑暗的社会现实，这首《鸦声》就是其中一首。诗歌通过乌鸦的飞翔啼叫，去诅咒那个黑暗的社会。诗歌一开头就描写了一个灰暗的世界，天空是"惨白的"，一只乌鸦飞过。乌鸦在我国传统文化中代表着不吉，它的出现总是有不祥之兆，总是给人们带来坏消息。这只乌鸦要将它飞过的东南西北各方的所见所闻告诉大家。在第二节中，乌鸦先是飞到了东方，那里坏人猖獗，欺压百姓，激起百姓的反抗。在第三节中，乌鸦又飞到了西方，那里的百姓没有觉醒，"恶人们"疯狂剥削百姓。第四节讲的是南方的情况，那里苛捐杂税层出不穷，百姓群起反抗。在第五节中，诗人写北方的各种恶势力更加猖獗，大众的反抗让统治者丧胆。第六节说明了中部的情况，到处是屠杀和屠场，这里已经有革命的力量在生长。实际上，诗歌描述的东南西北中各方的情况，就是要告诉大家，处处都是压迫，处处是屠杀，但处处都有反抗。诗歌充满激愤的情绪，显得粗犷有力。《鸦声》的构思显然受到了郭沫若《凤凰涅槃》这首诗歌的影响，染上了郭沫若诗歌的色彩。但是，在意象的锤炼上还不够具象，稍显浮泛。

诗歌在艺术形式上也有可取之处。诗歌首尾两节重复，中间五节的结构也是相似的；在押韵方面并不严格，二、四、六节押韵。总体来看，诗歌还是在一定程度上体现了诗歌的形式美、音韵美。

任　钧

[诗人简介]

任钧（1909—2003），原名卢奇新，后改为卢嘉文，笔名卢森堡、叶萌等，广东省梅县人。1926年开始新诗创作，1928年起，先后加入太阳社、中国左翼作家联盟、中国诗歌会、中华全国文艺界抗敌协会。历任上海大夏大学、四川省立戏剧学校、上海戏剧学院、上海师范大学、上海音乐学院教授，主要作品有诗集《后方小唱》《冷热集》《为胜利而歌》《战歌》《战争颂》《发光的年代》《新中国万岁》等，中篇小说《爱与仇》，剧本《新女性》，译著《艺术方法论》《俄国文学思潮》《托尔斯泰最后日记》等。

1932年，任钧与穆木天、蒲风、杨骚等几人共同成立了中国诗歌会，并任该会机关刊物《新诗歌》编委。在诗歌创作上，任钧和中国诗歌会其他诗人一样，都是现实主义风格。任钧的诗歌较真切地反映了"九一八"事变以后，中国这块土地上的灾难，老百姓生活的苦难，以及人民的愤慨与反抗。在抗战时期，他的诗歌既反映了抗战时的艰苦，同时又洋溢着乐观主义精神。任钧的诗比较有诗意，善于选择一些富有生活气息的生活细节来表达情感。他的部分诗歌情绪饱满、富有激情，具有较强的宣传鼓动作用。

祖国，我要永远为你歌唱

任 钧

（作品见《任钧诗选》，永详印书馆1946年版）

[诗歌导读]

这首《祖国，我要永远为你歌唱》创作于抗战时期。这段时间正是中国内忧外患的阶段，中国人民正处于水深火热之中。国民党的黑暗统治、日本侵略者的野蛮入侵都给中国带来了巨大的灾难。中国人民奋起抗争，抗日杀敌的意识逐渐形成。正是在这样的背景之下，诗人写下了这首鼓舞人心、感人至深的爱国诗篇。

从诗歌的题目中可以看出，诗人以第二人称的表达，深情地呼唤祖国母亲，向祖国表达热爱之情。诗歌开头就以满腔的深情呼喊，"祖国，我要为你歌唱"，诗歌的每节前都有这一句"祖国，我要为你歌唱"。这句话也是全诗写作的基调，也是诗歌的主旋律。诗人要为祖国歌唱，但他唱的不是赞歌，因为基于当时的社会现状，他已经唱不出赞歌了。"我"不是"画眉"，也不是"夜莺"，已唱不出婉转的歌曲。就不要再去赞颂那些过去引以为豪的"长城""长江""辉煌的历史"了，因为那些都没法改变严峻的现状。那"我"唱什么呢？接下来诗歌开始了它真正的歌唱。"我"是嘴边滴血的"杜鹃"，或者是被人认为不吉利的"乌鸦"，"我"要为祖国歌唱的是"漆黑的暗夜"和"未来的曙光"。"暗夜"里，灾难深重的祖国啊，"你"的百姓颠沛流离。敌人是如此的猖狂，还有那些无耻的卖国贼和汉奸！可百姓绝不会屈服，他们已经在觉醒，他们正团结起来，与敌人作英勇的斗争。只有斗争，才有未来的曙光。诗人一方面表达了对敌人的憎恨，另一方面也热情歌颂了风起云涌的革命斗争。在诗歌的结尾处，诗歌的情感达到了高潮，诗人再一次表达了对祖国的深厚情感，也坚定了革命必胜的信念，"我要从无边的暗夜里，唱出一个大天亮！""直到你从镣铐当中得到解放！"诗人要一直唱下去，直到胜利的那一天。

诗歌在形式上也体现了诗人的精心构置，反复出现的"祖国，我要为你歌唱"成为全诗回环往复的主旋律，不断深化诗人热爱祖国的情感。全诗一韵到底，每节的最后一行押韵，读起来朗朗上口，有种昂扬奋进的感觉。显然，这也是一首适合朗诵的诗歌。

温 流

[诗人简介]

温流（1912—1937），广东省梅县人，著名诗人。中国诗歌会广东分会的主要负责人，也是华南新诗运动的开拓者，曾主编过《诗歌》和《诗歌生活》，1934年参加出版《今日诗歌》。他从事诗歌创作的时间并不长，生前留有诗集《我们的堡》《最后的吼声》两部，另有《温流诗选》出版。

温流的诗歌从内容上来看，侧重于描写城乡劳动人民的不幸遭遇。他在青少年时代做过打金工，熟悉下层民众生活。他的一些表现劳动人民生活的作品很有特色，如《打砖歌》《搭棚工人歌》《割禾歌》等。温流的作品在人物描写上细致深刻，语言通俗流畅，富有激情。他的《打砖歌》曾由音乐名家谱曲，广为传唱。

唱

温 流

曾经飞到流着火的田野里，
曾经飞到没有笑声的村子里，
也问过刚由海那边飞来的雁子；

第六章　三十年代左翼诗歌

那儿会有叫野草开花的春天呢？

叫渴的土地开杜鹃花吗？
人走了，甘薯田会长叶子吗？
在冰和雪封着的宫里，
百灵会唱欢迎阳光的曲吗？

晓得翅膀不是钢柱子，
晓得歌喉不是银笛子；
但寒冷切得断一串串的歌吗？

一滴血就是排天桥的一只喜鹊；
一串歌跟着一滴血，
春天就在天桥那边哩。

（选自《我们的堡》，青岛诗歌出版社1936年版）

[诗歌导读]

20世纪30年代的中国，内忧外患，广大民众生活在水深火热之中，但是在漫漫长夜中，人们也无时无刻不在期盼苦难的结束，春天的到来。这首《唱》借着歌声飞过的路径，写出了民众的期待和信念，这里的歌声实际上也就是民众的呼声。广大民众始终在压抑中寻找出口，始终没有放弃对胜利的期盼。这里的歌声也象征着革命者奋进的步伐，诗人认为，革命者只有不停地跋涉，才能找到春天。

诗歌的前两节都是在写"歌声"到处在寻访春天。曾经飞到"流着火的田野""没有笑声的村子"，也问过"海那边飞来的雁子"，问它春天在哪里？歌声飞过的这些地方都是一片荒芜啊！在这样荒芜的大地上，杜鹃会开花吗，甘薯会长叶子吗？在冰雪覆盖的地方，百灵鸟还会唱歌吗？诗人到处在探寻春天，到处在探寻给人以希望的新世界。普通的翅膀和歌喉虽然不是钢铁制成，但唱出的音符是寒冷切不断的。这歌声象征着革命者的足迹和步伐，任何困难都无法阻挡革命者艰苦跋涉的脚步。诗歌结尾的表达新颖别致、内涵丰富。诗人在诗歌结尾处说，通往春天的天桥是喜鹊搭建的，那么每一滴血（革命者的血）都是一只喜鹊，每一串歌后面都跟着一滴血。所以，要不断地唱下去，直到春天到来。

诗歌的情感饱满，感人至深，有种悲壮的美。它唱出了人们在苦难中的希望和用鲜血缔造春天的信念。所以，它是一首鼓舞人心的战歌。诗歌在体式上属于自由体诗，语言通俗易懂，但一系列的疑问、反问丰富了诗歌内在的情感，诗歌的感染力也随之增强。

臧克家

[诗人简介]

臧克家（1905—2004），山东省诸城市人，现代著名诗人、作家、编辑家。1923年考入山东省立第一师范学校读书，1930年考入国立青岛大学读书，师从闻一多学习诗歌。1933年出版第一部诗集《烙印》。中华人民共和国成立后，他历任人民出版社编审、《诗刊》主编等职。臧克家诗歌创作生涯较长，出版诗集较多，有《烙印》《罪恶的黑手》《呜咽的云烟》《泥土的歌》《生命的零度》等。

臧克家一直是一位要求进步、向往革命的诗人，他虽然不是中国诗歌会的成员，但始终追随着共产党领导下的左翼文艺运动。他的诗歌始终坚持着进步的文艺方向，坚持现实主义精神，这与左联诗歌有着相通之处。臧克家的第一本诗集《烙印》出版后，立刻引起文坛注目。臧克家生于农村，长于农村，对农村和农民有着很深厚的感情。他曾被赋予一个光荣的称号，即农民诗人，他的《老马》等诗就是对农民苦难生活的生动写照。臧克家笔下的农民是广义的，他描写了一个群体的苦难。他曾经写过拉洋车的、卖鱼的、矿工、小婢女等，他们虽不是农民，却有着同样悲惨的生活和命运。应该说，臧克家关注的就是社会底层劳动人民的生存境遇。他在诗中不仅描写底层人民的不幸，精神上的苦恼，更重要的是表现了他们身上的"坚韧"。这种"坚韧"是一种直面生活里苦难的精神，是一种"从棘针尖上去认识人生""苦死了也不抱怨"的精神。在《老马》中他写到，"背上的压力往肉里扣，它把头沉重地垂下"是千千万万底层民众在苦难中忍耐、坚持、抗争的真实写照。

臧克家在诗歌创作上属于"苦吟派",创作态度严肃认真,总是坚持捕捉每一个形象,去认真锤炼每一个字句,达到精益求精的程度。他总是尽力将情感隐藏在诗歌的形象里,使得诗歌更加耐人寻味。他还特别重视诗歌形式的凝练整齐,讲究诗的节奏和韵律。在这一点上,他一方面受到中国古代诗歌中"苦吟派"的影响,另一方面,也受到了闻一多诗歌"三美"主张的影响。

老 马

臧克家

(作品见《烙印》,开明书店 1934 年版)

[诗歌导读]

这首《老马》应该是臧克家最著名,最有代表性的诗歌。这首诗歌写的是一匹受苦受难、痛苦无比,在鞭子的抽打下还不得不继续前行的老马。长期以来,读者和评论家都很自然地认为,老马就是受苦受难的旧社会的农民形象。尽管诗人后来强调自己写作时,并未存心用它去象征农民的命运,只是亲眼看到了一匹命运悲惨的老马有感而发,但诗歌写成之后,却与农民的苦难命运非常契合。这首诗写于 1932 年,当时诗人正在国立青岛大学读书。革命失败以后,诗人对革命的前途感到非常渺茫,内心也是苦痛和压抑的。实际上,诗人在诗中既写了老马,也写了受压迫的农民形象,同时也写了自己。

全诗共两节,每节四行。诗人似乎在运用特写镜头来展示一匹老马的苦难生活画面。第一节中描写了装车的画面。狠毒的主人"总得叫大车装个够",大车已经装得不能再装了。沉重的负荷下,老马一句话也没有说,巨大的压力已经扣进皮肉里,痛进骨髓里,但它依然没有反抗,只是"把头沉重地垂下"。诗歌的第二节里描写了拉车的画面。老马深知自己命运的艰辛,命运不可能改变,也不抱改变的希望。老马"这刻不知道下刻的命",它只有把眼泪往肚里咽,把所有的苦痛藏在肚子里。老马拉着沉重的大车缓慢前行,主人的一记鞭子落下,它也只能"抬头望望前面",望望前方漫长的苦难之路。老马奋力拉车的形象似乎像一尊雕塑,刻印在读者的心中,它身上的"坚韧"令人心痛。

老马的形象很自然让人联想起当时那些生活在社会底层的农民,他们长期忍受着剥削和压榨,长期生活在绝望的深渊里。然而,他们大多沉默无语,坚韧顽强,缺少呐喊和抗争。老马正是中国农民悲惨命运的真实写照,如果从更深的层次来思考,还可以从这首诗中领悟人类生存的哲学。人生之路本来就不是一条坦途,充满着艰辛和挑战,人应该有一种面对重压的坚韧精神,这样的理解似乎有着更普遍的意义。整首诗凝练、浓缩,蕴含着深刻的思想内容,用学者陆耀东的话来说就是,胜过一万行一般化的作品[①]。

诗歌在形式上体现了新月派的三美主张。诗歌在外形上不是严格的整齐,有个别行多一个字,使得诗歌结构在整齐中富于变化。诗歌有着严整的格律,两节诗的一、三行,二、四行都押韵,如"够"和"扣"、"话"和"下"、"命"和"影"、"咽"和"面",读起来很有韵律感。

烙 印

臧克家

(作品见《烙印》,开明书店1933年版)

[诗歌导读]

这首《烙印》也是臧克家的一首脍炙人口的作品。诗歌的题目叫"烙印",实际上写的是人的痛苦。从未有人将痛苦描写得这般清晰、这般形象。1927年,革命失败以后,诗人回到家乡,后又因为国民党反动派的迫害而四处流亡。诗人对未来充满迷茫,内心也极其痛苦。1932年,诗人在迷茫和痛苦中写下了这首诗。

全诗共四节,层层深入,深刻剖析了诗人内心的痛苦。第一节的一开头诗人就说"生怕回头向过去望",是因为过去的日子太痛苦、太沉重,不堪回首。所以只能自欺欺人地说"人生是个谎"。痛苦太深了,"痛苦在我心上打个印烙",并且时时警醒生活就是这样。痛苦已经伴随着诗人很久,而且已经融入了他的生活。在第二节中,诗人围绕着烙印产生了一系列的联想,当抚摸着烙印时,忽然感觉到它是灯火上灼起的毒火,而且火花里竟然"迸出一串歌声",歌声里正唱着生命的不幸。痛苦本是存在于人内心的东西,是不容易被描述的,但诗人却将这痛苦具象化,将其化为可看、可听的实物。这里的"毒火"和"歌声"都是痛

---

① 陆耀东. 中国新诗史:第2卷[M]. 武汉:长江文艺出版社,2009:264.

苦的化身。诗人也通过联想写出了人生的痛苦，感悟了人生的悲剧性。在第三节中，诗人围绕着痛苦是个"谜"展开叙述，既然是个谜，那就不能说。所以，"我从不把悲痛向人述说"，只有"混沌地活着"。这反映出诗人选择独自将痛苦埋在心底，默默地承受。这也正是诗人时常在自己诗歌中提及的"坚韧"。但诗人又认为"那是一个罪过"，因为他认为人们应该正视现实，和命运抗争。在第四节中，诗人进一步描写自己的痛苦状态及对痛苦的态度。"我嚼着苦汁营生，像一条吃巴豆的虫"，表现出一种咬紧牙关、艰难苦斗的生活态度。尽管心都"提在半空"，呼吸都觉得沉重，但"坚韧"的确是人们面对苦难时要的一种态度，也是人们应对苦难和灾难的一种巨大力量。如果跳出诗人所处的时代，可以从更广泛的意义上来理解人类的痛苦，这就涉及如何面对人生中的困难和痛苦的问题。当人生中遭遇不可解决的痛苦时，"坚韧"面对又何尝不是一种解决的途径呢？这样理解就有一种"非个人化"的理解，诗歌也就具有了更深广的思想容量。

诗歌在形式上受到新月派"三美"主张的影响，全诗共四节，每节四行，形式上具有建筑美。诗歌注重韵律，一、三、四节的二、四句押韵。诗歌在表达技法上，运用意象和暗示的方法将生活中的体验升华出哲理的诗意，这又具有现代诗派的特点。

第七章　三十年代现代派诗歌

[诗派简介]

现代派诗歌以《现代》杂志而得名。1932年5月，由施蛰存、杜衡主编的《现代》杂志创刊成了刊载现代派文学作品的重要阵地。《现代》杂志汇聚了北京、上海等地的青年诗人群体，刊载了一大批现代派诗人的诗歌。戴望舒是现代派的"诗坛首领"，他的诗歌和诗歌理论对青年诗人影响很大。现代派重要的诗人还有卞之琳、何其芳、李广田、施蛰存、废名、金克木等。

总的来说，现代派诗歌最重要的两个特点，一是写"纯诗"，二是写"现代"的诗。所谓"纯诗"，实际上与后期新月派提倡的诗歌要专注于"表现内心情绪"有一脉相承的地方。现代派诗人大多是一些受到西方现代派思想影响的小资产阶级知识分子，他们原本从乡村或城镇来到大都市，想寻求理想的梦，但他们并未被都市接受，而是成了生存于都市与农村中、传统与现代中的边缘人。此外，在时代巨变、革命失败的背景下，这群神经敏感、精神脆弱的小资产阶级知识分子在理想破灭之后，更是感觉到前途渺茫，无路可走。茅盾曾这样评价他们：他们被夹在越来越剧烈的阶级斗争的夹板里，感到自己没有前途；他们像火烧房子里的老鼠，昏头昏脑，盲目乱窜；他们是吓坏了，可仍然顽强地要把"我"的尊严保持着。[1]卞之琳也说自己：方向不明，小处敏感，大处茫然，面对历史事件、时代风云，总不知要表达或如何表达自己的悲喜反应。所以，面对种种矛盾和茫然，现代派的诗人们只能退回到自己的内心世界。他们在诗歌中表现的"现代的情绪"实际上就是指感伤、迷茫、忧郁、彷徨、苦闷等复杂感受。

现代派诗人在诗歌创作上受西方现代派的影响，借鉴了象征派的表现手法。现代派诗人认为，诗歌应该让情绪表现出来，但又不是赤裸裸地宣泄出来，而是

---

[1] 茅盾. 夜读偶记 [M]. 天津：百花文艺出版社, 1958: 55.

要巧妙地使情绪外化、物化。这种方式与中国传统诗词中的主客体交融的意境概念也是类似的。现代派诗歌普遍表现出来一种朦胧美，再加上情绪感伤、忧郁，与我国晚唐五代时的诗词也有相似之处。

现代派诗歌在诗歌的形式上，总体是去格律、散文化的倾向。戴望舒在《望舒诗稿》中写到，诗不能借重音乐，它应该去了音乐的成分。诗的韵律不在字的抑扬顿挫上，而在情绪的抑扬顿挫上，即在诗情的程度上。韵和整齐的字句会妨碍诗情，或使诗情成为畸形的。若让诗的情绪去适应呆滞的、表面的旧规律，就和把自己的足去穿别人的鞋子一样。[①] 所以，20世纪30年代的现代派诗人大多采用自由诗体。

戴望舒

[诗人简介]

戴望舒（1905—1950），字朝安，笔名梦鸥，浙江省杭州市人，现代著名诗人、翻译家。1923年左右，他开始创作新诗，1932年，《现代》创刊，戴望舒是主要撰稿人，1936年，他与卞之琳、孙大雨、梁宗岱、冯至创办《新诗》月刊。戴望舒应该是《现代》《新诗》诗人群里最为杰出的诗人，主要诗集有《我的记忆》《望舒草》《望舒诗稿》《灾难的岁月》等。

戴望舒开始创作新诗时，受到了徐志摩、闻一多、朱湘等新月派诗人的影响，早期诗歌大多抒写小资产阶级知识分子孤独、抑郁的情怀，较少关注社会现实。20世纪20年代中期以后，戴望舒受法国象征派的影响，努力探索更为合适的诗歌形式。《雨巷》是戴望舒诗歌创作的第一高峰，诗人因此获得"雨巷诗人"的称号。《雨巷》这首诗优美、感伤，富有象征色彩，音调和谐，融合了中西方诗歌的艺术特点。戴望舒在1929年创作了《我的记忆》，这首诗标志着诗人诗风的转变，诗人的创作进入了成熟期。这一时期，戴望舒受到西方现代派、意象派的影响，大量使用叠加意象，使诗歌呈现出更多的"现代"意味。诗歌以内在韵律取代外在韵律，字句的节奏被情绪节奏代替，诗歌的形式趋于散文化。在这一时

---

① 戴望舒. 望舒诗稿[M]. 上海：上海杂志公司出版社，1937：149.

期，戴望舒在诗歌中抒发的情感仍然是小资产阶级知识分子的幻灭和虚无的感受。

抗日战争爆发以后，戴望舒的诗风又有了较大的转变。在抗日战争的大背景下，诗人的情绪不可能不发生变化，他也开始走出"寂寥的雨巷"，诗歌观念也随之变化。1942年，诗人被捕入狱，他临危不惧，写下了《狱中题壁》《我用残损的手掌》等诗歌，表现了高尚的民族气节和爱国情怀。此时诗人的诗歌在艺术上有所发展，既注重新诗的舒展自由，又运用外在韵律加以节制。诗歌既有个人抒情特色，又有积极的社会意识。

戴望舒不仅是位优秀的诗人，在新诗理论上也有建树。他在1932年发表的《望舒诗论》（后改为《诗论零札》，就是他最重要的新诗理论研究成果。他的诗论有些部分较为精彩，但有些部分也有片面之处。

雨 巷

戴望舒

撑着油纸伞，独自
彷徨在悠长，悠长
又寂寥的雨巷，
我希望逢着
一个丁香一样的
结着愁怨的姑娘。

她是有
丁香一样的颜色，
丁香一样的芬芳，
丁香一样的忧愁，
在雨中哀怨，
哀怨又彷徨。

她彷徨在这寂寥的雨巷，
撑着油纸伞

像我一样,
像我一样地
默默彳亍着,
冷漠,凄清,又惆怅。

她静默地走近
走近,又投出
太息一般的眼光,
她飘过
像梦一般地,
像梦一般地凄婉迷茫。

像梦中飘过
一枝丁香地,
我身旁飘过这女郎;
她静默地远了,远了,
到了颓圮的篱墙,
走尽这雨巷。

在雨的哀曲里,
消了她的颜色,
散了她的芬芳,
消散了,甚至她的
太息般的眼光,
丁香般的惆怅。

撑着油纸伞,独自
彷徨在悠长,悠长
又寂寥的雨巷

> 我希望飘过
>
> 一个丁香一样的
>
> 结着愁怨的姑娘。

（选自《小说月报》1928年8月第19卷第8号）

[诗歌导读]

  《雨巷》是戴望舒的成名作和代表作，它代表了诗人前期诗歌创作的最高成就。《雨巷》最初发表在1928年8月出版的《小说月报》的第19卷第8号上，当时的编辑叶圣陶先生一见到这首诗，便大加赞赏，说它替新诗的音节开了一个新的纪元。22岁的诗人也因此获得了"雨巷诗人"的称号。

  这首诗的内容从表面上来看非常简单。诗歌一开始就展示了一幅梅雨季节里，那种铺着青石板路的江南小巷的画面。诗中的"我"撑着一把油纸伞，独自走在寂寥悠长的小巷中，同时心里还有一个希望，就是"希望逢着一个丁香一样结着愁怨的姑娘"。"我"是认识这个姑娘，还是暗恋这个姑娘？都不得而知。也许这个姑娘的家就在小巷的尽头，也许姑娘日日必经过这小巷。但是这个姑娘却被赋予了美丽而愁苦的色彩，她有着"丁香一样的颜色""丁香一样的芬芳"，确实是"结着愁怨的"，她的内心是"冷漠，凄清，又惆怅"的，她和诗人一样是哀怨又彷徨的。姑娘终于梦幻般地出现了，又梦幻般地消失了。她默默无言，仅仅投来"太息般的眼光"，飘然而过了。"我"仍然彷徨在寂寥的雨巷里，继续期望着、等待着。当然，诗歌的内容和意义绝不止于此，它有着更深的象征意义。

  诗歌表面上在写一个男青年爱慕一个姑娘，渴望见到她，但最后却是理想破灭的惆怅，实际上象征着当时一部分小资产阶级知识分子的精神状态。诗歌里那个阴沉、破败的雨巷象征着当时沉闷窒息的时代气氛。《雨巷》创作于1927年，反动派对革命群众的血腥镇压，造成了笼罩全国的白色恐怖。一部分原来参加过革命的青年知识分子一时找不到出路，陷入苦闷彷徨之中。他们正像徘徊在雨巷的年轻人一样，沉重压抑，独自徘徊，仍然在痛苦中怀着希望。而那个丁香一样，结着愁怨的姑娘则是一个充满浓厚象征意味的形象，那个神秘沉默的姑娘，正是象征着诗人所要追求而又求而不得的理想。这个理想渺茫而又神秘，转瞬即逝。诗歌选择用丁香来形容姑娘，是有着一定的古典诗词传统的。古典诗词中，以"丁香花"来喻忧愁，较为常见，如李商隐《代赠》中"芭蕉不展丁香结，同向春风各自愁"，李璟《浣溪沙》中"丁香空结雨中愁"。这首诗最大的特点就是象征手法的运用。诗人要表达的情绪本身就是朦胧模糊的，他要选择一系列意象通过隐喻、暗示来表达自己的情绪。而这个用于象征的意象或场景也是飘忽、朦胧的，因为他本身就是在诗人意念中流动着的、不太具象的东西。所以，以此来表达情感，则显得含蓄蕴藉，意境深远。《雨巷》虽然是象征诗，但含蓄而不晦涩。

  这首诗的成功之处还有音乐美和节奏美。《雨巷》音调和谐，节奏舒缓。全诗共七节，每节六行，每行虽然长短不一，但诗句的停顿却很分明，顿数也大致相近，基本是三顿。每节都有两三句押韵，全诗一韵，读起来流畅顺口。诗歌中还多处运用重叠反复的手法，第一节和最后一节除"逢着"改为"飘过"以外，其他字句完全一样。全诗首尾呼应，音调回环往复，既增强了诗歌音乐的美感，也提高了诗歌情绪的表现力。全诗就像一首小夜曲，伴随着痛苦又寂寞的旋律反复回想，久久萦绕在人们的心头。

我的记忆

戴望舒

我的记忆是忠实于我的
忠实甚于我最好的友人。

它生存在燃着的烟卷上，
它生存在绘着百合花的笔杆上，
它生存在破旧的粉盒上，
它生存在颓垣的木莓上，
它生存在喝了一半的酒瓶上，
在撕碎的往日的诗稿上，
在压干的花片上，
在凄暗的灯上，
在平静的水上，
在一切有灵魂没有灵魂的东西上，

它在到处生存着,
像我在这世界一样。

它是胆小的,
它怕着人们的喧嚣,
但在寂廖时,
它便对我来作密切的拜访。
它的声音是低微的,
但它的话却很长,很长,
很长,很琐碎,而且永远不肯休;
它的话是古旧的,
老讲着同样的故事,
它的音调是和谐的,
老唱着同样的曲子,
有时它还模仿着爱娇的少女的声音,
它的声音是没有气力的,
而且还挟着眼泪,夹着太息。

它的拜访是没有一定的,
在任何时间,在任何地点,
时常当我已上床,朦胧地想睡了;
或是选一个大清早,
人们会说它没有礼貌,
但是我们是老朋友。

它是琐琐地永远不肯休止的,
除非我凄凄地哭了,
或者沉沉地睡了,
但是我永远不讨厌它,

因为它是忠实于我的。

（选自《我的记忆》，水沫书店1929年版）

[诗歌导读]

《我的记忆》是一首具有独特地位的作品，它标志着戴望舒诗风的转变。戴望舒早期的作品受到新月派三美主张的很大影响，但从《我的记忆》开始，诗人的诗学观念发生了变化。诗人开始在创作中以内在的韵律取代外在的韵律，以情绪的节奏取代字句的节奏，诗歌整体趋向于散文化，更适于表达复杂、细微的现代情感。

《我的记忆》创作于1927年革命失败以后，它呈现了当时部分小资产阶级知识分子普遍存在的心态：现实的黑暗让人压抑窒息，但又无力改变，只能采取回避现实的态度，躲到自己内心里去，躲到自己的记忆力里去。诗歌的第一节就描述了"我"和"我的记忆"之间的关系。"我的记忆是忠实于我的"，超越了任何其他人。诗人接下来就开始描写"记忆"的模样。人的记忆本来是无形的，是难以把握和捉摸的，但诗人凭着敏锐的感觉，采用意象叠加的手法，把"记忆"这种无形的东西表现得极为鲜明而强烈。诗歌的第二节的前七行用了一连串的排比句，来表现"我的记忆"的生存状态，它生存在"燃着的烟卷""绘着百合花的笔杆""破旧的粉盒""颓垣的木莓""喝了一半的酒瓶""往日的诗稿""凄暗的灯"等现实物品上面。从这些记忆附着的物品中可以看出诗人日常的生活状态，是凌乱的、颓废的、孤寂的。在诗歌的第三节，诗人用拟人的手法，描写了记忆的性格、话语、声音的特点。"我的记忆"是"胆小的""声音低微的"，它的话是"琐碎的""古旧的"，它的声音是"没有气力的"、"夹着眼泪"和"夹着太息"的。这一段的描写更加清晰地呈现了诗人的心境，它是不安的、躲避的、忧愁的。诗歌的最后两节进一步强调"我的记忆"是"我"最忠实的朋友，它可以在任何时间、任何地点拜访"我"，而"我"也永远不会讨厌它。从诗句中人们可以感觉到诗人是无比孤寂、忧伤的，他除了自己的记忆以外，再也没有忠实可靠的朋友了。

诗歌的构思非常新颖独特，诗人将无形的记忆通过对生活中具体物象的铺排表现出来，将抽象的记忆具象化，使所要表现的情绪变得具体可感且富有诗意。

诗歌在语言上全是现代口语，使用排比句，不注重押韵和平仄，整体上看利用了散文化的抒情方式，这在当时的确是个大胆的尝试。

寻梦者

戴望舒

梦会开出花来的，
梦会开出娇妍的花来的，
去求无价的珍宝吧。

在青色的大海里，
在青色的大海的底里，
深藏着金色的贝一枚。

你去攀九年的冰山吧，
你去航九年的瀚海吧，
然后你逢到那金色的贝。

它有天上的云雨声，
它有海上的风涛声，
它会使你的心沉醉。

把它在海水里养九年，
把它在天水里养九年，
然后，它在一个暗夜里开绽了。

当你鬓发斑斑了的时候，
当你眼睛朦胧了的时候，
金色的贝吐出桃色的珠。

把桃色的珠放在你怀里,

把桃色的珠放在你枕边,

于是一个梦静静地升上来了。

你的梦开出花来了,

你的梦开出娇妍的花来了,

在你已衰老了的时候。

(选自《望舒草》,上海现代书局1933年版)

[诗歌导读]

这是一首现代寻梦者、追梦者之歌,它是寻梦者内心的真实写照。诗人用象征的手法传达了寻梦的真谛,表现了诗人对理想信仰坚定执着的探寻精神。这首诗写出了寻梦者的必经之路,也道出了一个人生真谛:要想追求美好的理想并取得一定的成功,必须付出一定的代价,甚至是一生的努力。"你的梦开出娇妍的花"的时候,正是"在你已衰老了的时候"。

诗歌在开篇就对梦进行了概括和介绍,诗人认为"梦会开出娇妍的花来的",它里面有无价的珍宝。珍宝在哪里呢,它是"青色的大海的底里"的"金色的贝"。诗人用"金色的贝"来象征梦里那无价的珍宝,也就是现代知识分子追求的梦想。要想得到它,必须有非凡的毅力,要经历磨难,历经考验。要"攀九年的冰山"和"九年的瀚海",才能遇到那金色的贝。它有令人心醉的"天上的云雨声"和"海上的风涛声"。然而,这并不是寻梦的终点。遇到了它,还要精心地珍爱它、呵护它,还要在"海水里养九年""天水里养九年"。这里的"海水"和"天水"都象征着人生的各种磨难。然后,终于等到那一刻,"它在一个暗夜里开绽了",终于等到了"金色的贝吐出桃色的珠"。这"桃色的珠"应该就是历经千辛万苦追求到的人生理想和梦想吧!然而,寻梦者此时已衰老。追梦者终其一生追求的梦想终于实现了,人也老了,但是获得了安慰,梦里真地开出了花。这首诗以象征的手法描摹了寻梦者的寻梦之路,他们历经艰险,无怨无悔,终其一生去追求自己的理想。这是寻梦者的必经之路,也是寻梦者的自我救赎之路。

诗歌在艺术表现上也颇有特色。诗歌通篇是对"你"的言说,"你"实际上是一个群体，是一个包括诗人在内的庞大的寻梦群体。这样写的目的是让现代知识分子在寻梦过程中相互激励，使诗歌的内涵更加丰富。诗歌虽然是首象征派诗歌，却也有着鲜明的民族色彩，其使用的意象具有传统诗歌韵味，如大海、珍珠、冰山、瀚海、海水、天水等都是较常见的传统意象，"九"这个数字在传统文化中也有特殊意义。所以，诗歌具有一定的传统文化意蕴。在诗歌的形式上，全诗共八节，每节三行，每节的第一和第二两句有的重复、有的排比。诗歌首尾两节呼应，形成一种环形结构，有种音乐回环往复的美感。

卞之琳

[诗人简介]

卞之琳（1910—2000），祖籍江苏省南京市溧水区，现代著名诗人、文学评论家、翻译家，曾与何其芳、李广田合称为"汉园三诗人"，曾著有诗集《三秋草》《鱼目集》《汉园集》《慰劳信集》《十年诗草》《雕虫纪历》等。

卞之琳深受新月派诗人影响，是后期新月派成员。陈梦家主编的《新月诗选》曾选入卞之琳的四首诗。但是，卞之琳的诗歌从一开始就与新月派诗人有很大差异。新月派诗歌整体上重视诗歌的抒情性，讲究构思精巧，而卞之琳的诗歌尤其是早期的诗歌，往往倾向于以细密繁复的结构来表达具有复杂内涵的哲思，或者是来表达具有现代主义色彩的敏锐而又复杂的感情和思想。卞之琳擅长于在诗歌中表达哲思，情感表达相对克制内敛。正如诗人自述："我写诗，而且一直是写的抒情诗，总在不能自已的时候，却总倾向于克制，仿佛故意要做'冷血动物'。"[1] 卞之琳早期的诗歌重视诗歌的意境，多以梦境、寒夜、孤寂为背景，如《鱼目集》中的许多诗歌就是这样的，这些意境往往增添了诗歌的朦胧美。卞之琳对中国古代书面语的使用，也是其诗歌一大特色。此外，他的诗在诗歌形式上还倾向于讲究格律，这似乎又表现出与新月派的联系。卞之琳在1938年奔赴延安以后，目睹了国家和民族的灾难，诗风有了巨大的变化。中华人民共和国成立以后，卞之琳则很少写诗了。

---

[1] 卞之琳. 雕虫纪历[M]. 北京：人民文学出版社，1979：1.

断　章

卞之琳

（作品见《鱼目集》，文化生活出版社 1935 年版）

[诗歌导读]

　　这首《断章》是卞之琳最著名的篇章。据诗人自述，这四句诗原来在一首长诗中，但自己只对这四句满意，所以抽出来独立成章，取名为"断章"。这首诗虽然只有四句，却是一首韵味无穷的小诗。《断章》的主旨不是从字面上的几句话就能感知到的，它的深层内涵往往隐藏在文字和意象背后。

　　诗人在诗歌中描绘了两幅画面，第一幅画面中"你站在桥上看风景，看风景的人在楼上看你"，画面里有"你"、有桥、有楼、有风景、有看风景的人。诗人把这些人和景物巧妙地放进一幅画面，一幅看似极为简洁的画面，但画面背后却象征着诗人想要表达的哲思。当"你"站在桥上看风景的时候，"你"是看风景的主体，那些风景则是被看的客体；当看风景的人在楼上看你的时候，看风景的人是主体，而"你"则成了被看的客体。所以，世间万物之间的关系不是固定的，而是相对的。第二节的两句话又是一幅画面，这似乎是一幅夜晚的风景图，明月装饰了"你"的窗户，而"你"的形象也许会进入他人的梦中装饰了他人的梦。这虽然是一幅画，但显然已经不在一个平面中了，而是在一个三维的空间里。这两句诗还是在表达主客体位置互换的相对概念。诗人在诗歌中想表达一种哲理性的思考，即宇宙间的万事万物都是息息相关、互为依存的。诗歌在表现如此抽象的哲学观念时，并不是直接地陈述和说理，而是通过一些寻常的意象，如人物、小桥、楼、明月等的间接呈现来进行哲理说明的。诗意深邃而不晦涩，它不让人动情，却令人深思。

　　这首诗在形式上也匠心独具，在句式上运用了"顶针"的手法，将前一句的结尾作为后一句的开头，诗行间的逻辑关系非常紧密。一些词语的重复出现，如"你""风景""看"等，使诗歌有种回环往复的音乐美。

白螺壳

卞之琳

（作品见《十年诗草 1930—1939》，明日社 1942 年版）

[诗歌导读]

卞之琳的诗总给人一种扑朔迷离的感觉，这首《白螺壳》也是如此，很容易让人对这首诗歌产生误解。朱自清先生当年通过对诗歌的细致分析，认为这应该是一首"情诗"，但后来诗人出来解释说，这首诗歌象征着人生的理想和现实。这首诗的内涵的确是丰富多彩的，即便是真的把它看成情诗也没有什么不妥。下面，笔者将根据诗人对这首诗歌的解释来赏析它。美丽、空灵、纯洁的白螺壳是诗歌的核心意象，它象征着美好的人生理想，而诗歌中的"我"和"你"正是追求美好理想的追求者。

诗歌的第一节中，先是"我"，也就是诗人与白螺壳的对话。"我"赞美了白螺壳的空灵和纯洁，然后想象白螺壳落到自己手中，似乎有"一千种感情"，"掌心里波涛汹涌"，实际上就是诗人想到人生的美好理想实现之后，感慨万千。然后，"我"又与"大海"有一段对话，"我"感叹"大海"的"神工"与"慧心"，因为"大海"创造了如此完美、空灵的白螺壳。"大海"实际上是人生接受磨炼的场所的一个象征。接下来的第二节是白螺壳的自述，白螺壳甘愿承受大海的改造，"请看这一湖烟雨水一样把我浸透，像浸透一片鸟羽"，这些都是白螺壳经历的人生风雨。白螺壳又想象自己是一所小楼，被风与柳絮"穿过"，被燕子"穿过"，小楼里的"珍本"也被"穿过"，"从爱字通到哀字"。但后面一句"出脱空华不就成"则令人费解，"空华"是"空花"，佛经用语，是虚幻之花的意思。诗歌写到这里，是有些消极了。有的人一生都在追求理想，到头来却是一场虚妄。所以，接下来在第三节中，白螺壳的自述就有一些无奈感，但同时它又对自己的价值有一种超脱的认识。宁愿落在原始人的手中，哪怕只能换一只蟠桃。怕被那多思的人捡起，引起自己的愁潮。诗歌的最后一部分，诗人表达了现代追梦者内心的惆怅与痛苦。前几句几乎都是在说追求理想的路上的磨难，可能到最后，一切还是原来的样子，但回首过去，唯一可以慰藉的是在寻求梦想路上洒下的"宿泪"。人生的追求都要以痛苦为代价，这是一种彻悟，这是人类要面对的永恒的理想和现实的冲突问题。这首诗的内涵丰富而含蓄，值得细细品味。

诗歌构思精巧，富有想象力。诗人善于将平常琐碎的事物精心安排，通过丰富的想象，最后构建出一个充满诗意的艺术世界。诗歌追求一种"陌生化"的表达效果，给人以新奇感的同时，也让人难以理解。这首诗在诗歌形式上非常齐整，全诗四节，每节十句，每节中也总有几句押韵。诗歌的人称不断发生转换，诗歌看似有种回环往复的结构。总之，《白螺壳》这首诗以其深邃的诗意、新颖的意象，成了一首别致且经典的现代派诗歌。

何其芳

[诗人简介]

何其芳（1912—1977），原名何永芳，四川省万县（现重庆市万州区）人，著名诗人、散文家、文艺理论家、文学评论家。何其芳与卞之琳、李广田合称为"汉园三诗人"，主要诗集有《预言》《夜歌和白天的歌》《夜歌》等；散文集有《画梦录》《星火集》《星火集续编》《还乡杂记》等；文艺论文集有《关于现实主义》《论〈红楼梦〉》《关于写诗和读诗》《文学艺术的春天》《西苑集》《何其芳诗稿》《何其芳译诗稿》等。

何其芳从1930年开始写诗，他的诗歌创作可以以1938年去延安的经历为基准线进行划分，从这里开始分为前后期。他前期的作品主要收入了诗集《预言》中，这部分诗歌追求精致的艺术表现，弥漫着青春感伤的冷艳色彩。《预言》中有许多很美的情诗，虽然有忧郁和感伤，但都是些真正"美丽"的诗歌。何其芳是一个永远天真而自得其乐的人，以至于让人觉得，他之所以诉苦，只因为他太愉快了，需要换换口味。诗人擅长将抽象的情思转化成可观、可触、可闻、可嗅的种种物象，使得诗歌情意隽永。诗人自1938年来到延安之后，诗风有了较大的转变。为了适应环境的变化，为了实现文学服务现实的目的，他的诗歌创作显然做了一个大的转变。后期诗歌中，除了《生活是多么广阔》《我为少男少女们歌唱》等几首较成功的作品，整体上作品质量是有些下降的。

预 言

何其芳

（作品见《汉园集》，商务印书馆1936年版）

[诗歌导读]

这首诗写于1931年，当时诗人只有19岁，可以说，这是诗人年轻时候好梦的结晶。诗人自己也非常珍视这首诗，他将自己第一本诗集的名字也取名为"预言"。

《预言》这首诗是诗人对过往爱情的一种眷念和回想。这位年轻的神悄悄地来了，又悄悄地走了，象征着诗人在某段爱情中由期盼到失望怅惘的心路历程。诗歌的第一节有种梦幻般的境界，"我"期盼了很久的预言中的女神来了，多么令人激动！她的"叹息似"的脚步那样轻，她的歌声是银铃般的。在诗歌的第二节中，"我"幻想着这位年轻的神生活过的地方，那里温暖如春，有温暖的阳光和明亮的月色。春风温柔地吹开百花，燕子依恋着绿杨。这种让人如此惬意的地方，实际上是"年轻的神"给人带来的感觉。"我"陶醉在这种氛围里，现在只剩下恍惚的记忆。"我"希望这种温馨的感觉能够一直持续，也希望女神能停下脚步，让"我"用落叶为她燃起火光。"我"将用低低的歌声向女神倾诉自己的故事。当爱神降临的时候，"我"总是希望给她温暖，同时向她倾诉自己的情感。诗歌的第四节，"我"劝女神不要走，不要冒险前行。前方的环境是那样险恶，"无边的森林""古老的树"，密不透风的森林，让人望而却步。诗歌的第五节，女神坚持辞别前行，"我"愿意陪伴她前行。带她走"平安的路径"，用"忘倦的歌"、"温存"的手和"我的眼睛"给她带去温暖和光亮。但是，女神并没有因此而停住脚步。最后一节，她没有听"我激动的歌声"，也没有停止向前的脚步，她就像一阵风飘过，消失了。女神匆匆地来，匆匆地走，"我"从最初的激动，变成最后的无限怅惘。这首诗中的"年轻的神"似乎与戴望舒《雨巷》中的那位"丁香一样的姑娘"有相似之处，她们都是飘然而来且悄然而去的。但两者的色彩似乎有些不同，"年轻的神"似乎显得明朗、宁静，而"丁香一样的姑娘"则显得忧郁且颓唐。

诗歌犹如一首完整的乐曲，开头和结尾形成一种呼应，中间四节铺开情节。

诗歌虽然是抒情诗,却有完整的情节,诗歌在诗人激动的心跳中开始,中间经历了"眷恋""倾诉""挽留",但最后还是以惆怅结束,整首诗的结构非常和谐巧妙。这首诗歌在形式上也均衡和谐,具有音乐美感。全诗共六节,每节六行,一、二、四、六行大体上押韵,每节韵脚不同。诗歌还使用相同句式的重复,如连着两句"告诉我……"还有"再给你,再给你手的温存""消失了,消失了你骄傲的足音……"这样的复沓。这种表达既增强了诗歌的情感表达力,也增强了诗歌的音乐美感。

<h2 style="text-align:center">欢 乐</h2>

何其芳

(作品见《刻意集》,文化生活出版社 1938 年版)

[诗歌导读]

这首诗歌是诗人在 20 世纪 30 年代创作的,那是一个社会环境十分黑暗的时期。广大青年知识分子面对着无边的黑暗,看不到希望和出路,长期处于一种苦闷的状态,压抑的情绪无处排遣,所谓的欢乐只能是一种梦想。这首诗就是在这样的背景下出现的。

这首诗表面上是写欢乐,实际上是写忧愁、写苦闷。正因为没有欢乐,才需要去想象欢乐。欢乐到底是什么样的呢?诗人动用了各种感官,从颜色、声音、形态等方面去想象欢乐的样子。在诗歌的第一节,诗人开头就急切地询问"欢乐是什么颜色?"诗人以通感的手法,说它像"白鸽的羽翅""燕子的红嘴";而后诗人又问"欢乐是什么声音?"它是否像"一声芦笛""簌簌的松声""潺潺的流水"。这些鲜明的意象组合成一幅色彩明朗、声色俱佳的画面。诗歌的第二节,诗人进一步探索欢乐的感觉是怎样的,说它像"温情的手""爱怜的目光",还是会让人"颤抖"或"流泪"?诗人将欢乐这种抽象的感觉化成了具体可感的形象。诗歌的第三节,欢乐来自哪里?像萤火虫飞在树荫里,香气散在花瓣上。诗人在这种描述中,都用了问句,而不是肯定的句式,这就表明,诗人自己也是不确定的,也许欢乐就是这一切,也许又不是这一切,欢乐是朦胧模糊的,难以描述的。诗歌的最后两句,诗人道出了自己对欢乐的认识,他的心并不了解欢乐,他的心就像"盲人的目",是不是也像他的忧郁一样呢?至此,读者也终于明白,诗人实际上在抒发他的忧郁情绪。所以,这首诗歌表面上在说欢乐,实际在说忧郁,构思不可谓不巧妙。

这首诗在艺术上也颇有可称道之处,诗歌十分注重色彩的配合,具有绘画美感,如第一节中,"白鸽的羽翅"和"燕子的红嘴"相配,色彩对比明显,组成的画面明丽多彩,再加上"簌簌的松声"和"潺潺的流水",这简直就是一幅声色俱佳、动静相兼的美景图;还有那"温情的手""爱怜的目光"都是很有画面感的描述。诗人通过这些画面的描摹,隐蔽地表达了自己微妙的情绪。诗歌在结构上是十四行诗,前三节是诗歌的主干,一般用于抒发情感和感受,最后两节总结全诗,是画龙点睛之笔。前三节二、四句押韵,读起来朗朗上口。这首诗显然既有新月派诗歌影响的痕迹,又兼有现代派诗歌的特点。

李广田

[诗人简介]

李广田(1906—1968),山东邹平人,著名诗人、散文家,"汉园三诗人"之一,曾与卞之琳、何其芳出版诗歌合集《汉园集》,出版散文集《画廊集》《银狐集》《雀蓑集》《圈外》《回声》《日边随笔》等。

李广田从考入北京大学后开始发表诗歌。他最著名的诗歌创作于20世纪30年代,收在《汉园集》的《行云集》中。他的诗歌数量虽然不多,但个人风格突出。在"汉园三诗人"中,李广田的诗相对质朴浑厚一些,不刻意追求细节,但诗情浓郁且自然流露。李广田诗歌的主题经历了从寂寞梦幻到关注现实、从沉醉于心灵世界到关注外部世界的过程。李广田早年的诗歌体现了青年知识分子在黑暗现实下的苦闷和幻想。但随着诗人的阅历越来越丰富,思考越来越深入,他的诗歌也逐渐摆脱了原先的狭窄,有了更加现实的关注点,如回归乡土、回归大地。李广田的诗有很浓的乡情,早年的经历,童年时期的友人、恋人,故乡的各种风物都曾出现在他的诗歌中,如《唢呐》《乡愁》《过桥》《笑的种子》等。李广田的诗风在 1937 年以后有了较大的转变,由原先的含蓄转变为直率和明朗,但整体艺术水平则明显下降。

李广田在诗论方面也有突出的贡献,《论新诗的内容和形式》和《沉思的诗》是他的重要诗论文章。在《论新诗的内容和形式》中,李广田在当时"内容决定形式"的简单化诗歌创作思潮中提出了重视诗的艺术的理论。这在当时诗的散文化泛滥、不重视诗歌形式的大背景下,有一定的纠偏作用。《沉思的诗》是李广田对冯至十四行诗歌的解读。诗人着重用"感觉",而不是"思想"去阐释诗歌,真正把握了这首诗歌的真谛。

地之子

李广田

我是生自土中,
来自田间的,
这大地,我的母亲,
我对她有着作为人子的深情。
我爱着这地面上的沙壤,湿软软的,
我的襁褓;
更爱着绿绒绒的田禾,野草,
保姆的怀抱。
我愿安息在这土地上,
在这人类的田野里生长,
生长又死亡。

我在地上,
昂了首,望着天上。
望着白的云,
彩色的虹,
也望着碧蓝的晴空。
但我的脚却永踏着土地,

我永嗅着人间的土的气息。
我无心于住在天国里，
因为住在天国时
便失掉了天国，
且失掉了我的母亲，这土地。

(选自《汉园集》，商务印书馆1936年版)

[诗歌导读]

这是一首风格较为明朗的诗歌，诗人热烈地歌颂土地这位伟大的母亲，内心对其充满了热爱和感激之情。李广田早期的诗歌描绘了人生的苦痛和寂寞，但这首诗却不同，诗人开始抛弃以往的虚无与幻想，脚踏实地，面对现实。这首诗歌也标志着诗人在经过长期痛苦的思索之后所做出的直面现实的选择。自古以来，人们对养育万物的土地就有着深厚的感情，把"大地"看作母亲。诗人也是从大地母亲质朴、宽厚、仁慈的怀抱中获得了力量，充实了生命。

诗歌开头就说"我是生自土中，来自田间的"，这也符合诗人的实际情况。诗人李广田出生于一个普通的农民家庭，他对农村和土地有着超乎一般人的感情。他把"大地"当作母亲，对她有着"为人子"的深情。他爱着大地上的"沙壤""田禾""野草"，愿意永远安息在这片土地上。在这一节中，诗人直接倾吐了对大地母亲的热爱之情。诗歌的第二节，诗人将目光由大地转向天空，抬头望着天，但"脚却永踏着土地"。诗人并不向往住在天国，"因为住在天国时，便失掉了天国，且失掉了我的母亲，这土地"。诗歌通过将"大地"与"天国"进行对比，将感情推向极致，进一步强化了对大地母亲的爱恋之情。

这首诗在诗体上大体上属自由诗，全诗共两节，每节十一行，诗行也不整齐。诗歌每一节中都会有几行押韵，如第一节中，六、七、八行押韵，九、十、十一行押韵，这两个韵脚并不相同；第二节中，四、五行押韵，六、七、八行押韵，韵脚也不相同。诗歌整体上呈现出一种自由的散文美。

废 名

[诗人简介]

废名（1901—1967），原名冯文炳，湖北省黄梅县人，著名诗人、小说家。废名1922年考入北京大学，成为周作人的学生，同时开始发表诗歌和小说。著有小说《竹林的故事》《桃园》《枣》，诗集《水边》，诗文集《招隐集》等。

废名以小说创作闻名，他1922年开始写诗，但主要作品发表于1931—1937年。废名的诗歌具有明显的"东方化"特点，诗歌具有佛教思想，甚至他创作诗歌的思维都深受佛教的影响。他的诗歌中经常出现灯、镜子、梦境、坟墓、死亡等意象，透露出空幻、无常、虚妄等禅意。他的诗歌抒情意味不浓，也不刻意去营造意境，而是偏于沉思冥想。所以，废名的诗由于诗意隐晦，有时并不好懂。

十二月十九夜

废 名

深夜一枝灯，
若高山流水，
有身外之海。
星之室是鸟林，
是花，是鱼，
是天上的梦，
海是夜的镜子。
思想是一个美人，
是家，
是日，
是月，
是灯，
是炉火，

炉火是墙上的树影，

是冬夜的声音。

(选自《水边》，新民印书馆1944年版)

[诗歌导读]

这首诗歌是废名的代表作，诗意不太好把握，基本是诗人对灯独坐时的各种浮想联翩。诗歌交代了这种浮想联翩出现的背景：一个冬夜，对灯独坐。诗人面对着孤灯，都在想些什么呢？他似乎看到了高山流水，感觉到了自己被大海包围；又想到夜空里闪烁的星星，感觉它像鸟林，又像花朵，又像是游动的鱼。诗人感觉夜空中的景观给人以梦幻般的感觉，他想到夜空倒映在海面上，大海就像夜晚的镜子。诗人思维极其活跃，展开了很多由此及彼的联想。接下来，诗人又想到自己的思想像是一个美人，像家、太阳、月亮、灯光、炉火，而后诗人觉得跃动的炉火在墙上留下的影子像树的影子。诗人就是通过这一系列的意象来表达冬夜独坐灯下的感受的，这当然也是难以捉摸的感受。

这首诗的确是一首很独特的诗，很有现代派诗歌的特点。诗歌中包含了太多的意象，日、月、星辰、大海都在其中。大千世界万象内聚，包容于心。诗人通过这些意象来暗示或隐喻自己的某种心境，把一切的情绪客观化，让诗歌有种隐晦、深邃的意味。此外，诗歌中意象的跳跃性极大，彼此似乎没有什么关联，如形容思想的美人、家、日、月、炉火等完全是互不相关的东西，但诗人却以一种特殊的逻辑，甚至是超越了逻辑，将它们聚在一起，来表达诗人飘忽不定的情绪和意识的流动。诗歌在表达上，也完全突破了感官的限制，突破了逻辑的限制，进入一种自由驰骋的状态，如把天上的星星看成是鸟林、花、鱼，又把思想比喻成美人。诗歌结尾处说"炉火是墙上的树影，是冬夜的声音"，这是典型的用视觉来写听觉的写作手法。这些都是奇特的联想，给人以陌生化的感觉，同时也给人以新奇感。

第八章　七月派诗歌

[诗派简介]

七月派出现在20世纪30年代和40年代，是这一时期存续时间最长、影响最大的诗歌流派。它以理论家胡风为核心，以胡风主编的《七月》《希望》杂志和《七月诗丛》为阵地，形成了一个阵容整齐、创作风格鲜明、具有时代感和使命感的诗人群；主要成员有胡风、艾青、田间、绿原、鲁藜、阿垅、钟瑄、冀汸、方然、曾卓等人。七月派诗人的创作活动时间相对较长。它代表了20世纪30年代末40年代初诗歌创作的主流，它在理论上有独特建树，在实践上有丰硕成果，为我国新诗发展做出了独特贡献。

七月派诗人直接继承了20世纪30年代中国诗歌会的革命现实主义传统，将诗歌创作与现实斗争相结合。他们也的确把诗歌作为战斗的武器，追求诗歌与时代的紧密结合，追求诗歌鲜明的政治倾向性和革命功利主义。胡风是七月派的理论家，他的诗学观指导和影响着七月派诗人的诗歌创作。胡风诗论主张客观现实和诗人主观感情的融合、统一。他说过，诗人是以怎样的感情形象、情绪、语言来歌唱的呢？这便关系到了诗歌本质的问题。如果说，诗歌是诗人情绪的表现，这是不够的。诗歌是诗人在客观生活中接触到了客观的形象，得到了灵感，于是，通过客观的形象来表现自己的情绪体验。[①] 胡风认为，诗歌是诗人被客观世界所触发的主观情操的表现。诗歌不是分析、说理，也不是新闻记事，应该是具体的生活实际在诗人的内心中所搅起的波纹，所凝成的晶体。胡风不仅强调主观精神与客观现实的融合，而且特别强调诗人的主观战斗精神。胡风特别反对客观、冷漠的描写，强调诗人要用主体精神去表现客观对象。他认为，在现实生活中，对于客观事物的理解和发现需要主观精神的帮助；在诗歌的创造过程

---

① 胡风. 胡风评论集（中）[M]. 北京：人民文学出版社，1984：53.

中，客观事物只有通过主观精神的燃烧才能够使杂质成灰，进而凝成浑然的艺术生命。①

在胡风诗学观的引领下，七月派诗歌呈现出鲜明的特色，在内容上以抗战为背景，描述民族的历史灾难，抒发爱国激情，表现广大人民顽强不屈的意志；在艺术上注重发扬主观战斗精神，诗歌饱含激情，富于历史感、责任感和力之美。诗歌的体式是自由体。

艾 青

[诗人简介]

艾青（1910—1996），原名蒋正涵，浙江省金华市人，著名诗人、画家。艾青1932年开始创作诗歌，因参加革命运动被捕入狱，在狱中写成长诗《大堰河——我的保姆》，发表后引起轰动，一举成名，被胡风称为"吹芦笛的诗人"②。抗战爆发后，他积极参加救亡运动，1941年赴延安。艾青曾出版诗集《北方》《大堰河》《火把》《黎明的通知》《欢呼集》《宝石的红星》《春天》等，中华人民共和国成立后出版的诗集有《欢呼集》《光的赞歌》等。

新诗发展到20世纪40年代出现了一个高潮，那就是艾青的诗歌。艾青的诗歌从一开始就与中华民族多灾多难的土地和人民有血肉般的联系。他也始终坚持到人民中间思索民族的命运，探索新诗通向人民心灵深处的道路。艾青是一位真正立足于自己祖国土地、挚爱土地与人民的诗人。艾青的诗歌主要描写了农村和生活在那里的劳动者——农民和普通士兵，表现了他们的贫苦生活、旧世界对他们的压迫，以及自己对他们的热爱之情。艾青的诗歌始终蕴含着忧郁的感情，始终回响着这样的调子：中国的苦痛与灾难，像这雪夜一样广阔而又漫长呀（《雪落在中国的土地上》）。诗人的这种忧郁不是一种冷淡的哀愁，而是一种热切的思虑，是对祖国、民族、人民的关切之情。这种忧郁当然也不是对生活的灰心和绝望，而是对美好未来执着的追求。所以，艾青诗歌中的忧郁是一种深沉的力量，

---

① 胡风. 胡风评论集（中）[M]. 北京：人民文学出版社，1984：362.
② 胡风. 胡风评论集（上）[M]. 北京：人民文学出版社，1984：416.

与忧郁感情同时存在的还有强烈的对光明的追求。这种追求来自信念，即使是写乡村的苦难，诗人也能在荒凉中寻到生机，使诗歌在暗淡中透出光亮。不管是哪一种情感，艾青都是全身心地在歌讼，他的诗歌也总是饱含情感。

艾青特别重视诗歌意象的创造，他的诗歌有两种主要意象，即土地和太阳。土地这个意象实际上是个意象群，包含土地、旷野、寒风、荒原、阴雨等，如诗歌《我爱这土地》《雪落在中国的土地上》《大堰河——我的保姆》等。土地这个意象凝聚着诗人对祖国，对大地母亲，对土地上的人民的最深沉的爱。太阳这个意象也是一个意象群，包含太阳、黎明、火把、春天、火焰等，如诗歌《向太阳》《黎明的通知》《火把》等。太阳这个意象表现了诗人对光明、理想、美好生活的不息追求。

艾青的诗歌体式是自由诗体，他是自由诗体的自觉提倡者和实践者。艾青提倡诗歌的散文美，他认为散文先天的比韵文要美，并且"富有人间味"。的确，艾青的诗歌不受外在格律的限制，不注重诗的韵律、行数、字数的整齐，追求自由、舒散的形式，运用复沓、排比等方法来体现内在的旋律和节奏，有一种行云流水的散文美。

大堰河——我的保姆

艾　青

（作品见《春光》1934 年第 1 卷第 3 号）

[诗歌导读]

《大堰河——我的保姆》是艾青的成名作和代表作。这是一首感人至深的诗，既是一首儿子献给母亲的赞美诗，也是知识分子同情劳动人民的一首抒情歌。1933 年 1 月 14 日，艾青还被关在监狱中，他透过铁窗看到外面纷飞的雪花，雪白的雪花让他想起了曾经用乳汁喂养过自己的乳母——大堰河，于是他一口气写下了这首诗。据诗人回忆，他完全是按照事实来写，表现的也是真情实感，写完之后几乎没有什么改动。

这首诗歌表达的情感不同于一般知识分子对农民的同情，而是感同身受的关切之情。

诗歌在一开头就渲染起浓厚的感情氛围，诗人深情地呼唤，"大堰河，是我的保姆""而我，是吃了你的奶而被养育了的"。接下来，诗人用一个个画面展示了大堰河的日常，描写了乳母一生的悲苦经历，塑造了一个勤劳、宽厚、善良、吃苦耐劳的劳动妇女形象。诗歌的第四节，诗人没有去描写乳母的具体形象，而是通过一系列动作来表现人物形象。诗人连用七个"在你……之后"的句式，描绘了乳母在贫苦环境中无言地进行着繁重的劳动，承受着生活的重担。大堰河在完成一系列的劳动之后，也没忘了抱起乳儿抚摸他。在第七节中，大堰河在流尽乳汁以后便开始劳动了。诗人连用了六个"她含着笑"来写她洗衣服、洗菜、切萝卜、掏猪食、生火、晒粮食，通过一连串的排比句式，描写了乳母日常繁重的生活，但她的脸上还总含着笑，这是一个多么乐观、善良的妇女啊！

大堰河是那么爱她的乳儿，她希望乳儿走到她身边叫一声"妈"，她希望乳儿将来长大成亲娶媳妇，儿媳妇能叫她一声"婆婆"。这是多么纯朴美好的愿望，也折射了大堰河美好、单纯的心灵世界。然而，大堰河的愿望还没有实现，她就死去了，她终于被这不公平的世界"吞噬"了。诗歌也通过描写大堰河及她一家人的悲惨命运，揭露了当时社会上的农民的悲惨命运，也体现了诗人对当时社会的血泪控诉。诗人对乳母满怀敬意、饱含深情，将这一赞美诗呈现给了她。

《大堰河——我的保姆》这首诗在艺术上也是非常成功的。诗人是画家出身，擅长捕捉和描绘生活画面，也擅长选择典型的意象和意象群来表现这些画面。诗歌虽然是散文体的形式，不注重平仄和押韵，但诗歌有一种独特的韵律。诗歌采用了前后照应、回旋往复的写作手法。诗歌十三节中有十二节是第一句和最后一句重复的，大大增强了诗歌本身的感情色彩，使诗歌获得了一唱三叹的效果。诗人还擅用排比句，以相同的句式来强化情感表达效果，增添了诗歌的韵律感。所以，诗歌的这种内在的韵律感也使得诗歌适用于朗诵。

黎明的通知

艾 青

（作品见《黎明的通知》，文化供应社 1943 年版）

第八章 七月派诗歌

[诗歌导读]

《黎明的通知》创作于1942年抗日战争相持阶段，这时正是革命最艰难的时期。诗人面对灾难深重的大地，面对轰轰烈烈的抗日战争，怀着革命必胜的坚定信念，写下了这首鼓舞人心的诗歌。黎明象征着希望、光明、自由、解放等，黎明是一个可以把光明带给世界、把温暖带给人类的美好的形象。在当时最困难的阶段，人们就像是生活在漆黑的夜里，所有人都在盼望黎明的到来，盼望着自由、幸福与解放。诗人在这种情况下代表黎明发出了它即将到来的好消息。所以，这首诗在当时的意义非常重大，它在黑夜中给了人们信心和希望。

诗歌用第一人称创作，诗中的"我"就是黎明。作品一开头，黎明便以无比激动的心情，含着欢乐的泪花，呼唤诗人赶快起来通知人类，报告黎明即将到来的消息。黎明说自己就要来了，说"我已踏着露水而来，已借着最后一颗星的照引而来""我从东方来，从汹涌的波涛的海上来"。黎明让诗人通知所有的人来欢迎它的到来。接下来，诗人放飞自己的想象力，想象着胜利到来的那一天，人们会怎样来迎接。诗人准备通知所有的人，让他们打开门、打开窗、鸣响汽笛、吹起号角来欢迎；把大街打扫干净，让劳动者和车辆自信地走在大街上。同时，还要唤醒村庄里的农民，让他们打扫干净各个角落，把家禽、家畜都牵出来，一起来欢迎；叫醒所有的人，男人、女人、母亲、婴儿、老人、病人、难民等，还有各种职业的人，让他们一起来欢迎。黎明请诗人告诉所有人，让他们来欢迎自己，他就要来了。诗歌的最后一句"趁这夜已快完了，请告诉他们，说他们所等待的就要来了"，这几乎就是一种宣言，一种即将胜利的宣言。这对于仍处于黑暗中的人们来说，将是很大的鼓舞。

诗歌构思奇特。诗人想要写一首诗来表达人民对胜利的期盼，也预感到不久的将来胜利一定会到来。但诗人没有按照通常的逻辑，去写人们怎样去期盼、迎接黎明的到来，而是从黎明的角度，以黎明的口吻来写，把它拟人化，让它来告诉大家好消息。这样的表达，无疑充满了新鲜感，也使诗歌的感情流露更加自然和感人。全诗情感饱满，富有激情。全诗多处运用排比手法，加上两行一节的结构，使得全诗节奏明快，富有音乐感。诗歌的基调是热情奔放的，整体充满着乐观向上的精神和对未来美好生活的期待。

雪落在中国的土地上

艾 青

（作品见《北方》，文化生活出版社1942年版）

[诗歌导读]

艾青的诗歌按照诗歌意象来分，可分为"土地之歌"和"太阳之歌"。这首诗歌就是一首典型的"土地之歌"，诗歌饱含忧郁悲苦之情，饱含着对祖国和人民命运的无比关切之情。诗人在抗战爆发不久就来到武汉，在实际的抗战过程中，他目睹了人民的苦难生活，认识到抗战胜利之路的艰辛。在一个天色灰暗的晚上，即将要下雪的时候，诗人的心情无比沉重，创作灵感袭来，很快就写下了这首诗。

诗歌开头两句"雪落在中国的土地上，寒冷在封锁着中国……"诗人以沉重、舒缓的语调表达了一种非常忧郁的感情，这也是贯穿全诗的基调和反复出现的主题。诗人先是描写了一幅寒冷冬天的图景，诗人没有去描写冬天的雪、雨、冰，而是选取了最有代表性事物——冬天的寒风。冬天的风"像一个太悲哀了的老妇"，凄厉、刺骨、不依不饶地跟随着行人。接下来，诗人给读者呈现了几组画面，这些画面既是北方寒夜的生动写照，同时也是诗人对当时社会现实的一种高度概括。首先，描绘的是一个在林间赶马车的农夫，下着大雪，他要去哪儿呢？为什么寒冷的冬夜里还要在外奔波，是不是无家可归呢？诗人看到了他们的艰辛，想到了自己曾经遭受的苦难。其次，是那个坐在乌篷船里蓬发垢面的少妇。少妇坐在船里，垂着头，无精打采。也许是她的家已经被敌人烧毁了，已经无家可归了，整天生活在惊恐中，生活在死亡的威胁中。然后，是那些年老的母亲，她们可能都不在自己的家里，都过着今天不知明天的日子。这些在寒冷的夜晚出现在树林间、河上、旷野的夜行者，他们都是在生存线上挣扎、苦斗、寻找着道路的中国民众。诗人想起这些，不得不感慨，"中国的路是如此的崎岖是如此的泥泞呀"。最后，诗歌描绘了一幅群像图，无数的百姓失去家园，失去土地，生活在绝望的污巷里。但是他们并没有屈服，而是双臂伸向苍天，乞援的同时也是在进行抗争。这也暗示了民众中潜藏的巨大力量，一种不屈的抗争力量，也表现了一种普遍的激愤的情绪。诗人最后满怀忧郁、忧患之情，希望自己的诗句能给人带来些许温暖。

诗歌在形式上是完全的自由诗体，诗歌句式长短不一，各节字数、行数都不一致。语句中有感叹句、疑问句、设问句。语句中出现了各种标点符号，如问号、破折号、省略号、感叹号等，这在一般诗歌中并不多见。但诗歌有其内在的韵律，诗句"雪落在中国的土地上，寒冷在封锁着中国……"就如同是诗歌的主旋律，反复出现，不断强化，将诗歌所蕴含的情绪推向高潮。

田　间

[诗人简介]

田间（1916—1985），原名童天鉴，安徽省无为市人，著名诗人。田间从20世纪30年代就开始创作，1934年加入左联。他在抗战前就曾出版诗集《未名集》《中国牧歌》和《中国农村的故事》，抗战后又出版诗集《给战斗者》《抗战诗抄》等。田间被闻一多称为"时代的鼓手"。

田间在抗战以前创作的诗歌大多是描写工人、农民、士兵的苦难生活的，揭露了当时农村地区人民的苦难和斗争，表现了诗人对广大农村人民的深切关心，这一点与艾青早期的诗歌有相似之处。田间擅长表现激昂高亢的情绪和坚定强烈的斗志。抗战开始以后，诗人的生活、思想和创作都有很大的进展，他成了最受欢迎的诗人，成了应运而生的"时代的鼓手"。抗战以后，诗人的诗歌风格更加奋进和明朗。他的诗歌《给战斗者》被称为是"鼓点式的诗"，以急促的旋律、闪电式的感情、强烈的节奏对诗坛产生了重要影响。闻一多曾评价说：他的诗没有弦外之音，没有绕梁三日的余韵，没有半音，没有玩任何花头，只是一句句朴质、干脆、真诚的话，简短而坚实的句子，就是一声声的鼓点，单调，但是响亮而沉重，打入你耳中，打在你心上。[1] 此后，诗人创作了大量的"街头诗"，不仅及时迅速地反映了当时的斗争，也有力地推动了现代诗歌的"大众化"发展。他的"街头诗"既像投向敌人的武器，又像鼓舞人民的旗帜，在抗战中产生了较大的影响。

---

[1] 闻一多. 闻一多全集：第2卷[M]. 武汉：湖北人民出版社，2004：199.

给战斗者

田 间

（作品见《给战斗者》，人民文学出版社 1978 年版）

[诗歌导读]

《给战斗者》是田间的代表作。诗歌的题目是"给战斗者"，意思是把这首诗献给广大拿起武器、反抗侵略的广大人民群众。在中华民族生死存亡的关头，诗歌以一种宁死不屈、抵御外侮的浩然正气催人觉醒并促人奋进，在广大知识分子和人民群众中产生了强烈反响。

诗歌的开头有一段"序曲"，后面分为七个部分，各部分之间并不相同，或长或短，基本是诗人根据自己的感情起伏来决定。诗歌的序曲部分，集中写了敌人的侵入和暴行，他们"在没有灯光没有热气的晚上"来了，他们肆意践踏着我们的土地，蹂躏着我们的同胞。诗人将侵略者比喻为野兽，侵略者们对无辜百姓的伤害就像"野兽们"用爪牙戏弄着弱小的动物。这个"序言"显然为下面内容的展开做了铺垫。正是因为有了这样一幅侵略者的暴行图，才有下面的觉醒和战斗。这首诗歌除序言外共七章，诗人也标明了序号。诗歌的第一章非常简短，主要在写人民的觉醒。在侵略者的枪杀下，在卢沟桥、丰台，在南方和北方的许多地方，人们逐渐觉醒了。民众只有觉醒，才能有下一步的战斗。诗歌的第二章是全诗的主体，是诗行最多的一章，共有十二节。这一章主要是写卢沟桥事变以后，我国人民开始了全面抗战。其中有几节都用"七月，我们起来了"或者"我们起来了"开头，语气短促有力，宣告了中国人民终于站起来了。中国人民在擦干眼泪、摆脱沉重的奴役之后，投身"血的广场上""血的沙漠上""血的水流上"进行抗争。诗歌接下来阐释了起来斗争的必要性，即"因为我们是生长在中国"。紧接着，诗人从强烈的民族自尊心和民族自豪感出发，用了几十行短促的诗句回答了为什么"我们起来了"。因为在这片土地上，曾经那么富饶，那么有热情，还"因为我们要活着，永远地活着，欢喜地活着"。诗歌的第三章，诗人用了几幅画面展示了我国人民祖祖辈辈在这片土地上那么勤劳、辛苦地开拓着。诗歌也由此更进一步强调我国人民的和平生活是不容侵犯的。在第四章中，诗歌集中表现了敌人的凶残，他们在我国的土地上"散布着炸药和瓦斯""恶笑着，走向我们""恶笑着，扫射，绞杀"。所以，人民必须战斗。在第五章中，诗人进一步强调了战斗、复仇的决心，"我们必须拔出敌人的刀刃，从自己的血管""让我们战争，更顽强，更坚韧"，这是对敌人的宣战，也是对祖国母亲的誓言。在第六章中，诗人对斗争做了更形象化的陈述，表示要利用一切可以利用的武器与敌人战斗。在诗歌的最后，诗人也清醒地认识到战斗的结果，有战斗就会有牺牲，但是"战士底坟场会比奴隶底国家要温暖，要明亮"。诗歌的最后表现了中华民族坚决抵御外敌、宁死不屈的精神。

《给战斗者》在形式上是一首很有特点的诗歌，它把一句话拆成数行，构成了大量短句、短语的诗行，形成了鼓点般的节奏。这种短行、超短行的诗歌读起来铿锵有力，让人热血沸腾，可以催人奋进、鼓舞士气。这种由一句话拆成的短语，有长有短，并不是随意盲目的，而是诗人根据内容的需要和情绪的节奏安排的。有的时候是为了强调，有的时候则是为了让情感表达更顺畅，如"复仇的枪，不能扭断"，这里的"枪"单作一行，就是为了强调；再如"悲剧的日子来了，暴风雨来了，敌人来了……"这一较长句子则是让悲愤的情感持续增强。所以，诗歌在形式上是完全的自由体，行数、节数、字数完全由内容和情绪来决定。诗歌还较多使用排比的修辞手法，相邻的诗节往往有着相似的结构，使得诗歌在整体上有整齐和谐之美。

绿　原

[诗人简介]

绿原（1922—2009），原名刘仁甫，湖北省武汉市人，著名诗人、作家、翻译家、编辑家，是20世纪40年代七月派重要诗人。绿原一生历经磨难，曾任《人民文学》出版社副总编辑等，曾著有诗集《童话》《集合》《又一个起点》《人之诗》《我们走向海》等。

绿原是七月派诗人中的后起之秀，有集大成的风范。胡风当年慧眼识才，在编《七月诗丛》第一辑的时候，就选入了他的作品。绿原在中华人民共和国成立前的诗歌因为风格的差异被自然地分为两个时期，即童话诗时期和政治抒情诗时期。童话诗时期的诗歌主要收集在诗集《童话》中，这是诗人诗歌创作的第一阶段。这些诗歌在风格上新奇、清丽，有着天真的热情，有着幻美的意境。这里包含着一个刚步入社会的年轻人对人生的美好追求，率真、质朴，还带有一些稚气。这其中既有诗人对大自然的亲近、对乡土亲情的眷念，也有梦境的表现和对爱情的忧虑。当然，诗歌中还有对现实黑暗的抨击与反抗。也许是由于童年时代的生活太不幸，诗人试图用自己编写的童话弥补命运的缺憾。

在诗集《集合》和《又一个起点》中，诗人的创作风格有了明显变化。诗人告别了童话，开始直面现实人生。诗歌在内容上关心祖国和人民命运，抨击黑暗的旧社会，号召人民起来反抗等；在艺术表现上情感饱满，形象鲜明，风格冷峻犀利，充满力量。绿原的这些诗适应了当时政治斗争的需要，引起了巨大反响，曾引起无数青年学生的共鸣，鼓舞了他们的斗志。

憎　恨

绿　原

（作品见《童话》，上海希望社 1947 年版）

[诗歌导读]

这首诗写于抗日战争相持阶段，即社会现实极其黑暗的一段时期。诗人饱含真挚的情感写下了这首诗。诗歌的题目为"憎恨"，整体表达了诗人对黑暗势力的憎恨之情，激起了人们强烈的斗争意愿。

诗歌开头以三个长句描写了已经消失了的诗情画意的风景，"红雀欢呼着繁星开了""月光敲着我的窗""风和野火向远夜唱起歌"，这些都是和平岁月中诗人的美好记忆，那么平和、静美，充满生机。然而，诗人却以"不问"开头，这就表明这种诗意的环境已经消失很久了，不用问了，不用关注了。这几句话透露了诗人当时内心的愤慨之情，也奠定了全诗的情感基调。诗歌的第二节，诗人进一步对现实进行总结，诗人用了三个短句，简洁有力，"好久好久，这日子没有诗"。从第一节的长句转为第二节的短句，既有视觉上的突然变化，也产生了情感上的张力。在第三节中，诗歌用暗示性的语句揭示了黑暗现实对美好事物的迫害、对诗人的迫害。"诗人的竖琴"被"敲碎在桥边"，"五线谱"被"揉成草发"，现实已经满目疮痍，诗人的愤怒不可遏制。诗歌的第四节是写被压迫者、被侵略者的反抗之声，"杀死那些专门虐待着青色谷粒的蝗虫吧"。这里的"蝗虫"显然象征着邪恶的反动势力，而"青色谷粒"则象征着普通民众、广大老百姓，或者是自由幸福和平的生活。由此，也暗示黑恶势力的强大和猖狂，以及人们强烈的反抗愿望。接下来，诗人连用了三个否定句，指出对待那些残酷的敌人的方法，不需要"晚祷""流泪""十字架"，血流得越多，憎恨就越多、越深。诗歌的最后一节虽然只有简短的两句，"不是要写诗，是要写一部革命史呵"，但这两句却是点睛之笔，暗示了在当时黑暗的现实中，人们只有斗争和革命才有希望过上诗意的生活。

全诗共五节，脉络清晰。诗人看似平静的书写和抒情过程中，潜藏着一股力量。诗歌意象鲜明、新颖，具有暗示性。全诗是自由诗体，收放自如。诗行长长短短，并无规律，主要根据感情的波动来决定诗句的长短。

阿 垅

[诗人简介]

阿垅（1907—1967），原名陈守梅，浙江省杭州市人，著名作家、诗人、文艺理论家。阿垅是七月派的重要诗人、骨干成员，曾任天津市文联创作组长，曾出版诗集《无弦琴》，诗论集《诗与现实》《人与诗》等。

阿垅在文学上是个"多面手"，他曾创作过诗歌、小说、报告文学，他在他所涉及的领域都表现出了出色的才华和创造性。从诗歌创作方面来看，他是七月派的代表诗人，是后期七月派的第一诗人。阿垅的诗歌创作集中在抗战爆发后的一段时期。他的诗歌表现出他对国家和民族命运的忧患和关切之情，与胡风提倡的主观战斗精神和关注现实基本是一致的。绿原这样评价他：他努力把诗和人联系起来，把诗所体现出来的美学上的斗争和人的社会责任和战斗任务联系起来。[①]他的政治诗就像是刺向敌人的利剑和焚烧黑暗王国的火焰，有种能解决一切的力量，充满了力之美。他的诗歌《纤夫》就是一首表现力之美的作品。阿垅的诗歌

---

① 绿原. 白色花[M]. 北京：人民文学出版社，1981：5.

还表现出少有的原罪意识和苦难意识,这与他受到西方宗教文化影响有关。他的诗在彰显人性的深度和层次方面也达到了少有的高度。总之,阿垅的诗歌以诚挚的情感、坚韧的力量、丰富奇特的想象在 20 世纪 40 年代的诗坛上成了一道独特的风景。

纤 夫

阿 垅

嘉陵江
风,顽固地逆吹着
江水,狂荡地逆流着,
而那大木船
衰弱而又懒惰
沉湎而又笨重,
而那纤夫们
正面着逆吹的风
正面着逆流的江水
在三百尺远的一条纤绳之前
又大大地——跨出了一寸的脚步!……

风,是一个绝望于街头的老人
伸出枯僵成生铁的老手随便拉住行人(不让再走了)
要你听完那永不会完的破落的独白,
江水,是一支生吃活人的卐字旗魔下的钢甲军队
集中攻袭一个据点
要给它尽兴的毁灭
而不让它有一步的移动!
但是纤夫们既逆着那

逆吹的风
更逆着那逆流的江水。

大木船
活够了两百岁了的样子,活够了的样子
污黑而又猥琐的,
灰黑的木头处处蛀蚀着
木板坼裂成黑而又黑的巨缝(里面像有阴谋
　和臭虫在做窠的)
用石灰、竹丝、桐油捣制的膏深深地填嵌起来
(填嵌不好的),
在风和江水里
像那生根在江岸的大黄桷树,动也——真懒
　得动呢
自己不动影子也不动(映着这影子的水波也
　几乎不流动起来)
这个走天下的老江湖
快要在这宽阔的江面上躺下来睡觉了(毫不
　在乎呢),
中国的船啊!
古老而又破漏的船啊!
而船仓里有
五百担米和谷
五百担粮食和种子
五百担,人底生活的资料
和大地底第二次的春底胚胎,酵母,
纤夫们底这长长的纤绳
和那更长更长的
道路,不过为的这个!

一绳之微
紧张地拽引着
作为人和那五百担粮食和种子之间的力的有机联系,
紧张地——拽引着
前进啊;
一绳之微
用正确而坚强的脚步
给大木船以应有的方向(像走回家的路一样
有一个确信而又满意的方向):
向那炊烟直立的人类聚居的、繁殖之处
是有那么一个方向的
向那和天相接的迷茫一线的远方
是有那么一个方向的
向那
一轮赤赤地炽火飞爆的清晨的太阳!——
是有那么一个方向的。

佝偻着腰
匍匐着屁股
坚持而又强进!
四十五度倾斜的
铜赤的身体和鹅卵石滩所成的角度
动力和阻力之间的角度,
互相平行地向前的
天空和地面,和天空和地面之间的人底昂奋的脊椎骨
昂奋的方向
向历史走的深远的方向,

第八章　七月派诗歌

动力一定要胜利

而阻力一定要消灭！

这动力是

创造的劳动力

和那一团风暴的大意志力。

脚步是艰辛的啊

有角的石子往往猛锐地楔入厚茧皮的脚底

多纹的沙滩是松陷的，走不到末梢的

鹅卵石底堆积总是不稳固地滑动着（滑头滑脑地滑动着），

大大的岸岩权威地当路耸立（上面的小树和草是它底一脸威严的大胡子）

——禁止通行！

走完一条路又是一条路

越过一个村落又是一个村落，

而到了水急滩险之处

哗噪的水浪强迫地夺住大木船

人半腰浸入洪怒的水沫飞溅的江水

去小山一样扛抬着

去鲸鱼一样拖拉着

用了

那最大的力和那最后的力

动也不动——几个纤夫徒然振奋地大张着两臂（像斜插在地上的十字架了）

他们决不绝望而用背退着向前硬走，

而风又是这样逆向的

而江水又是这样逆向的啊！

而纤夫们，他们自己

骨头到处格格发响像会片片迸碎的他们自己
小腿胀重像木柱无法挪动
自己底辛劳和体重
和自己底偶然的一放手的松懈
那无聊的从愤怒来的绝望和可耻的从畏惧来
的冷淡
居然——也成为最严重的一个问题
但是他们——那人和群
那人底意志力
那坚凝而浑然一体的群
那群底坚凝成钢铁的集中力
——于是大木船又行动于绿波如笑的江面了。

一条纤绳
整齐了脚步（像一队向召集令集合去的老兵），
脚步是严肃的（严肃得有沙滩上的晨霜底那种调子）
脚步是坚定的（坚定得几乎失去人性了的样子）
脚步是沉默的（一个一个都沉默得像铁铸的男子）
一条纤绳维系了一切
大木船和纤夫们
粮食和种子和纤夫们
力和方向和纤夫们
纤夫们自己——一个人，和一个集团，
一条纤绳组织了
脚步
组织了力
组织了群
组织了方向和道路，——
就是这一条细细的、长长的似乎很单薄的苎

麻的纤绳。

前进——
强进!
这前进的路
同志们!
并不是一里一里的
也不是一步一步的
而只是——一寸一寸那么的,
一寸一寸的一百里
一寸一寸的一千里啊!
一只乌龟底竟走的一寸
一只蜗牛底最高速度的一寸啊!
而且一寸有一寸的障碍的
或者一块以不成形状为形状的岩石
或者一块小讽刺一样的自己已经破碎的石子
或者一枚从三百年的古墓中偶然给兔子掘出
的锈烂钉子,……
但是一寸的强进终于是一寸的前进啊
一寸的前进是一寸的胜利啊,
以一寸的力
人底力和群底力
直迫近了一寸
那一轮赤赤地炽火飞爆的清晨的太阳!

(选自《无弦琴》,希望社1947年版)

[诗歌导读]

  这首诗创作于抗日战争的相持阶段。诗人在嘉陵江边看到了一群艰难跋涉的纤夫,受到了强烈的触动,进而创作了这首诗。诗歌有着丰富的历史内容和时代意义，诗人从纤夫的身上看到了普通百姓身上蕴藏的坚韧的民族精神和旺盛的生命力。同时，诗人也深刻意识到，在当时极其困难的岁月里，人民只有脚踏实地，一步一个脚印，才能拉动这艘"古老而又破漏的船"，走向光明，走向胜利。

诗歌一开头就呈现出一幅江边恶劣环境的画面，"风，顽固地逆吹着江水，狂荡地逆流着"，而那条大木船"衰弱而又懒惰，沉湎而又笨重"。诗人还进一步形象地描述了那顽固的风，像"一个绝望于街头的老人，伸出枯僵成生铁的老手随便拉住行人"，而江水像"一支生吃活人的卐字旗麾下的钢甲军队集中攻袭一个据点，要给它尽兴的毁灭"。在如此恶劣的环境下，那只古老的大船却是毫不在乎，不想动。在这里，不管是风、江水还是大船，都是意象，都有所指。接下来，诗人从不同的角度、方位、距离描写了纤夫艰难跋涉的过程，使得纤夫这一形象更加饱满，具有很强的立体感。他们"偻伛着腰匍匐着屁股""四十五度倾斜的铜赤的身体和鹅卵石滩所成的角度"。他们如矗立在沙滩上的雕塑，又如电影中的特写镜头，给人以强烈的视觉冲击。

沙滩上的路是那么难走啊，大船经过了多少艰难险阻，经过了一个又一个村落，但到了水急滩险的地方，大船还是不动了。纤夫们奋力拉船，拼尽全力，"骨头到处格格发响像会片片迸碎的他们自己，小腿胀重像木柱无法挪动"，终于，大船在众人的努力下又开始行走了。诗人通过仔细观察"纤夫们"的劳动，有许多发现，也有很多思考。他发现，"一条纤绳维系了一切　大木船和纤夫们　粮食和种子和纤夫们　力和方向和纤夫们　纤夫们自己——　一个人，和一个集团""一条纤绳组织了　脚步　组织了力　组织了群　组织了方向和道路，——"这条纤绳也许可以象征方向、目标，或者是信念。诗人还发现，历史的强进的路"并不是一里一里的　也不是一步一步的　而只是——一寸一寸那么的，一寸一寸的一百里　一寸一寸的一千里啊！"诗人从"纤夫们"的劳动中悟出了历史的真理，历史的前进是缓慢的、一寸一寸的，但毕竟是前进的，而这前进的动力正是广大劳动人民顽强的意志力和古老民族的旺盛生命力。全诗具有较多象征意义和深刻的哲理。这首诗创作于抗战最艰苦的时期，无疑是对广大民众的鼓舞和激励，让他们能看到自身潜藏的巨大能量。

这首诗在艺术上也相当成功，首先，纤夫的形象被成功塑造。诗人运用多种艺术手段，多种修辞手法，使得这一形象不仅具有饱满的情感，还十分具象、立体,突出了纤夫身上顽强的生命力和意志力。其次,诗歌的语言生动,具有感染力。在对风、江水和大船的描述中,诗歌语言生动、形象,有画面感。诗歌的形式是自由体的长诗,这么长的篇幅丝毫没有拖沓之感,节奏紧凑有序。诗歌的节奏多变,诗行长短不一,诗行随情绪的变化而变化,使得诗歌具有极大的艺术张力。阿垅的这首《纤夫》也是实践七月派诗歌创作主张的代表作品。

无 题

阿 垅

不要踏着露水——
因为有过人夜哭。……

哦,我底人啊,我记得极清楚,
在白鱼烛光里为你读过《雅歌》。

但是不要这样为我祷告,不要!
我无罪,我会赤裸着你这身体去见上帝。……

但是不要计算星和星间的空间吧
不要用光年;用万有引力,用相照的光。

要开作一枝白色花——
因为我要这样宣告,我们无罪,然后我们凋谢。

(选自《白色花》,人民文学出版社1981年版)

[诗歌导读]

这首诗是有些难懂的,诗题为"无题",大概是因为诗人也不太想让人读懂吧。细细读来,诗歌弥漫着一种悲壮之情,是一位革命烈士在对自己的爱人倾诉衷肠;诗里有温暖的回忆和关照,也有诗人对生死问题的理性思考。

诗歌描写的情境似乎是两个不同的世界,或者是阴阳相隔的两个灵魂在对话。

他们看不到彼此,却是心意相通、能够互相感应到的。整首诗中,诗歌连用了五个"不要"和一个"要",诗歌中的情感表达是极其复杂的。诗歌开头一句"不要踏着露水——因为有过人夜哭。……"诗歌一下子就有了一种伤感的气息,为什么不能踏着露水,是因为那是夜哭人的眼泪吗?或者是听到了爱人为自己在哭泣,自己不忍心打扰吗?第二节是温暖的回忆,"在白鱼烛光里"为她读过《雅歌》。《雅歌》是圣经里的诗篇,又称所罗门之歌,它表现的是爱情的美好、喜乐、忧愁和伤痛。在这里,诗人借此表现他忧伤的爱情。在第三节中,"我"希望爱人不要替自己祷告,因为"我"很坦然地认为自己无罪,没有什么需要顾忌的,"我"会赤裸着身体去见上帝,就像耶稣为人类背负十字架,为人类献身,自己内心是坦荡的。阿垅受到的西方宗教文化的影响,在这里也有所体现。第四节的内容有些费解,不要用光年"计算星和星间的空间",要用万有引力和相照的光。诗人大概是要表达,距离的远近都不重要,重要的是彼此之间的吸引力和带来的温暖。诗歌的最后一节,诗人说自己愿意化作一枝白色花开放,"然后我们凋谢",无怨无悔,因为"我"无罪。诗歌替那些革命先驱者代言,赞美了他们的坦荡、赤诚,讴歌了他们人品的高洁和境界的崇高。革命先驱者面对自己生命的逝去有种宗教般的超脱和宁静的胸怀,因为他们坦荡,他们的生命是有价值的。

诗歌是完全的自由诗体,有一种独特的美感。全诗共五节,每节两行,而且每节的诗行越来越长,也让诗歌的情感表达越来越深远。诗歌意象新颖,每一个意象都有其深刻的内涵,如"露水""白鱼的烛光""万有引力""相照的光"等。总之,诗歌虽短,却有一种厚重感。

鲁　藜

[诗人简介]

鲁藜(1914—1999),原名许图地,福建省同安县人,著名诗人。1936年加入左联,后成为七月派重要诗人,著有诗集《醒来的时候》《儿时的歌》《红旗手》《天青集》等。

鲁藜在20世纪30年代中期开始创作诗歌,他在创作上的第一个收获期是他到延安后写下的几十首《延安散歌》。诗人在诗歌中描写了延安的山山水水,对那里的一草一木都充满了感情,觉得一切都那么温暖。诗人借由诗歌唱出了心中对延安的赞歌,抒发了对延安生活由衷的热爱。这些诗歌朴实无华,感情自然流露,通过一个个意象,表现了诗人心中的新感受和新体验。诗人在20世纪40年代前后创作的一系列诗歌,如《醒来的时候》《青春曲》《红的雪花》等,艺术上更加成熟,语言也更加有韵味。

鲁藜善于选取身边司空见惯的景物、事件,以小见大来抒发情感。他诗歌中写的大多是些生活小事、身边的平常之物、普通战士,以及野草、野花、树叶、雪花、云雾、牧童、星星等,他往往能通过这些小事件、小景物,以小见大,去表现时代的风起云涌和生活中的浪花,诗风淡雅素朴、含蓄隽永。

山

鲁 藜

(作品见《白色花》,人民文学出版社1981年版)

[诗歌导读]

1938年,鲁藜来到延安并进入抗日军政大学学习。他在延安写下了四十几首短诗,组成了《延河散歌》。当时,《七月》杂志选发了其中十首,在大后方产生了较大的影响。《延安散歌》是最早传到大后方的歌唱延安生活的诗篇,这首《山》就是其中的一篇。

诗歌虽以《山》为题,但实际上并不是真正要写山。在这首诗里,山只作为一种背景出现,它的出现是为了映衬"窑洞里的灯火"。诗歌开头就说"在夜里山花开了,灿烂地",这本身就是让人惊诧的,什么花会开放在夜里,而且如此灿烂,似乎不太符合常理。诗歌的第二节、第三节是诗歌的主体部分,也道出了诗歌的真正内涵。正因为"山底颜色比较浓",才凸显了"窑洞的灯火",差点把它误会成了天上的星星。实际上,在诗人的心目中,就是把它看作天上的星星的。如果不是延河看起来有些不够宽广,那些"窑洞的灯光"会让人觉得是"刚刚航海归来"的人看到的"夜的城镇底光芒"。诗人来到延安后,感觉延安的山水、广阔的天空和原野,以及那里的同志、战友,一切都让人觉得温暖。延安就是一个给人以希望的地方。在漆黑的夜里，那些窑洞里的光更能给人一种光明的指引。诗人感慨自己是一个从"人生的黑海"里来这里的人，一路走来，经历过很多苦难，现在来到延安，如同见到了灯塔。诗人将"灯光"看作革命圣地的一种象征。

诗歌构思新颖，诗人由夜的山想到以山为背景突出窑洞里的灯火，再把灯火、星星和"城镇底光芒"相联系，最后，归结到灯塔。应该说，诗人的联想思路非常清晰，而且想象力丰富。诗歌的内容确实在歌颂延安，但诗歌不是实写，而是通过联想、暗示、象征的手法来表达的，所以诗歌的内涵更加显得深邃，情感也更加浓郁。

红的雪花

鲁 藜

（作品见《白色花》，人民文学出版社1981年版）

[诗歌导读]

诗人鲁藜曾经担任过晋察冀军区民运干事，做过战地记者，参加过反扫荡斗争，有着实际的战斗经验。他的部分诗歌就反映了这种战斗经历，这首《红的雪花》就是其中有代表性的一篇诗歌。

这首简单的小诗有叙事诗的特点，但诗人也没有单纯的叙事，而是将叙事和抒情结合在一起。诗歌只有简单的四节，每一节都是一个场景。第一节是在说，冬天的一次战斗，一个同志牺牲了，来不及用土掩埋，只得临时用雪盖上。叙事的语气相当平静，但平静的背后却透露着难掩的悲痛。在第二节中，大家用雪掩埋战友，将雪堆成坟墓，血渲染在坟墓的周围。这既是实写，同时也在暗示牺牲战友的崇高精神。第三节中诗人写到"血和雪相抱辉照成虹彩的花朵"，这是由现实产生的幻觉，血和雪交融在一起，闪耀着彩虹似的光芒。对牺牲战友的哀思幻化成对崇高精神的赞颂，突出了战友牺牲的伟大意义。诗歌的最后一节更是全诗的升华，"花朵"虽然消失了，却有"种子"落在大地里。这一幕幻想的画面应该是象征着革命精神的延续，"野火烧不尽，春风吹又生"。来年春天，雪融化了，就会萌发出新的生机。

全诗情景交融，内涵丰富。诗人将火热的情感融入平静的叙述和景象描绘中。

诗歌中既有实写，也有虚写，虚实结合。诗歌的意象丰富，如"雪花""花朵""种子"等都有丰富的象征意义。诗歌在体式上是自由诗体，诗句长短不齐，不讲究格律，不讲究对称。

冀汸

[诗人简介]

冀汸（1918—2013），原名陈性忠，湖北省天门市人，著名诗人，七月派代表诗人，早年毕业于复旦大学，出版诗集有《跃动的夜》《有翅膀的》《桥和墙》等。

冀汸在20世纪30年代中期开始创作，早期创作基本以诗歌为主。冀汸第一首有影响力的诗歌是《跃动的夜》，当时被胡风发表在《七月》杂志上。从此，大家记住了这位名为"冀汸"的诗人。《跃动的夜》全景式地展现了抗战初期社会各个层面的人民参与抗战的情景。从夜色写到黎明，从城市写到乡村，表现了全民抗战的场景，也显示出全国人民抗战的激情和必胜的信念。他的诗歌《渡》《旷野》《夏日》等也都是从各个方面去表现抗战时期的斗争精神。冀汸在抗战初期创作的诗歌充满昂扬的战斗精神，悲壮的牺牲精神，体现了鲜明的时代精神。冀汸后来的诗集《有翅膀的》则表现了他诗风的变化，相较于《跃动的夜》中战斗的激情，《有翅膀的》转为理性的诗风，其中的诗歌显示出敏锐犀利的特色，在朴实平易语言的背后，还蕴藏着知性的思考。总之，冀汸在抗战时期的诗歌风格在整体上还是与七月派保持一致的，具有强烈的主观战斗精神，充满战斗的激情。诗歌的形象鲜明、语言明朗、风格遒劲。

死

冀汸

（作品见《白色花》，人民文学出版社1981年版）

[诗歌导读]

这首诗写于1947年，正是解放战争最激烈之时，也是中华人民共和国成立前最黑暗的时期，多少烈士前赴后继，用鲜血铺就了通往胜利的道路。人终有一死，或轻于鸿毛，或重于泰山，而革命先烈的"死"无疑有着崇高的价值。这篇关于"死"的诗歌，在对"死"的价值的探索上，在那个特殊的时代，无疑也有着独特的意义。

诗歌一开头就高度概括了革命先烈的"死"，高度肯定了他们牺牲的价值，给他们的生命以崇高的定位。"是这样的死支持了你最初的意志 是这样的死建筑了一个辉煌的人格"，烈士的死与他们最初的意志是一致的，烈士的死成就了他们辉煌的人格。诗歌的开头就给人肃然起敬的感觉，情绪也直接渲染到了顶峰。诗歌的第二节描述了烈士被捕后的各种坚贞不屈，以及生命受到威胁后的选择。当烈士遭受严刑拷打后，生命就将成为他们最后的武器，他们会放弃生命以保证灵魂的胜利。这是无奈的选择，这是唯一的选择。真正的革命者是不会反叛的，而且永不反叛，哪怕付出生命的代价。诗歌的第三节，诗人高度评价了烈士们的"死"，以及他们的"死"产生的持久影响。烈士们的生命虽然结束了，但他们的"希望"和"梦想"还活着。而且，在战友们的行程里，烈士们的精神将永远闪耀着。人们坚信，在度过这一段"黑色的日子"后，在"阳光含笑的国土上"，一定会"浮起你金刚的雕像"。

诗歌的抒情方式很特别，诗歌的抒情对象是"你"，是那些烈士，曾经的战友。就像当年大家在一起共事时的叙谈一样，现在还是一样地对着"你"叙谈着。这种抒情显得亲切、自然。叙谈表面上的平静更加衬托出诗人内心的悲愤，也进一步凸显了烈士的高尚人格。诗歌虽然以议论为主，但也没有忽略对意象的创造，如第三节中的"大海""风暴的夜""灯塔"等都有深刻的含义，"黑色的日子"是当时社会环境的暗示，"阳光含笑的国土"是对未来的憧憬，"金刚的雕像"则是烈士精神的象征，也是对烈士的纪念。

诗歌是自由体，全诗共三节，行数、字数都很自由，不讲究押韵和对称。但是，诗歌中一些相似句式的运用，或者说是排比、复沓句式的运用，使得诗歌有种内在的韵律。这种句式，使得诗歌在情感的表达上也有种层层推进，不断深化的效果。

曾　卓

[诗人简介]

曾卓（1922—2002），原名曾庆冠，湖北省武汉市人，著名诗人，七月派重要诗人。20世纪40年代后期曾担任《大刚报》副刊主编。中华人民共和国成立以后，曾卓历任《长江日报》副社长、武汉市文联副主席、湖北省作家协会副主席等。曾出版诗集《门》《悬崖边的树》《老水手的歌》等。

曾卓是一位贯穿现当代的诗人，他从20世纪30年代开始创作诗歌，创作历程可分成三个阶段。1936年至1946年是第一阶段，主要是抗日战争时期。1944年以后，曾卓因为对自己的诗歌创作不满意，缺乏新的突破，停止诗歌创作十年之久。1956年至1976年是第二阶段。1976年以后是第三阶段，诗人获得了新生，在新的时期唱着归来之歌。诗人在中华人民共和国成立以前的诗歌创作可以说是诗人的青春之歌，这一时期的创作有的是抒发对故乡和亲人的怀念，有的是写对爱情、友情、美好生活的追求，有的揭露了抗战时期的黑暗现实，有的则表达了对革命斗争的向往。总之，这些诗歌忠实地记录着诗人这十年中的痛苦和欢愉。曾卓的诗以真诚见长，他的诗带有自叙传的色彩，真诚地诉说着自己的故事，抒发着自己真挚的情感，透露着一种"温情之美"。七月派中部分诗人的作品更符合胡风提出的主观战斗精神主张，如绿原、冀汸、邹荻帆、牛汉等人，而曾卓的诗与七月派其他诗人相比，有着明显不同的风格。有学者曾经指出，曾卓的诗歌创作从一开始就与许多七月派诗人不同——当其他的七月作家都在尽情探索自己的"世纪愤怒"时，曾卓似乎保留了更多的青春期的个人情怀。即使是抗战或地下斗争这样容易让人写得慷慨激昂的题目，在曾卓笔下也是婉转的、亲切的、柔情的，以及充满个人世俗生活情调的。这种评价还是中肯的。曾卓的诗歌整体不以批判为主，而是执着于自身情感的表达。所以，曾卓诗歌的风格在整体上表现为情感真挚，更富抒情性、温情美。

母 亲

曾 卓

(作品见《白色花》,人民文学出版社 1981 年)

[诗歌导读]

　　这首《母亲》读起来就会让人想到艾青的诗歌《大堰河——我的保姆》。《大堰河——我的保姆》情感充沛、感人至深、气势磅礴,而这首《母亲》可能在气势上稍逊一筹,但同样感人至深,且具有一种温情美。曾卓有三篇题为"母亲"的作品,其中一个就是这篇写于 1941 年的长诗《母亲》。诗人对母亲有着很深的感情,母亲是时常萦绕在他心间的人,虽然母亲去世多年了,但他还会在很多场景想起她。诗人任何时候想起母亲,内心都是愧疚和无尽的思念。

　　诗歌的第一节就营造了一种浓重的情感氛围。诗人在初秋的雨夜,在他乡的小屋里,读着母亲的来信,感情的潮水涌上来,泪水"如窗外的秋雨,凄然而落"。在见不到母亲的日子里,看到母亲"手缝的冬衣"时,看到别人的母亲时,知道家乡的小城被炸时,听说其他女性的悲惨遭遇时,诗人都会想起自己的母亲。读着母亲的来信,似乎又听到了母亲的叮咛,又看到了母亲酸楚的脸,想起了母亲悲苦的遭遇。在诗歌的第二节中,诗人介绍了母亲贫苦的出身,回忆了母亲不幸的婚姻和孤苦的生活。母亲的一生都是悲苦的,少女时代的贫穷寂寞接着婚后没几天就被抛弃的命运。母亲从此"含着流不完的眼泪","青春的花朵"在孤独中、在"旁人讥嘲的眼光下暗暗地凋落"。母亲的世界似乎是与世隔绝的,那座"阴暗的小楼"就是她的世界,永远是低着头,"一步一步,艰难地耕耘着坚硬的岁月"。可怜的母亲,她眼神也永远是忧郁而无神的。在第三节中,诗人回忆了母亲在凄苦的岁月里如何将一切希望寄托在儿子身上,如何严厉管教孩子,而孩子又终将离开家,将"更无望的孤独""更无温暖的日子""更沉重的悲哀与痛苦"留给了母亲。诗人写到这里,内心应该是无比愧疚的,也许当年离家时诗人还会庆幸摆脱了母亲的管教,而离家之后才觉得母亲是多么的可怜和无助。诗歌的第四节,诗人讲述了家乡的小城沦陷后,母亲在异地漂泊的悲惨状况。诗人想象着母亲在逃亡途中,在多少个"反侧不眠的暗夜",还在想着孩子、盼着孩子。而且,诗人由自己母亲的命运联想到旧时代"无数孩子们的母亲",母亲的命运只是旧时代广大劳动妇女命运的缩影。诗歌的最后一节，诗人饱含无限深情的告诉母亲，年轻的一代人正努力用热血去换取光明的未来，希望有朝一日，能带给如母亲一样的广大妇女"幸福的暮年"。当黎明到来的时候，诗人希望能回到母亲身边，跪在母亲脚下，乞求母亲的宽恕。

诗歌《母亲》是一首儿子写给母亲的，夹杂着思念、愧疚、怜悯之情的诗歌。这首诗的可贵之处在于，诗歌没有局限于描写自己的母亲，而是将母亲悲惨的遭遇扩大到旧社会广大的妇女同胞。诗歌中的母亲既是真实生活中诗人的母亲，同时又是广大普通妇女的代表，而诗人也是为了祖国命运而奋斗的年轻一代的代表。

曾卓在诗歌创作上偏重于内容。他强调，只有把内容的感情要求放在首位，才能谈到表现能力。离开了这一前提，空谈形式、技巧，是无益的，而且往往是有害的。所以，诗人在创作时会先把内容写好，重视情感的抒发。曾卓的诗歌大部分采用直抒式的抒情方式，这首《母亲》也是这样的。此外，诗人偏重内容，并不代表否定形式和技巧。在诗歌形式上，全诗共五节，过渡自然、气息贯通、首尾呼应。诗歌多处运用了排比句，以此来增强情感表达力度，语言朴实，却感人至深。

牛　汉

[诗人简介]

牛汉（1922—2013），原名史承汉，山西省定襄县人，蒙古族，著名作家、诗人，七月派重要诗人。曾任《新文学史料》主编，中国作家协会全国名誉委员，中国诗歌会副会长，出版诗集《彩色的生活》《海上蝴蝶》《沉默的悬崖》《牛汉诗选》等。

牛汉从 1940 年开始诗歌创作，一直持续到他 80 岁，称得上是诗坛的常青树。他的诗歌鲜明地体现了七月派主张的主观战斗精神。他的诗歌以强烈的时代气息、真挚的情感和硬朗的风格，显示了深厚的艺术魅力和人格力量。同这一时代的其他七月派诗人一样，牛汉在中华人民共和国成立前创作的诗歌与时代政治、国家民族结合在一起，饱含真挚的爱国情感。诗歌主题始终是对苦难的揭露、对命运的反抗和对自由的渴望。牛汉的诗歌在情感表达上很少采用直抒胸臆的方式，而是擅长于将情感蕴含在象征性的意象之中。他诗歌中的鹰、华南虎、汗血马、半棵树等意象，都具有很强的象征性。象征手法的运用使牛汉的诗歌的主题与意象紧紧结合在一起，诗人的思考和探索，以及诗歌的精神内涵也都变得具体可感。牛汉的诗歌情感饱满、形式自由，是七月派诗歌中具有力之美的典型代表。

在牢狱

牛 汉

（作品见《白色花》，人民文学出版社 1981 年版）

[诗歌导读]

1946 年，诗人因参加民主学生运动被国民党政府逮捕，判刑两年，这首诗讲述了诗人的这段经历。诗人被关进牢狱，母亲来看望他，母子俩之间的对话很少，但却表现了母子之间的真情。同时，诗歌的氛围沉重而压抑，也展示了鲜明的时代背景，使读者似乎又回到了那个风雨如晦的年代。

诗歌一开头交代了自己被关进牢狱的时间，是在"菜花正飘香"的春天。母亲从家乡赶来看"我"，她以为"我"死了，而且死得很惨。母亲竟然都带上了棺材钱，可想而知，她一路上是怎样地失魂落魄。然而，"我"并没有死。母亲来到监狱见到了"我"。"我"和母亲之间隔着"一个狱卒"和"两道密密的铁栅栏"，母亲伸出手，然而"我"怎么也够不到。这一幕很有画面感，又像电影里的一个镜头，催人泪下。然而，这对坚强的母子却没有哭，也许他们内心已经被愤恨填满了，哭是换不来自由的。母亲只关切地问"狱里受罪了吧"，这也许是一个母亲最关心的问题了。儿子的痛苦，永远会疼在娘心上。这一句话胜过关心的千言万语，也真实地反映了母亲的心态。短暂的见面，能说什么呢？"我"的无言，更让母亲心痛。她了解自己的孩子，不管是在"狱里"还是"狱外"，都是"不屈的"，有着"敢于犯罪的意志"。这位深明大义的坚强的母亲多么理解自己的孩子啊。

诗歌整体特色是质朴的，语言也是朴实、口语化的，也没有什么特殊的技巧。

但就是这种没有任何色彩,没有做任何修饰的母子对话,却有着惊心动魄的艺术效果。诗歌在表达上看似平淡,但有些反差也会给人带来特别的感受,如诗人在菜花飘香的季节被抓进监狱,也许是实情,但却形成一种反衬;母亲以为儿子死了,带着棺材钱来给儿子收尸,没想到儿子还活着;母子俩隔着铁栅栏伸手,却怎么也握不到;原本以为母亲儿子会掉眼泪,但娘俩都没哭。诗歌的形式是完全自由的,诗行不整齐,也不讲究押韵,只是将诗人的情感表达了出来。诗歌虽然字面上呈现的不多,还多处使用省略号,但却有"此处无声胜有声"的艺术效果。

第九章　九叶派诗歌

[诗派介绍]

九叶派又称中国新诗派，它是20世纪40年代后期以《诗创造》和《中国新诗》两个诗歌刊物为主要阵地，活跃在中国诗坛的一个有影响力的诗歌流派。其主要成员包括西南联大的诗人穆旦、杜运燮、郑敏、袁可嘉，还有先后汇聚在上海的诗人辛笛、杭约赫、陈敬容、唐祈、唐湜等。这个诗人群体没有严格的组织形式和共同的纲领，他们彼此未曾谋面，所以也不可能有共同纲领。但是，由于他们的诗歌都根植于现实土壤中，并有着相似的艺术追求，他们创造了一个新的现代主义诗歌创作潮流。

《中国新诗》第一集中的代序《我们的呼唤》可以看作"九叶诗派"的诗歌主张，即我们都是人民生活里的一员，我们渴望能虔敬地拥抱真实的生活，从自觉的沉思里发出恳切的祈祷、呼唤并响应时代的声音。我们必须以血肉似的感情抒说我们的思想的探索。我们应该把握整个时代的声音在心里化为一片严肃，严肃地思想一切，首先思想自己。所以，九叶派诗人就是一批忠实于现实，忠实于艺术的"沉思者"。

九叶派诗人的诗歌内容是反映现实世界的。首先，他们的诗歌从不同侧面揭露了当时社会的黑暗现实，描写了人民的悲惨生活，同时鲜明地表现了诗人的爱憎、愤懑和同情，如辛笛的《布谷》，唐祈的《严肃的时辰》，陈敬容的《冬日黄昏桥上》等都是对当时人民苦难生活的写照。其次，九叶派诗人在诗歌中用尖锐的笔触无情地揭露了制造人民苦难的反动派的罪恶，甚至对他们进行了辛辣的讽刺，如辛笛的《回答》，杭约赫的《最后的演出》《复活的土地》，袁可嘉的《上海》《南京》等诗，这些诗都揭示了反动派必将失败的历史命运。此外，九叶派诗人在诗歌中还表达了对祖国、对民族、对人民的深沉的爱，如辛笛的《巴黎旅意》，穆旦的《赞美》，郑敏的《春天》，杜运燮的《雾》《雷》等。另外，九叶派诗人在诗歌中表达了现实生活在他们内心引起的种种感触和情绪，这些情绪有的是激动、苦闷、思索，有的是孤寂、怅惘、矛盾、无可奈何。

九叶派诗人在诗歌艺术上也有所探索，他们努力将西方现代派的艺术手法和现实主义精神融合，打破了传统的诗是情感的表现的观念，提出了新诗戏剧化主张，认为诗歌不再是抒发情感的，而是反映人生经验的。九叶派诗人抒写个人感受的方式不是直接表现，而是运用象征、暗示、隐喻的方式。不管是新诗戏剧化，还是表现于暗示含蓄，都是在强调表现上的客观性和间接性。所以，九叶派诗人的创作是面向现实的，但又不是纯粹的描写和叙述，而是既有诗人的感受，又是象征暗示的。总结下来，九叶派诗人的主要创作倾向是"纯粹出自内发的心理需要，最后必是现实、象征、玄学的综合传统"[①]。

穆　旦

[诗人简介]

穆旦（1918—1977），原名查良铮，浙江省海宁市人，出生于天津市，著名诗人、翻译家，九叶派重要代表诗人。他毕业于西南联大外文系，1942年奔赴缅甸抗日战场，任中国远征军司令部随军翻译，1949年赴芝加哥大学读书，1953年回国任南开大学外文系副教授，著有诗集《探险队》《穆旦诗集（1939—1945）》《旗》，译作有《唐璜》等。

穆旦是九叶派诗人中最为杰出的诗人。袁可嘉曾经称他是这一代诗人中最有能量、走得最远的诗人。穆旦是九叶派诗人中最具现代风的一位诗人，其诗歌的现代主义色彩较为浓郁。穆旦受西方诗人叶芝、奥登及艾略特的影响，接受了系统的西方诗歌理论。这些西方诗歌大多在表现人类内心的苦难，思考人类的命运，带有一定的悲观主义情绪。穆旦的诗歌大多具有思考社会和探索自我的双重深度，尤其在探索自我的复杂性和深度方面，超过了五四运动以来的其他诗人。诗人将

---

① 袁可嘉. 论新诗现代化[M]. 北京：生活·读书·新知三联书店，1988：7.

生命的冲动与抽象玄思有机结合起来，在哲理思辨中剖析现代人复杂的人格。相较于传统诗词和五四运动以来的新诗，穆旦诗歌里的自我是极其复杂的，正如有学者分析的那样，"现在在穆旦的诗歌里，出现了站在不稳定的点上，不断分裂、破碎的自我，存在于永远的矛盾的张力上的自我，诗人排拒了中国传统的中和与平衡，将方向各异的力量，相互纠结、撞击，以致撕裂。所有现代人的生命的困惑：个体与群体、欲望与信仰、现实与理想、创造与毁灭、智慧与无能、流亡与归宿、拒绝与求援、真实与谎言、诞生与谋杀、丰富与无有……全都在这里展开"[1]。所以，穆旦在诗歌中展示的正是现代人的思维方式与情感方式。穆旦的诗歌既表现了时代的苦难和抗争，又真切地传达了现代知识分子的那种"丰富的痛苦"。

在诗歌的语言上，穆旦很少使用文言，而是坚持五四运动以来现代白话诗的传统。他的诗歌多利用多义的词语和繁复的句式来表达现代人的复杂思想和诗歌情感。他还在诗歌中大量使用现代汉语的关联词，以表明抽象词语、跳跃的句子之间的逻辑关系。总之，穆旦在诗歌艺术上是反传统的，在西方现代诗歌艺术的影响下，他建构起了现实、象征、玄学相结合的艺术形态。

诗八首

穆 旦

（作品见《穆旦诗全集》，中国文学出版社1996年版）

[诗歌导读]

这是穆旦的经典作品，也是中国新诗史上最独特的一首爱情诗。穆旦擅长于表现现代人的复杂自我，被誉为最善于表达知识分子的"受折磨而又折磨人"的心情的诗人，这种"受折磨而又折磨人"的心情体现为一种自省精神。而最能体现自省精神的诗歌莫过于这首《诗八首》。这首诗歌有些类似于传统诗词中"无题"一类的爱情诗。这首诗没有一般爱情诗中缠绵悱恻、相思眷恋等情感，而是以一种超越于生活层面的理性，对恋爱过程进行了客观理性的分析，同时对爱情的意义也进行了思考。

---

[1] 钱理群，温儒敏，吴福辉. 中国现代文学三十年[M]. 北京：北京大学出版社，1998：585-586.

《诗八首》共八首短诗，它们之间彼此衔接、层层推进，形成了一个具有戏剧性张力的结构，它呈现了一个恋爱中的人的复杂心理过程。第一首诗歌应该写的是爱情的起点，这段爱情从一场"火灾"开始。这场火灾是发生在"我"的身上，"你"的眼睛看见了，但没有看见"我"的爱情。这说明两个人的情感没有同频。姑娘也许还处在理性控制下，情绪较为理性平静。总之，两人之间的距离还很远，"我们相隔如重山"。爱情的产生是个体成熟过程中的一个必然程序，而"我"却只爱了一个"暂时的你"，指"我"没有得到"你"的回应，即使"我"再痛苦也没有用。"姑娘，那只是上帝玩弄他自己"，这句话令人费解，这句话大概的意思是说，上帝让人既有情感，又有理性，而姑娘的理性，不过是上帝亲手制造的矛盾，这是一个无法改变的客观现实。

第二首诗歌写的是爱情的高潮，这段感情随着时间的推移，爱情逐渐摆脱理性的控制，变得成熟起来，"我"和"你"进入热恋的阶段。前四句应该是暗示爱情成长的过程，"水流山石间沉淀下你我"这句诗可以理解为人的理性和清醒，意思是说，"你"和"我"的爱情经过理性的考验，开始成长。为什么说成长"在死底子宫里"呢？"死底子宫"这个意象一方面给人以冲击感，另一方面大概是暗示爱情要在相对静止的一段时间和空间内成长。人们的爱也会成长为多种可能，但永远不可能达到完美。"我和你谈话，相信你，爱你，这时候就听见主的暗笑"，这句诗是在说，爱情在成长，但理性还会不时地跳出来影响。这里的"主"实际上指人类的本能，它在嘲笑"我们"太理智了。所以，就要送过来另外的"你我"，而让"我们"超越理智，突破自我，让爱情变得丰富而且危险。

在第三首诗歌中，爱情已经到了"丰富而危险"的境界，到了比热恋更深层次的阶段。"小小野兽"是暗指"你"在热恋中的激情，"春草"象征着勃勃生机，都在指向热恋中的狂热与甜蜜。后面四句则是在写此时"我"的感受。"我越过你大理石的理智殿堂"，而格外珍惜"理智殿堂"中的"生命"。接下来应该是两个人在热恋中亲近，诗人用了"你我底手底接触是一片草场"来暗示那些亲密举动，给人以无边的想象。最后一句"那里有它底固执，我底惊喜"更加形象地暗示了"我"的主动以及惊喜，还有"你"的羞怯和婉拒等。

第四首诗歌写的是进一步深化的爱情和情欲。热恋中的"你我"沉浸在宁静的爱的氛围中，体味着爱的甜蜜和自由。"我们拥抱在用言语所能照明的世界里"，这句诗是指两个人之间甜蜜的话语能够照亮整个世界。"那未成形的黑暗"与前面"温暖的黑暗"是一致的,应该是指爱的一种境界或氛围,但不管怎样,它总是那么令人沉迷。后四句似乎在描述一种超越生死的爱情体验。"未生即死的言语"应该是指爱情中甜蜜但未说的情话。"它底幽灵笼罩"中的"它"应该是指人的理智,"它"让热恋中的人生出警觉,但还是淹没在爱的自由和美丽中。

第五首诗歌写的是疯狂之后的宁静,激情后的沉思。前四句都是在描述"你我"的爱情在经历了长久的积累后,迎来了美丽的宁静。热烈的激情之后,我的爱情"从古老的开端流向你,使你安睡。后四句是在说"我"希望此时的爱能够永存,希望"那形成了树林和屹立的岩石"的造物主,让"我"的爱永存。在爱的过程中"流露的美"让"我"改变,让"我"成熟。

第六首诗歌是说在爱情中的艰难求索。这一首是说"你我"在宁静的思绪后,进行了更深入的哲学思考。爱是很复杂的,而且是永远处于矛盾中。处在爱情中的人认为,彼此的相同点会导致倦息或厌烦,而太多差别又会觉得陌生,这是多么矛盾的事情。爱情变成了"窄路上的探险"。后四句又是在说人的理性对感情的影响,它既可以听从"我"的指挥,也可以让"我"处于孤独之中。人就是处于一种"不断的寻求""求得了又必须背离"的矛盾状态。

第七首诗歌是在说爱情经过热恋、冷静之后,变得更加成熟、坚定。彼此平行着生长,爱情成了人们战胜一切恐惧和寂寞的力量,这也正是爱情的伟大之处。从来没有人这么深刻地谈论爱情的作用,爱情虽然是温馨的港湾,但人们并不能依赖它,而是要在相互独立中获得支撑的力量。

第八首诗歌是尾声了。诗人在这里对爱情进行了总结和理性的思考,也对"你我"的爱情唱出了赞歌。真正成熟的爱情就是"再没有更近的接近"。"所有的偶然在我们间定型",爱情中所有偶然的际遇现在也都已经成为必然。"你我"的心是宁静的、相通的。诗歌最后四句是对永恒爱情的礼赞,随着生命的结束,爱情却并未凋零,而是化为永恒的宁静。人们的生命终有结束,而造物主赐给人们的爱情却"巨树长青"。造物主对人们的嘲弄,将一起在大自然里化为宁静。

全诗共八首,每首两节,每节四句,结构严密完整。诗歌完整地描写了爱情发生、发展、结束的整个过程,从初恋、热恋、宁静到赞歌。可以说,诗歌对人类的爱情做了既形象又理性、深入的描绘和思考。能够将人类的爱情进行如此理性、客观的关照,而且是在诗歌中,这是较为少见的。诗歌意象奇特,如火灾、死底子宫、小小野兽、温暖的黑暗等,再加上陌生化的语言,增加了诗歌的神秘感和朦胧感。

赞 美

穆 旦

(作品见《穆旦诗全集》,中国文学出版社 1996 年版)

[诗歌导读]

这首诗名为"赞美",具体指对祖国的赞美。诗歌创作于 1942 年,正是祖国内忧外患的时候,诗人怀着对严峻现实的关切之情、怀着对民族苦难的忧患之情、怀着对广大民众深沉的爱,写出了这首《赞美》。这首诗是可以与艾青的《雪落在中国的土地上》《北方》《我爱这土地》相媲美的诗歌。诗歌也体现了九叶派诗人在借鉴西方现代派技巧的同时,仍植根于民族现实土壤的特点,具有深广的现实内容和历史意义。

全诗共四节,开篇第一节诗歌就以粗线条描写了一个广阔的空间,以"走不尽的"和"数不尽的"来烘托空间的大;连续用四个"在……"来喻示时间的久远。在这样一个时空里,中华民族数不尽的灾难和痛苦被一一展现。一系列意象的呈现,如荒凉的土地、干燥的风、单调的水、低压的暗云、忧郁的森林都在象征中国满目疮痍的环境。到处是"说不尽的故事""说不尽的灾难""干枯的眼睛期待着泉涌的热泪"。面对着这样的情景,诗人内心郁积着太多的话语和感情,想尽一切可能去温暖他们、拥抱他们。"我"要以"带血的手"去拥抱"耻辱里生活的人民""佝偻的人民"。民族的意识已经被唤醒,一个民族已经站起来了,这也成了全诗的基调。

诗歌的第二节刻画了一个农民的形象,这是一个忍辱负重、含辛茹苦的农民形象,他是千百年来,千千万万个农民中的代表。他"永远无言地跟在犁后旋转,翻起同样的泥土溶解过他祖先的,是同样的受难的形象凝固在路旁"。这是一个存在于社会底层的沉默坚韧的农民形象。国难当头,这位农民毅然"放下了古代的锄头",义无反顾地加入了抗战队伍,"溶进死亡里"。正是因为有无数这样的誓死抗争的底层人民，诗人坚信抗战一定会胜利，民族一定会崛起。

诗歌的第三节，诗人将目光转向农夫家里，进一步描写了底层百姓的苦难生活及所承受的苦难。农民参加抗日，可家里的老妇和孩子都在"期待"着他归来。他们在"饥饿里等待"，聚集在"黑暗的茅屋"中，面临着"不可知的恐惧"。然而，这些"含蓄的悲哀"也没能阻挡农民抗战的脚步。无数的这样的农民，他们不怕流血牺牲，"从不回头诅咒"。诗人由衷地尊敬他们，不由地想要"拥抱"这些勇敢的人。

在第四节中，诗人进一步感慨民族的苦难命运和无法战胜的命运轮回。诗歌使用了"倾圮的屋檐""枯槁的树顶""荒芜的沼泽""乌鸦的声音"等象征衰弱和破败的意象来描绘整个社会的黑暗。三个"一样的"句式，呈现了中华民族备受欺凌、人民受苦受难的历史是如此漫长。诗人在结尾处反复咏叹，"一个民族已经起来"。"一个民族已经起来"这句话就相当于是诗歌的主旋律，在每一节的结尾都会出现，最后一节又重复出现，几乎是震撼人心的存在。诗人就是要在诗歌中赞美中华民族的顽强生命力、赞美人民的斗争精神，这表现出诗人对民族崛起的强烈渴望和坚定的必胜信念。

全诗篇幅宏大、激情澎湃、气势磅礴。尽管诗歌中也流露出低沉感伤的情调，但总体上是昂扬向上，充满了对祖国、对民族的热爱和赞美之情。诗人在表达情感时，并没有像抗战时期的多数诗歌那样直白宣泄，而是将深沉的爱国情感融于独特的意象、陌生化的语言和句式中，给人以震撼之美。诗歌的长句较多，句式繁复，语义绵密而深沉。诗歌还多处使用排比句式或重复语句来增强情感力度，诗人对祖国的赞美之情是发自肺腑的，也是深沉且厚重的。

杜运燮

[诗人简介]

杜运燮（1918—2002），福建省古田县人，生于马来西亚，著名诗人，九叶派重要成员。他1945年毕业于西南联合大学，先后在《大公报》、新华社、《环球》杂志社任职，曾出版诗集《诗四十首》《南音集》《晚稻集》等。

第九章　九叶派诗歌

杜运燮20世纪40年代初在西南联大求学时，就已经开始诗歌创作了，他与穆旦、郑敏、袁可嘉等人是西南诗人群中较年轻的诗人。与其他九叶派诗人一样，杜运燮的诗歌创作也受到了西方现代主义的影响，尤其是英国诗人奥登。他的诗歌创作体现了现代主义与现实主义的融合。在诗歌的题材内容上，他的诗歌表现出对现实生活的热切关注，注重表现重大社会事件与社会问题。被朱自清赞为现代史诗的《滇缅公路》一诗，书写并歌颂了为中国抗战胜利做出极大贡献的"滇缅公路"，和为修建公路付出辛苦劳动的广大民工。《游击队歌》《草鞋兵》《狙击兵》等诗从不同侧面勾画出抗战期间战士们的外在形象和内在精神。诗人还有不少诗歌是对大自然的热切赞美，他擅长写咏物诗，如对树、月、井、雾、贝壳、落叶、山、海、闪电等的赞美；他还有一些诗歌是写对自我的探索和对生命意识的思考。

不管是哪一类创作，诗人总是运用现代主义手法创作诗歌。诗人很重视意象的使用，通过象征、暗示、隐喻等多种方式将情感、观念融入意象，使得诗歌更具理性和智性。在表现方法上，还擅长将机智、幽默、轻松等引入创作以激活诗歌。因此，有人称他是诗坛的顽童，袁可嘉说过，杜运燮的顽童的世界，充满新的发现，诗歌活泼而优美。[①] 他时常将严肃的事物加以调侃，使诗歌显得俏皮、轻松；将丑陋的东西加以讽刺和嘲弄，尤其喜用反讽，使得诗歌更具张力和弹性。总之，杜运燮的抒情诗中渗透着讽刺和幽默，喜剧性广泛地存在于他的诗歌当中。

月

杜运燮

（作品见《九叶派诗选》，人民文学出版社2009年版）

[诗歌导读]

古往今来，歌咏月亮的诗篇不计其数。诗人会从各种角度来写月亮，赋予月亮这个意象以独特而丰富的情感，或是思乡，或是思人。这些诗歌大多是优美宁静之作，但杜运燮的这首《月》却是非常独特的一首诗，优美中又带有一种幽默、一种无奈与苦涩。诗歌是借着月亮来表现现实世界的丑陋与不堪、抒发对现实的不满的。

诗歌可以分为三个部分，前四节是诗歌的第一部分，主要是对月亮的一番赞

[①] 袁可嘉. 论新诗现代化 [M]. 北京：生活·读书·新知三联书店，1988：222.

美、揶揄和嘲弄。先是对月亮的赞美,"年龄没有减少你女性的魔力",是说月亮从古至今,一直是那么有魅力。人们始终仰望着,闪着梦幻的眼睛,忠实地赞美"你"。接下里的二、三、四节就转变了风格,开始了对月亮的嘲弄。诗人用幽默的口气写道,科学家贬损月亮只是一颗小星,能够得到这么多人的倾心,主要是靠太阳的势力。科学家分明讲的是科学,却被说成是故意贬损,使优美的月亮形象受到嘲弄。接下来,诗人以一种不屑一顾的态度嘲弄月亮只有晚上才出来,无所事事,"徘徊,徘徊到天亮 因为打寒噤才回去"。月亮的形象似乎要被颠覆了一样。尽管如此,"但贬抑并没有减少 对你的饥饿的爱情"。大家还是那么爱"你",电灯虽然也能发光,但只有月亮"才能超越时间与风景",唤起人美好的情感。诗歌的第二部分写了月下的几幅画面,然而却都是人间的不和谐的甚至是丑陋的画面。"一对年青人花瓣一般 飘向河边失修的草场",旁边却是漂浮着垃圾的苍白的河水,这是多么糟糕的环境。"异邦的兵士枯叶一般,被桥栏挡住在桥的一边",不能回家,却在嘴里吟诵着李白的诗句"低头思故乡",但后一句"仿佛故乡是一颗橡皮糖",前后又形成了一种对比。本来是思乡的神圣情感,突然又化为一种滑稽。还有那"褴褛的苦力烂布一般,被丢弃在路旁",处处都是丑陋且肮脏的景象。诗歌的第三部分写了诗人的处境与心境。诗人的处境也是非常糟糕的,"我像满载难民的破船 失了舵在柏油马路上",就像一个难民,一个流浪者。地面上的风景如此不堪,生活在这里都觉得狭窄,而"你",即月亮却用"女性的文静",露着"孙女的羞涩与祖母的慈祥"俯视着地面上这些奇怪的现象。

诗人用一种略显轻松、揶揄的口气写着一首并不让人轻松的诗歌。这首诗歌在抒情中渗透着讽刺幽默,虽然淡化了诗人对现实的愤慨与无奈,但却使诗歌的情感表达呈现出一种张力。诗歌构思奇特,诗人想象力丰富,由对月亮的赞美嘲弄引发了对现实世界的关注。

郑　敏

[诗人简介]

郑敏(1920—2022),著名诗人、诗歌评论家、学者,九叶派重要诗人。

1943年毕业于西南联合大学哲学系，1952年获美国布朗大学英国文学硕士学位，回国后先是在中国社会科学院文学研究所工作，后调入北京师范大学外语系（后改为外国语言文学学院）任教，出版诗集《诗集1942—1947》《九叶集》（合著）等。

郑敏在西南联大求学时开始发表诗歌，与穆旦、杜运燮合称"西南联大三诗人"。郑敏在诗歌创作上受老师冯至和德国诗人里尔克影响很大。里尔克深刻影响了郑敏早期诗歌的风格。九叶派是一个强调植根于现实土壤的现代诗派，但不同诗人在表现现实的类型或方法上并不一致。有些诗人关注的是外在的社会事件或政治经济现实，而郑敏的诗歌关注的现实是人生、人性、人的精神和灵魂。她的诗往往将大的政治经济现实作为一个宏大的背景，然后去重点关注其中的人，尤其是人的精神世界和情感状态。例如，诗人不太会去写具体的战争背景，而是去写战争中人的精神状态，如人们普遍存在的孤独、恐惧、痛苦等情绪。

作为一个哲学专业的诗人，郑敏将诗歌与哲学相结合，因此，她的诗歌总是具有深刻的哲理意味，闪烁着智慧的光芒。她的诗歌提高了整个中国诗坛的思维层次，她把卞之琳、冯至等人开创的智性传统发扬光大了，她对中国现代哲理诗的发展做出了重要贡献。诗人在诗歌中感受人生、表达情感时，总是从哲学的角度来思考问题。郑敏诗歌中的哲理不是哲学观念的先行，也不是生搬硬套抽象的哲学知识，而是基于诗人深刻的生命体验的哲理思考。诗人并不直接去呈现自我情感和现实生活，而是把生活和情感作为表现对象，然后与写作对象拉开一定距离，进行有距离的观察，在一定的高度上生发一定的哲学思考，如她的诗歌《寂寞》就是通过对人内心体验的描述和远距离观照，从而将"寂寞"这种常见的人类情感体验上升至哲理高度的。

郑敏还善于在诗歌中塑造"雕塑"一般的意象，这类意象总是具有一种静默之美。诗人总是以具体形象来传达内心感受和哲理思考。在塑造意象时，诗人往往采取里尔克的"观看"的方式，追求一种静默之美。具体说来，就是采用一定的手法将意象凝定化，使其定格，抓住意象静止的瞬间，营造出一种雕塑般的静默之美。诗人在诗歌中刻画了众多静默的意象，让读者在欣赏诗歌的过程中感受到了永恒之美、静默之美。

金黄的稻束

郑 敏

（作品见《诗集 1942—1947》，上海文化生活出版社 1949 年版）

[诗歌导读]

《金黄的稻束》是诗人郑敏的代表作，也是最能体现她抒情哲理诗特点的一首诗歌。诗人在晚年曾经回忆这首诗的创作："一个昆明常有的金色黄昏，我从郊外往小西门里小街旁的女生宿舍走去，在沿着一条流水和树丛走着时，忽然右手闪进我的视野是一片开阔的稻田，一束束收割后的稻束，散开，站立在收割后的稻田里，在夕阳中如同镀金似的金黄，但它们都微垂着稻穗，显得有点儿疲倦，有些儿寂寞，让我想起安于奉献的疲倦的母亲们。"[①] 这应该就是诗人创作这首诗歌的原因。诗人受里尔克的影响，善于捕捉新颖独特的意象，通过对意象的细致描摹来将诗歌引向哲思的境界。这首诗歌就是诗人由"金黄的稻束"这个意象联想到"困倦的母亲"，进而在对生命进行思考后创作出来的。有人说，这首诗让人想起法国画家米勒的油画《拾穗者》。

作为一首现代主义诗歌，这首诗初读起来，往往让人如坠云雾，似懂非懂，有种捉摸不透的感觉。因此，欣赏这首诗时，读者需要在细读的基础上发挥想象力。诗歌一开头就描绘了秋季田野里的一幅场景，"金黄的稻束站在割过的秋天的田里，"诗人由此想到了"疲倦的母亲"和那"皱了的美丽的脸"。"金黄的稻束"和"疲倦的母亲"之间本来并没有什么直接的联系，以往也没有人将两者建立联系。所以，这是一种建立在"远取譬"基础上的关联。这两者虽然没有外在的关联，但诗人却在两者的内在上取得了联系。那就是，只有在付出辛苦的劳动之后，才能有收获的果实。"稻束"的付出换来了稻谷，母亲的辛劳、奉献换来了家庭的安宁。她们都是在奉献自己，养育生命。接下来，诗人用一系列的意象，满月、树林、黄昏、暮色、远山，营造了一个庄严肃穆的情境，衬托出一个伟大庄严的雕像。"暮色里，远山围着我们的心边，没有一个雕塑能比这更静默。"这一句诗进一步将雕塑与母亲的形象联系起来，她们在"秋天的田里低头沉思"，呈现出一种静默之美。默默奉献的母亲就像此时田地里静静的"稻束"，她们的一生都

[①] 郑敏. 《金黄的稻束》和它的诞生 [J]. 名作欣赏, 2004（4）: 76.

是静默的，但她们的精神是多么伟大啊！诗人笔下的母亲，并不是田地里辛苦劳作的母亲，也不是哪位具体的母亲，而是在更广泛意义上具有牺牲精神的人。诗人由此展开更深入的思考，"历史也不过是脚下一条流去的小河，而你们，站在那儿，将成为人类的一个思想"。历史不断向前，而这些静穆的形象所蕴含的精神将成为一个永恒的思想。诗歌的结尾也给人以很大的想象空间，这种人类思想究竟是什么，也许就是无私的奉献精神和伟大的自我牺牲精神吧！

诗人在诗歌创作上特别重视对"意象"的精心营造，将抽象的观念及深厚的情感融入具体的形象之中，使"思想知觉化"。在《金黄的稻束》中，诗人就是在意象的层层推延中，含蓄地表达了对具有无私奉献精神的母亲的赞美，进而升华至对人类精神的赞美。全诗以"金黄的稻束"为中心意象，将智性的哲思、节制的抒情融于静态的自然画面中，实现了景、理、情的完美融合。

树

郑 敏

（作品见《郑敏的诗》，北京师范大学出版社 2016 年版）

[诗歌导读]

在现代诗歌中，以"树"为意象的诗歌不在少数，如艾青的《树》，曾卓的《悬崖边的树》，李瑛的《我骄傲我是一棵树》，舒婷的《致橡树》等。"树"这个意象总是被赋予高大、伟岸、独立、倔强、沉默等意义。在这首写于抗战时期的《树》中，"树"的意象同样有着不屈的抗争意志和宽广智慧的胸怀。

诗歌分两节。诗歌第一节的开头就描写了"树"的沉默，"我从来没有真正听见声音，像我听见树的声音"，它的"悲伤""忧郁""鼓舞""多情"都是沉默的，各种情绪似乎都隐藏起来了，"即使在黑暗的冬夜里"，它就像失去自由的人民。显然，诗歌是在用"树"象征民众，"树"的声音象征着人民的各种情感形态。然而，"树"的沉默却是在酝酿一种力量，它们"封锁在血里的声音"就是隐忍、挣扎和反抗，它们在等待春天的到来。当春天来临时，"它的每一只强壮的手臂里，埋藏着千百个啼扰的婴儿"，这是一种怎样的让人震撼的蓬勃景象！诗人的这种构思非常新颖独特，它象征着人民新生的强大力量。

诗歌的第二节进一步赞美了"树"的博大胸怀和无与伦比的定力。"树"的姿态里蕴含着一种宁静的力量，其他任何东西都无法相比。任何时候看到它，"都是屹立在那同一的姿态里"。接下来的三个"在它的"排比句呈现了一个静默的雕塑般的伟大形象，它作为历史的永恒见证者，目送"星斗转移""溪水流去""小鸟来去"。这一幕象征着民众在漫长的岁月中见证了历史。他们以宽广的胸怀，默默地承受着一切，永远保持着宁静的姿态，也暗示了民众在宁静中蕴藏的力量。

诗人擅长观察日常普通的事物，在观察中深入了解事物，塑造雕塑一般的形象，然后融入自己的人生经验，进行哲理性的思考。这首诗从"树"这个意象出发，歌颂了民众中蕴藏的伟大力量，与穆旦的《赞美》等诗有相似之处，但这首诗显得更加凝练和内敛。

袁可嘉

[诗人简介]

袁可嘉（1921—2008），浙江省慈溪市人，著名诗人、翻译家。1946年毕业于西南联大外文系，曾任北京大学西语系教员、中宣部《毛泽东选集》英译室翻译、外文出版社翻译、中国社会科学院外国文学研究所研究员。除诗歌创作以外，他还有大量的诗论和英美诗歌翻译作品。主要作品有诗合集《九叶集》等，专著《现代派论英美诗论》《论新诗现代化》等。

袁可嘉从1946年开始诗歌创作，是一位学者型的诗人。他的诗歌表现为较浓的知性，这些知性都来自他的真切感受。诗人不满足于这些感受，而是致力于将感受提炼，升华为理性后再进行表达。他的一部分诗歌是表达内省体验和生命沉思的思辨凝练之作，风格上有些接近穆旦、郑敏的现代风诗歌，如《沉钟》《空》等。另一部分则是现实感较强的诗歌，如《上海》《南京》等。它们有的是写大城市的怪现状，对反动当局的讽刺；有的是对灰色庸俗生活的嘲笑，写知识分子的心态等。他总是试图在诗歌中表现自己独到的感受和发现。他的诗吸收了西方现代主义文学的表现手法，能很好地表现内心的感受。

袁可嘉除了诗歌创作以外，还有诗歌理论上的贡献。他的诗歌理论文章集中在《论新诗现代化》中。他提倡新诗现代化的主张带来诗歌观念的革新。他提出新诗戏剧化，强调诗歌表现的客观性、间接性、暗示性、曲折性等。他的关于现代诗歌的发展方向——"纯粹出自内发的心理需求，最后必是现实、象征、玄学的综合传统"[①]，这一著名论断也成了九叶派诗人群体的诗歌创作纲领。

冬　夜

袁可嘉

（作品见《九叶派诗选》，人民文学出版社 2009 年版）

[诗歌导读]

这首诗写于 1947 年，当时正是国内局势非常紧张的时期。人们惶惶不安，好像城市要塌陷一般。诗人从各个角度描写了人们内心不知所措、紧张不安的情绪。

诗歌一开头就渲染了冬天里城市的惶恐氛围，城市"空虚得失去重心"，如果不能"勉力捺定城门"，城市几乎要垮掉。外面炮声隆隆，人们惊慌失措。面对这样的环境，谣言铺天盖地。诗人这里用了一个比喻，说谣言"像乡下大姑娘进城赶庙会，大红大绿披一身色彩"，她们招摇过市地来，不问你是否喜欢。人处在这样一种环境，变得"忧伤""沮丧"，都在"若痴若呆地张望"。没有哪里可以获得安慰，抓不到任何可靠的东西，就像"临危者抓空气"。在这种时候，争取时间跟争取空间一样，大家都急匆匆的，但为了躲避危险，似乎还要绕道走。诗人忍不住感慨"东西两座圆城门伏地如括弧，阔尽无耻，荒唐与欺骗"。

在诗歌第六节中，诗人继续描写现实荒唐麻木的一面。人们就像"墙上的时辰钟"，"上紧发条就滴滴答答过日子"。在现实的重压下，人们都像行尸走肉一般。在第七节中，诗人借测字摊来讽刺现实的荒诞，这样的现实还用得着去"算命"，"测终身"吗？如果可以，测字人为何测不准自己的命运？第八节是写现实环境的恶劣，物价昂贵，读书人走了一圈，"几文钱简直用不出去"，是因为钱太少了，买不到任何东西，所以，他既自谦，又自嘲。最后一节是全诗的总结，也在讽刺

[①] 袁可嘉. 论新诗现代化 [M]. 北京：生活·读书·新知三联书店，1988：7.

中表达了诗人愤激的情绪。无奈之下，想学无线电撒谎，"但撒谎者有撒谎者的哀伤"。夜深了，好像听见青蛙叫，更加衬托出环境的寂寞。这与前面提到的"忧伤""沮丧"等情绪联系了起来。

这首诗受到西方现代派诗歌的影响，在艺术上很有特点。诗歌中运用了许多新奇的、大跨度的比喻，如用披红戴绿、进城赶庙会的姑娘来比喻谣言，用括弧来比喻城门，用时钟来比喻麻木的人群等。此外，诗歌的讽刺和对比手法也很突出。谣言本来是让人恐慌的，诗人反倒用大姑娘来比喻，甚至带有些喜剧的成分，而且是带有讽刺意味的。乱世的时候，竟然还有测字摊在算命，也是在讽刺。读书人走过半条街，几文钱却用不出去，这是在讽刺当时的物价。诗人善用嬉笑怒骂的讽刺手法来写反映现实的诗歌，这首诗就是典型。

辛　笛

[诗人简介]

辛笛（1912—2004），原名王馨迪，祖籍江苏省淮安市，生于天津，著名诗人，九叶派代表诗人。1935 年毕业于清华大学外文系，1936 年赴英国留学，回国后，历任暨南大学、光华大学教授，著有诗集《珠贝集》《手掌集》《辛笛诗稿》等。

辛笛在诗歌创作上既继承了我国古典诗词的优秀传统，也吸收了西方现代派诗歌的特点，形成了独特的现代诗歌艺术。他的诗歌在题材上较少表现重大社会问题、历史事件，很少去抒发豪情和激情，大多描写日常景物，感情细腻、柔和。辛笛自幼受古典诗词的熏陶，继承了古典诗词含蓄蕴藉、婉约精巧的特点，尤其注重意象的选择和意境的创造。诗人多选取身边常见的景物入诗，尤其是那些富有古典韵味的传统意象，如日、月、秋、花、窗、桥、船、黄昏、落日、丁香等。诗人从现代人的生活体验出发，对这些带有古典韵味的意象进行了改造，将其点化为具有现代意味的诗歌意象，如诗歌《丁香、灯和夜》《月夜之内外》《门外》《冬夜》等。辛笛的诗歌受西方象征派、现代派诗歌的影响，所使用的意象独特、跳跃。诗歌富有现代意味，具有哲理、知性的特点，如诗歌《航》《夜别》《印象》等。

诗人留学英国期间创作的诗歌具有更加浓郁的现代派诗风。这些诗歌一方面在内容上表现了诗人身处异国他乡的怀乡之情和孤独寂寞；另一方面，在艺术上散发着浓厚的象征气息，部分诗歌还实践了九叶派倡导的新诗戏剧化的主张。诗人在抗战胜利以后创作的诗歌现实感更强，批判意识更明显，表现出强烈的忧患意识，如《手掌》《夏日小诗》《寂寞所自来》等。

门　外

辛　笛

（作品见《手掌集》，上海星群出版公司1948年版）

[诗歌导读]

这首诗最初发表于1937年6月27日《大公报·文艺副刊》第354期，原题为"相失"，后收入《手掌集》时改题为"门外"。诗歌的开头题词是汉武帝刘彻为悼念李夫人去世而作的一首四句诗《落叶哀蝉曲》，抒发了诗人人去室空、物是人非、落叶封门的寂寞哀伤的情感。这样一首诗放在诗歌的开头，几乎奠定了全诗感伤凄婉的基调，也增添了诗歌浓郁的古典气息。诗歌主要写了"我"远道而来，故地重游，追忆一段已逝去的恋情。

全诗共四十五行，没有分节，但按照诗歌内容可以分为四个部分。第一部分是从第一句"夜来了"至第八句"且又有一颗怀旧的心"这部分内容。这是一个如梦如幻的境界，在一个"岁暮天寒"的"夜里"，"我"带着"一颗怀旧的心"远道而来。也许是离开太久的缘故，也许是在内心倍加珍视这个地方，"我"小心翼翼，似乎是不敢触碰。诗歌的第二部分从第九句"我欢喜"一直到二十句"多少惨白的琴音"，主要是写"我"归来的所见所感和对过去的回忆。"我"看到了过去留下来的痕迹，那些"黑的影相"，还有"白色黄色的花"，又想起那些温馨美好的时光。"如此悠悠的岁月"说明那是一段不短的日子，但那段岁月终究还是逝去了！第三部分从第二十句"但门外却只有封积了道路"至三十七句"我不曾寻见熟稔的环珮"，主要是写从回忆回到现实后，诗人内心的孤独与惆怅。门外只有被"封积"了的道路，因为落了三天的雨和雪，再也听不到"你说一声'憔悴'的声音"。于是，"我"产生了一些痴情的想法，"在尘封的镜上画一个'我'"

字""再触一次恋的口唇"是想再重温旧梦吗？但"我"知道，一切都是枉然，不可能挽回了。已经没有了期待和不期待了，内心只留下一片绝望的惆怅。"二十年了"，再也听不到她的声音，再也看不到她"熟稔的环佩"。这是一种怎样的失落和惆怅！诗歌的最后一部分就是从"猫的步子上"一直到最后，这部分又是反复的哀叹，和开头形成呼应效果。经历了一番回忆和寻觅之后，"我"终于意识到，"我乃若与一切相失"。这颗远道而来的"怀旧之心"终于还是回到了不得不面对现实的沉重和无奈之中。

全诗始终萦绕着一种凄婉感伤的基调，诗歌的氛围如梦如幻。现实与回忆交织在一起，诗歌所表达的情感缠绵悱恻，令人回味无穷。

刈禾女之歌

辛 笛

（作品见《手掌集》，上海星群出版公司1948年版）

[诗歌导读]

英国浪漫主义诗人华兹华斯有一首诗叫作《孤独的割麦女》，诗歌中描绘了一幅乡村中常见的景象，一位苏格兰少女独自在田间劳作，一般割麦子一边唱歌。诗歌是一种民谣体的格式，语言流畅、音调谐婉。据说，辛笛特别喜欢华兹华斯的那些略带忧郁且又具有浓厚抒情意味的作品，尤其是这首《孤独的割麦女》。后来，当诗人来到英国留学并有机会踏上苏格兰高原时，诗人的灵感迸发，写下了这首《刈禾女之歌》。

这首诗在风格上有一些苏格兰谣曲的风味，洋溢着愉快、轻松、充实的格调。这首诗与辛笛其他带有忧郁、感伤、沉思风格的作品显然不同。诗歌是以刈禾女的口吻来创作的，全诗没有分节，但在阅读的时候，也可以自然感知它的层次。诗歌开头就以刈禾女的口气唱出自己的家，来描述自己的家，"大城外是山，山外是我家"，这也是苏格兰高原给人的一种感觉，开阔、辽远。同时，这也是一个颇具民间风味的开头，顶针手法的运用为其增添了几分民歌的风味。接下来两句"我记起……"描述了刈禾女家庭生活的画面。诗歌中只提及了生活中极普通的事物，但却给人以丰富的想象力去联想刈禾女家里的生活情景，是那样的充实和满足。接下来四句是刘禾女在表达自己愉快的心情，地里的禾苗正在飞速地成长、成熟，"金黄的穗子在风里摇，在雨里生长"，内心是"空而常满"的。诗歌的剩下部分主要是刘禾女在歌唱自己的劳动，并由衷地感到骄傲。她非常自豪地宣称，"我是原野的主人"。风吹过田野，吹过麦浪，"我看不见自己"，"我"已经融入了广阔的田野。刘禾女弯腰收获的场景跃然纸上，构成了一幅非常生动且饱满的画面。最后几句是颇有气势的描写，"你听风与云，在我的镰刀之下，奔骤而来"，镰刀挥动之下，似乎一切都在掌控之中，这是刘禾女在展示自己主宰大地的气势，是对麦子丰收的自豪。

这是一首优美且令人喜悦的诗歌，也是一首带着民歌韵味的现代诗。辛笛刻画了一个不同于华兹华斯笔下的刘禾女形象，也表现了不同的诗歌风格和情感。不得不说，这首诗是诗人一次成功的改写和创造。

陈敬容

[诗人简介]

陈敬容（1917—1989），四川省乐山市人，九叶派重要诗人。曾任《中国新诗》《世界文学》编辑，著有诗集《交响集》《盈盈集》《九叶集》（合著），散文集《星雨集》等。

陈敬容大概从 20 世纪 40 年代中期开始发表新诗，她的诗歌从内容到风格都鲜明地体现了一种从小天地到大世界，以及从哀怨、感伤到追求、批判的转变。诗人早期的诗歌创作受何其芳的影响很大，追求一种纤细柔弱的风格，再加上诗人早期个人生活的不幸，她的诗歌流露出一种古典少女的感伤和迷茫。诗人的有些诗歌是在表达浓浓的思乡之情，如《十月》《遥祭》等诗；有些诗歌在表达感伤或失落的爱情情绪，如《窗》《假如你走来》《骑士之恋》等；有些诗歌在表达内心忧郁且迷惘的人生体验，如《车上》《春雨曲》等。

诗人经过多年在北京、成都、重庆、兰州等地的漂泊，将曾经经历的苦难体验逐渐升华成一种力量、一种勇气，似乎是获得了涅槃新生。诗人在诗歌中更多地表达了对未来生活的希望和信心，格调也变得明朗乐观，如《旗手与闪电》《追寻》等。更重要的是，诗人已经走出了个人生活的小天地，走向广阔的现实生活。诗人开始用诗歌去描写世间百态，甚至带有一定的批判性。此时陈敬容的诗歌已经表现出强烈的忧患意识，风格更加刚健厚重，透露着一种果决与坚毅，诗人也彻底告别了个人的哀怨，投入了时代的洪流中。陈敬容的诗歌吸收了古典诗歌，以及西方现代派诗歌的象征、暗示、隐喻等手法，形成了现实和思辨结合、情感和哲理交融、刚柔相济的风格。

窗

陈敬容

（作品见《盈盈集》，上海文化生活出版社 1948 年版）

[诗歌导读]

这是一首抒情意味很浓的诗，主要抒发的是面对爱情的失落，以及不舍和落寞之情。"窗"这个意象在古今中外的艺术作品中都很常见，它往往与人的内心世界有关，象征着内心与外界的交流。在这首诗中，"窗"也是象征着人的心灵世界。诗歌通过对"你的窗"和"我的窗"的对比来表达两个心灵世界的隔膜，也表达了诗人情感上的落寞。

诗歌的第一部分共三节，主要是写"你"的世界是怎样地与"我"隔阂，抒发了"我"无比失落的情感。"你的窗"是"开向太阳、开向四月的蓝天"，并且以重帘遮住。这就暗示，"你"的态度是拒绝、冷漠的。而"我"守在"你"的窗前，得不到回应，是无比寂寞的，只有"失落的叹息"。尽管如此，"我"还是那么痴情，"我"仍然希望"让静夜星空带给你我的怀想吧，也带给你无忧的睡眠"。诗歌的第二部分进一步描述了"你我"之间的隔膜状态及"我"的失落心情。"你的窗"对于"我"来说是空寞的，遮着重重的帘。"你"的离开，就如同带走了我的明灯，留下一个迷失的"我"。"我"似乎是处在隆冬之中，有着"不安的睡梦"，"我的窗""开向黑夜、开向无言的星空"。

从诗歌描述的情境和抒发的情感来看，"你"和"我"根本是两个世界的人，"你"的窗是向着光明的，"你"有着更广阔的天地，爱情只是生活中的一小部分。而对于"我"来说，爱情似乎占据很重要的位置。因为爱情失落，"我"只能处在黑暗和黄昏中，独自"叹息""凝望""幽咽"。"我"和"你"终究是处在不同的世界，"我"也没法走进"你"的世界。这首诗表达的情感是一种典型的失恋情感，一种交织着失落、苦闷、迷茫、幻灭的复杂情绪。

诗歌在艺术风格上兼具古典诗词和现代派诗歌的特点。诗歌中运用了具有古典意味的意象，如"窗""重帘""静夜"等，甚至一些词语也是古典的，如"锁住""凝望""幽咽"等。诗歌具有古典诗词婉约、纤巧、情感含蓄之美。同时，诗人将生活中的情绪融入具有象征意义的意象和情境之中，使诗歌具有一种现代意味。

假如你走来

陈敬容

（作品见《盈盈集》，上海文化生活出版社1948年版）

[诗歌导读]

这首《假如你走来》是一首爱情诗。陈敬容前期创作的诗歌中有不少都在表现爱情的感伤，也许年轻的诗人在情感经历上确有许多不顺。陈敬容在表现爱情中女性的细腻心理方面，现代诗人中少有人能及。从这首诗呈现的情境来看，"我"应该有一段刻骨铭心的恋情，然而却因为种种原因分开了。也许当年的"他"离开时是那样的决绝，"我"曾经为此伤心欲绝，无比失落，久久难以释怀，就像《窗》中所抒发的情感，但经过了一段时间的治疗，"我"终于释怀了，开始以一种新的心态面对逝去的情感。

诗人想象着，如果昔日的恋人走来，她应该以何种姿态来面对呢？诗歌开头就说，假如昔日的恋人来了"扣我寂寥的门窗"，他没有说一句话，只是将"战栗的肩膀"靠在"白色的墙"上。这应该是昔日的恋人带着悔意又回来了。而"我"从"沉思的座椅"中"静静地立起"，此时"我"的内心早已经恢复平静和理智了。"我"只是将书页中"萎去的花"插在"他"的衣襟上。这朵"萎去的花"象征着他们过去的情感已经彻底逝去了。"我"也彻底放下了这段情感，只能与"他"无言地对视，而且态度是冷淡而决绝的。当"你"又离开了之后，"我"虽然流泪了，但不是"悲伤"，而是"幸福"。此时此刻的"我"是在庆幸自己终于从感情的藩篱中挣脱出来，恢复了独立、自强、自爱，诞生了一个全新的自我，怎么能不幸福呢？诗人的眼泪不是为逝去的恋情而流，而是为自己经历了磨难后获得的成长而流。

诗歌开头两节以"假如"开头，奠定了全诗温柔的基调，但在温柔中又有着平静坚定的力量。诗歌展示了一个女性在情感中自我成长、终获救赎的过程。诗歌中的情感通过一幕幕场景表现出来，也有古典婉约的特点，与戴望舒的《雨巷》在氛围和意境上有些相似。

唐　祈

[诗人简介]

唐祈（1920—1990），江苏省苏州市人，九叶派重要诗人。1942年毕业于西北联大历史系，曾先后在《中国新诗》《人民文学》《诗刊》任职，著有诗集《诗第一册》《唐祈诗选》等。

唐祈青年时期曾去过甘肃、宁夏、青海等地，接触过少数民族的草原游牧生活。他早期诗歌大多是反映西北少数民族生活的，如《旅行》《游牧人》等。基于此，他赢得了"游吟诗人"的美誉。这些诗歌比较注重抒情，具有一种单纯柔和的美，形式上短小凝练而又富于变化。诗人后来来到重庆、上海等地后，诗风又有了明显的变化，现实的遭遇让他趋于沉静。诗人开始从反思自身遭遇和命运来曲折地反映社会的某些侧面，如《夜歌》。随着诗人对社会现实更多地了解和深入，诗歌也越来越多地在揭露一些社会现实，如《女犯监狱》《老妓女》《时间与旗》等。

唐祈在诗歌创作中，尤其是在现实主义诗歌创作中，总是以一种超越现实的态度将现实主义与象征主义、超现实主义融合在一起，进而创作具有现代派风格的现实主义诗歌。

游牧人

唐　祈

（作品见《文艺复兴》1946年第2卷第2期）

第九章　九叶派诗歌

[诗歌导读]

唐祈应该算是新诗中的一位边塞诗人。诗人早年在西北联大读书和工作时曾到过一些少数民族的游牧地区旅行，对少数民族有过一些接触和了解。因此，诗人早期诗歌中有不少作品都反映了少数民族风情。当年，这些诗歌给人以耳目一新的感觉，犹如诗坛吹来一股清风。

本诗共四节。在第一节中，诗歌以"看啊"两字开头，说明诗人正在眺望远处，眼前是一片辽阔的地域。诗人首先关注到的是一个"古代蒲昌海边的羌女"。据说，"古代蒲昌海"就是今天位于新疆东部的罗布泊。在古代，那里是河西走廊、青海一带的羌人和藏人聚居过的地方。诗人在这里特意提到"古代蒲昌海"，自然引发一番历史联想。那个羌族少女在辽阔的草原上被衬托得那么纯洁、美丽，她像"一只纯白的羊"，又像"一朵顶清静的云彩"。诗歌的第二节生动地描述了游牧人的性格。"游牧人爱草原，爱阳光，爱水"，这是对游牧人开朗热情的性格的生动概括。接下来，诗人又说游牧人的聪明。他们有"先知一样遨游的智慧"，他们逐草而居，具有哲人、预言家一样的智慧。不仅如此，他们还特别热情，"美妙的笛孔里热情是流不尽的乳汁"。游牧人爱吹笛子，笛孔里流出的是热情。诗人在这里将"热情"转化为"流不尽的乳汁"，这是种奇妙的联想。接下来，诗人用"牝羊"来做对比，形容牧羊人有着宁静和温柔的睡眠。前两节也许都是诗人眼中游牧人的性格和状态，他们的生活就像是一曲优美恬静的牧歌。然而，当诗人真正走进帐篷，听到他们的牧歌，才真正了解他们内心的忧郁。第三节是一曲游牧人的牧歌。草原上也有剥削、压榨，甚至还有赤裸裸的野蛮掠夺。在这种环境下生活的牧民是忧郁的，生活是悲惨的，正如牧歌里唱道，"青春的头发上，很快会盖满了秋霜""哪儿是游牧人安身的地方？"诗歌的最后一节，少女的歌声未完，官府的命令就已经下来了，"留下羊，驱逐人走"。结尾简洁，歌声戛然而止。诗人对游牧人的同情及对官府的憎恨之情都跃然纸上。

诗歌是按照西方十四行诗的形式来创作的。诗歌共四个诗节，前三个诗节是每节四行，而且二、四行押韵，第三节中一、三两句也是押韵的。唐祈一直喜欢用十四行的形式来写诗，他认为要吸收西方十四行诗的形式，但最终还是要建立中国式的十四行诗，这首诗也是一个成功的尝试。

唐 湜

[诗人简介]

唐湜（1920—2005），原名唐扬和，浙江省温州市人，九叶派重要诗人，1948年毕业于浙江大学外文系，著有诗集《骚动的城》《飞扬的歌》，理论集《意度集》《新意度集》等。

唐湜的诗歌创作经历了从浪漫主义到现代主义，再到古典主义的历程。唐湜早期的诗歌受到艾青《黎明的通知》、何其芳的《预言》的影响，诗风单纯、空灵。大学期间又受莎士比亚、雪莱、济慈等人影响，创作了具有浪漫主义诗风的作品，如叙事长诗《森林的太阳和月亮》。但不久后，诗人又受欧美现代派诗歌的影响，逐渐开始尝试现代主义诗歌创作。他未出版的诗集《交错集》就体现了他的这种尝试和探索，如《歌向未来》《我的欢乐》《剑》等。

唐湜除创作诗歌外，还创作了大量诗论。他擅长从具体诗作入手，来评价一个个具体诗人的特点、成就和影响。唐湜评论过九叶派的大部分诗人，他为后人评论这个群体提供了重要的"原始记录"。

我的欢乐

唐 湜

（作品见诗集《飞扬的歌》，平原社1950年版）

[诗歌导读]

这首诗最初是诗人未出版的诗集《交错集》中的一首。《交错集》集中的诗歌体现了诗人在20世纪40年代后期在现代派诗歌创作上的成就。诗人曾经在《交错集》的后记中谈到创作这些诗歌的过程：1948年6月，在西湖边的学校里，"我"曾把自己关在一个诗的象牙塔里，偶尔，一种柏拉图式的纯洁感情给了"我"一次诗意的洗礼，一种完全没有想到的新鲜感觉叫"我"有了种猝然的惊喜。于是，仿佛有诗神在"我"的梦床前奏起了金色的竖琴，在短短的一周里，众多动人的意象纷纷向"我"飘来。诗人果然在一周内写出了几十首诗。

这首《我的快乐》用现代派的手法来呈现"我的快乐"。从诗歌的内容来看，诗人描述的快乐并不是普通的快乐，而是作为诗人的快乐或者说是创作诗歌的快乐。诗歌开头两句就以否定句式来呈现自己的欢乐，"我不迷茫于早晨的风"，这个不是"我"关注的。那么"我"作为诗人的欢乐是怎样的呢？诗人先是概括地描述这种快乐的模样，他的快乐是"一片深渊""一片光景"，而且它的形态是无法描述的，"芦笛吹不出它的声音，春天开不出他的颜色"。它来自纯洁的少女的心，有着闪烁的光芒，包含很多的纯洁的感情。在第二节中，诗歌更近一步展开对创作快乐的描述。诗人用了一系列或具象、或抽象的意象或情境来象征这种难以描述的快乐。它像一个五彩的贝壳，经过在海滩上修炼，又在无数日月的呼唤下，"水纹"轻柔的抚摸中，"珍珠耀出夺目的光华"。接下来，诗人运用一些朦胧、模糊的情境来描述这种感觉，"静寂里有常新的声音袅袅的上升，像远山的风烟"，将"永寂"化作"万树的摇红"。好的诗歌可以让群山顶礼、千峰跃动，可以让时间静止，可以在一瞬间成为永恒。

这首诗整体上是比较朦胧、模糊的，解读上有一定困难，就连诗人自己都认为这首作品难以解释，不大明确它的含义。也许，这就是许多现代诗的特点。读者可以根据自己的理解，对诗歌做多种解读，甚至解读出连诗人都没有体会到的感受。也许，诗歌鉴赏的魅力就在于此吧！

杭约赫

[诗人简介]

杭约赫（1917—1995），原名曹辛之，九叶派重要诗人，主要作品有诗集《撷星草》《噩梦集》《火烧的城》等。

与许多年轻的诗人一样，杭约赫在最初的诗歌创作中大多是抒发一些个人青春阶段的爱和忧郁的，还有一些诗歌是对现实的关切和忧虑。这些诗歌反映了年轻诗人在青春年华里的故事，风格上纯真、朴素，主要收入《撷星草》中。随着诗人对社会现实生活的深入体验，尤其是战争爆发后，诗歌的内容和风格都有一定的转变。诗人面对着国内严峻复杂的环境，发出忧国忧民的呐喊，诗歌内容紧密联系现实，体现出深沉的忧患意识，如《丑角的世界》等。他一些诗歌还对知识分子的命运进行了反思，如《知识分子》等。

杭约赫在诗歌艺术表现中，整体上还是遵守"思想知觉化"的艺术准则的。在他的诗歌中，主题往往不直接呈现，而是通过大量意象排列来象征、暗示主题，诗歌呈现出鲜明的现代派风格。

最初的蜜——写给在狱中的 M

杭约赫

（作品见《杭约赫诗稿》，文化艺术出版社 1985 年版）

[诗歌导读]

这是一首特殊的爱情诗，是一首把爱情、革命、人生交织在一起表现的爱情诗。诗歌中的"M"应该是诗人早年的恋人。这位"M"曾因为参加大学生反内战运动被国民党抓进监狱。诗人曾在 20 世纪 80 年代将自己重要的一本诗集命名为《最初的蜜》，可见这位"M"应是诗人生命中一位重要的女性。据说"最初的蜜"出自《圣经》，"蜜蜂头回把针扎进花蕊去吮吸，味道是苦涩的，但却是纯洁的和难忘的，因为不可能再有'最初'了"[①]。诗人和他早年的这位恋人，无论对于爱情、革命还是人生，都是处于"品尝最初的蜜"的时期。他们在懵懂中体会着其中的甜蜜和苦涩。

诗歌的开头说到了"脚下的路"，"我"和"他"都爱的路，这里应该指的是革命的道路。这条道路"不用担心到达"，重要的是"朝着我们挑选的方向"走。诗歌的第二、三节是说"我们"在这条路上相遇、相知，然而又分离。为什么会分离呢？是因为"我们"都有更远大的理想，革命的信念超越了个人的情感，不得不分离。"你"要"凭幻想的翅膀"去冲破"世俗平庸的罗网"，于是"我们"陷入苦恋，"爱情咬得我们好苦"。诗歌在第四、五节中写"我们"要为人类共同的命运去努力，"我们"怀着"这顽强的信念"，去追求、去探索。革命的道路上，"不再感到孤单与寂寞"。诗歌第六、七节中写，革命的道路曲折而又漫长，多少

---

① 蓝棣之. 有追求、有欢乐、有苦涩的诗：读《最初的蜜》[J]. 读书，1986（12）：75-79.

兄弟姐妹前赴后继，都在"准备着随时献出自己"。而"你"刚刚"迈出这一步"，就落进了陷阱，"你"将面临严峻的考验。在第八、九节中，面对恋人的入狱，"我"发出痛惜的呼喊。铁窗生活比"破灭爱情"更要痛苦，"你"将度过一段多么难挨的日子啊。然而，为了脚下的这条路，为了征服它，"你"已经品尝了最初的艰辛，付出了代价。

这首诗反映了在特殊时期，革命者特殊的爱情观、价值观和人生理想。他们将个人幸福融入社会解放的大事业中，又实现了爱情的升华。这首诗在形式上也很有特点，全诗共九节，每节四行，外观上整齐。但是，所有诗句故意跨行甚至是跨节，这在新诗中似乎较为少见。这种表达的客观效果就是全诗被连接成一个密不可分的整体，抒发的情感也是一气呵成且具有连贯性的。

第十章 四十年代进步新诗

[概况简介]

在20世纪40年代的新诗创作中,除了七月派、九叶派这样令人瞩目的进步诗歌团体之外,还有其他进步诗人在从事诗歌创作。这其中还有两个群体也非常值得关注,一个是讽刺体新诗,另一个是民歌体诗歌。由于这两个群体存在于不同的政治环境中,一个是让人绝望的"一沟死水",一个是充满希望的"明朗的天",这些群体中的诗人在文学创作上也呈现出了不同的风格。在这里,笔者将这两个流派作为"进步新诗"放在一起分析。

20世纪40年代中后期,国内面临内战的危机。国民党政府腐败专制,社会环境异常黑暗,政治上实施法西斯统治,文化上进行文化围剿,经济上进行各种压榨,社会呈现一派民生凋敝的景象。诗人拥有强烈的使命感和敏锐的政治性,纷纷以笔为枪,加入这场反抗压迫、反抗腐朽政权的战斗之中。他们在国民党的高压统治下不得不将愤怒化为讽刺,将轻蔑转成嘲讽,用喜剧的方式去揭露和批判那个行将就木的悲剧时代。于是,这里就出现了讽刺诗歌创作的热潮。在这些诗人中,最突出的是袁水拍和臧克家,其次还有郭沫若、苏金伞、邹荻帆、沙鸥、黄宁婴、绿原、杭约赫、杜运燮、袁可嘉等。这些作品涉及面广泛,从普通市民生活到宏观上的政治经济制度,反映了国民党统治下社会黑暗、破败、凋敝的真实情景。这些讽刺诗在艺术上也很有特点,它们注重从普通现象中选取典型事例,塑造讽刺形象,达到有力的讽刺效果。诗歌语言幽默机智、新鲜活泼、通俗易懂,让讽刺诗的政治性、战斗性与通俗化、群众化相结合。诗人自觉运用民歌、儿歌等通俗形式来创作诗歌。

20世纪40年代部分地区在中国共产党的领导下废除了封建土地制度,推翻了地主阶级的统治,在政治、经济、文化方面发生了前所未有的巨大变革。抗战爆发后，许多诗人从国民党统治区来到延安和各个抗日民主根据地，与当地的文艺工作者及群众性的文艺活动相结合，使得这些地区的文艺运动蓬勃发展。特别是在1942年毛泽东《在延安文艺座谈会上的讲话》发表之后，该文件确立了文艺的工农兵方向，提出了"文艺为人民大众服务"的口号，为各个根据地出现的文学注入了新的活力。广大诗人开始把目光转向农民，表现他们的思想、心理和命运，这就不得不采用农民喜闻乐见的传统民间文艺形式来进行创作。在诗歌方面，广大诗人深入民间体验生活，搜集整理民间歌谣，创作出老百姓易于接受的民歌体诗歌，其中取得较大成就的是民歌体叙事诗。李季的《王贵与李香香》采用陕北民歌信天游的形式，描写了青年农民王贵和李香香的爱情故事和革命故事，热情歌颂了陕北人民在中国共产党领导下翻身闹革命的斗争事迹。阮章竞的《漳河水》借用了漳河地区的多种民歌、小调的手法和句式，描写了三个劳动妇女在新旧社会命运的转变，在广阔的时代背景下展现了妇女解放的时代主题。这一时期传诵一时的民歌体叙事诗还有张志民的《王九诉苦》，李冰的《赵巧儿》，田间的《戎冠秀》《赶车传》等。

袁水拍

[诗人简介]

袁水拍（1916—1982），原名袁光楣，笔名马凡陀，著名诗人。抗战时期，他曾在香港、重庆等地从事抗日宣传工作，曾担任重庆美术出版社编辑。解放战争时期，他曾担任《新民报》《大公报》编辑，曾任《人民日报》文艺编辑部主任，曾出版诗集《人民》《向日葵》《沸腾的岁月》《马凡陀山歌》等。

袁水拍是一位高产的诗人，出版诗集有十本之多，其诗歌主要有三种类型：抒情诗、山歌和政治讽刺诗。袁水拍早期的创作诗歌以抒情诗为主，并且取得了不错的成就，诗集《人民》《向日葵》中就有不少优秀之作。但是，随着社会环境的变化，诗人逐渐放弃了抒情诗的创作，而是转向讽刺诗的创作。大概从20世纪40年代中期开始，诗人开始用"马凡陀"这个笔名创作山歌体的讽刺诗。马凡陀的"山歌"主要收在《马凡陀的山歌》和《马凡陀的山歌续集》中。

马凡陀的"山歌"取材广泛，大到国际风云，小到人民的日常琐事。这些山歌讽刺了国民党政府的腐朽统治，揭示了通货膨胀、物价飞涨、人民生活苦不堪言的社会现状。"山歌"往往从社会现象入手，挖掘其本质，从而引导广大民众去反抗国民党的独裁统治。马凡陀的"山歌"做到了内容和形式的和谐统一，内容上透露着强烈的政治气息和阶级意识，形式则是采用通俗易懂的"山歌体"。这些山歌在艺术上的最大特点就是讽刺手法的运用，诗歌往往将讽刺寓于叙事中，于嬉笑怒骂中对社会的各种现象进行描述和批判。马凡陀的山歌体讽刺诗的艺术成就还在于语言的通俗、质朴和音乐性。诗歌不避俗字俗句，诗人还将口语、熟语引入诗中，使其具有节奏感和音乐美，如《一只猫》等。

发票贴在印花上

袁水拍

（作品见《马凡陀的山歌》，上海生活书店 1946 年版）

[诗歌导读]

这首诗创作于 1946 年，这一时期正是国内环境日益恶化、社会矛盾日益尖锐的时期。20 世纪 40 年代中后期，国内陷入内战的危机。国民党政权腐败专制，实施白色恐怖统治，他们在政治上建立特务机构，经济上各种搜刮，文化上遏制剿杀，导致民生凋敝、民怨沸腾、乱象丛生，社会环境异常黑暗。正是在这样的环境下，讽刺文学蔚然成风，充当了政治斗争的工具，引起了很大的社会反响。这首《发票贴在印花上》就是其中的代表作。

诗歌中呈现了当时社会上的种种矛盾，以及可笑可鄙、黑白颠倒的社会现象。而且，诗歌也仅仅是将这些社会丑陋现象暴露出来，并不做评论，让读者自己去读，自己去体会。诗歌从第一节开始就描述了种种怪诞情景。由于印花税票贴得太多，好像不是发票上贴印花，变成了印花上贴发票。水兵不在海上，却在马路上。吉普车不遵守交通规则，在马路上横冲直撞。反常的景象处处可见，黄浦江的水都漫到了街沿上，鸟巢在烟囱上，学生没钱上学，教师罢工不上课。什么"廉耻""是非""民主""自由"全都是假大虚空。国民党政府的假民主、真独裁的本质暴露无遗。游行的学生被装进卡车，吉普车上装着面包，枪弹打在脑袋上，和平在哪里？国家的命运在哪里？老百姓的生活苦不堪言，"米粮落入黑市场，面粉救济黄牛党"，到处都在闹饥荒，树皮草根都被啃完了。老百姓像生活在钉板上，而汉奸却有特殊待遇，到处都是让人惊异的荒唐景象！诗歌所展现的内容毕竟是有限的，但诗人尽力选择典型性的画面，进行暗示性的表达，从而让人了解更普遍的社会现象。袁水拍的这个作品虽说是一首诗歌，但实际上带有一定的新闻性。当时诗人在报社工作，每天能接触大量新闻，对社会生活的方方面面都很了解。所以，这类诗歌有许多时事的内容，一定程度上可以当作新闻来读。

诗歌以"民谣"的形式写成，通俗易懂、朗朗上口、便于传播。诗歌中有大量民间口语，如"贴在""塌在""佘到""造在""一把火""大毛坑""嘴巴上""闹荒""啃个光"等，有利于在普通民众中进行传播。全诗共十一节，每节四行，形式整齐，一韵到底，每节都在押"ang"韵，富有韵律感和节奏感，读起来顺口，听起来顺耳，有种特殊的美感。诗歌语言除了具有民间口语的特点，还具有讽刺和嘲弄的意味，使得诗歌在揶揄调侃中完成了对丑陋现实的批判。

万　税

袁水拍

（作品见《马凡陀的山歌》，上海生活书店 1946 年版）

[诗歌导读]

一个行将就木的病态社会必然存在着各种不合理的制度和荒唐的现象。这首诗就是针对国民党政府不合理的税收制度进行批判的诗歌。20 世纪 40 年代中后期，国内矛盾尖锐，国民党政府腐败专制，各种巧立名目的税收压得老百姓喘不过来气。诗人以一种夸张、讽刺的语气，将笔锋狠狠地刺向不合理的、黑暗的制度。

诗歌的题目是"万税"，"万税"又和"万岁"谐音，有极强的讽刺性。诗歌开头就对当时的税制情况做了概括，"这也税，那也税，东也税，西也税，样样东西都有税，民国万税，万万税！"各种各样的税已经是铺天盖地，几乎是样样东西都有，已经到了搜刮民脂民膏的程度了。"民国万税，万万税！"是一句典型的双关语，一方面讽刺当时各种名目的税实在太多，另一方面嘲笑当时"民国万岁"这样的口号。接下来，诗人展开了合理的想象和推测。听说最近"又添赠予税"，那么诗人就推测，既然有"赠予税"，就应该有"受赠税"。那么，还应该有"贿赂税""舞弊税""盗窃税"等。实际上，后面的几种税都是诗人推测出来的，按照当时政府官员荒唐的思维方式，这也不是没有可能的。接下来，诗人进行了更加夸张的联想和推测，由"所得税"推测出"所失税"，由"印花税"推测出"印叶税"，还有更加荒唐的"不交易税""不营业税""破产税""无产税"。不得不佩服诗人的这种奇思妙想，诗歌夸张的表达既幽默又讽刺，甚至还非常过瘾。诗歌通过这种夸张的推测，无情地揭露了一个腐败政府的本质，同时也引起了读者的共鸣。

诗歌在外在形式上并不整齐，长短句相间，再加上特殊的句式分割，使得诗歌读起来短促有力，有种节奏感，如"这也税，那也税，东也税，西也税"。全诗大部分诗句都以"税"字结尾，形成自然的韵律，再加上诗句短促有力的节奏，使诗歌具有一种特殊的批判力量。

李 季

[诗人简介]

李季（1922—1980），河南省唐河县人，原名李振鹏，著名诗人。他 1938 年在延安抗日军政大学学习，后来在延安任《群众日报》副刊编辑，1949 年曾主编《长江文艺》。他先后任《人民文学》副主编、主编，曾出版诗集《短诗十七首》《玉门诗抄》《玉门诗抄二集》等。

李季有过五六年的基层生活经历，曾加入八路军，当过小学教员、县政府秘书和小报编辑。这些经历让他有机会接触各种各样的人，了解了许多革命故事，熟悉陕北人民的思想、性格、语言及他们喜爱的文艺形式，为日后从事文艺创作打下了基础。诗人在毛泽东《在延安文艺座谈会上的讲话》的激励和鼓舞下，开始从事创作。李季对现代新诗最大的贡献，就是用民歌体的形式去创作反映陕北人民革命和生活的诗歌，最著名的作品就是长篇民歌体叙事诗《王贵与李香香》。

《王贵与李香香》这首诗以陕北信天游的形式，描写了青年农民王贵与李香香的爱情故事和革命故事，热情歌颂了陕北人民在中国共产党领导下翻身闹革命的斗争事迹。这首诗代表着新诗艺术在民族化和大众化道路上取得了可喜的成就。

王贵与李香香

李 季

（作品见《王贵与李香香》，人民文学出版社 1958 年版）

[诗歌导读]

《王贵与李香香》是 20 世纪 40 年代民歌体叙事诗中较为优秀的篇章。它以陕甘宁地区土地革命时期的农民斗争为背景，描写了一对青年农民，即王贵与李香香的革命故事和爱情故事。诗歌突出了人民生活与革命的密切关系，没有革命，穷人就翻不了身，更不可能获得幸福和自由。

作为一首长篇叙事诗，《王贵与李香香》具有完整的故事情节和丰满的人物形象。全诗分为三部十二章，共七百多行，叙写了一个情节曲折生动、引人入胜的故事。第一部分中，诗歌一开头就呈现了一幅旧社会农村社会的悲惨图景，"一眼望不尽的老黄沙，哪块地不属财主家？"本来就是不平等的旧社会，穷人受尽剥削，再加上赶上荒年，更是苦上加苦。广大农民的凄惨生活无法形容，"掏完了苦菜上树梢，遍地不见绿苗苗""二三月饿死人装棺材，五六月饿死没人埋"。然而，在这种民不聊生的情形下，地主崔二爷家里却是"窑里粮食霉个遍，崔二爷粮食吃不完"。崔二爷有钱有势，心狠手辣，不但对穷人见死不救，反而在荒年逼租。王贵的爹欠租难还，被崔二爷的狗腿子活活打死，"狗腿子像狼又像虎，五十岁的王麻子受了苦。浑身打烂血直淌，连声不断叫亲娘""太阳偏西还有一口气，月亮上来照死尸"，王麻子就这样被活活打死了。崔二爷又把王麻子十三岁的儿子王贵抓去当长工。诗歌第二节就是写王贵在崔二爷家当长工的艰难生活，他受苦挨冻吃不饱，吃尽了苦头。这些描写都深刻地显示出地主和农民之间的尖锐矛盾。诗歌第三节是写李香香家里的艰难生活及香香父亲心疼王贵，将王贵领到自己家。诗歌第四节主要是写王贵与李香香的相爱。在苦难中长大的王贵和李香香，他们在互相同情和关心中产生了爱情。然而，在那样暗无天日的社会里，青年人的爱情幸福也不容易获得。在第五节中，崔二爷就对香香动了邪念，还公然调戏。崔二爷"张开嘴见了大黄牙，顺手把香香捏了一把""二爷给你两块大白洋，拿去扯两件花衣裳"。香香又气又躁，愤然拒绝。诗歌的第一部分交代了主要人物的身份、经历和思想状态及彼此之间的关系，展示了当时的社会背景，也埋下了故事发展的线索。

在诗歌的第二部分，故事开始进入高潮，人物的矛盾冲突也逐渐加剧。第一节《闹革命》就写了三边人民在共产党领导下闹革命的情景。当地农民没有不恨崔二爷的，王贵的仇恨更是比山高，"白天到滩里去放羊，黑夜里开会闹革命"。第二节《太阳会从西边出来吗》中，当崔二爷发现王贵去闹革命时，就把王贵抓起来严刑拷打。王贵丝毫没有屈服，而是痛斥崔二爷："老狗你不要耍威风，大风要吹灭你这盏破油灯！""我一个死了不要紧，千万个穷汉后面跟！"这些坚定的语言也反映了王贵敢于斗争、不怕牺牲的革命精神。李香香为了救王贵，冒着生命危险去给游击队报信。第三节《红旗插到死羊湾》中，游击队来了，王贵得救了，崔二爷逃跑了。第四节《自由结婚》应该是最喜剧的一部分。崔二爷逃跑后，王贵和李香香结了婚。他们都清醒地认识到："不是闹革命穷人翻不了身，不是闹革命咱俩也结不了婚！"于是，婚后几天，王贵就去游击队报了名，外出参加革命去了。但是，革命的道路并不是一帆风顺的，斗争的道路还很漫长。

在第三部分中，革命出现了波折，崔二爷又回来了，开始疯狂的反攻，还要把香香抢到手。第一节《崔二爷又回来了》是写崔二爷又回到了这里，气焰更加嚣张，"长袍马褂文明棍，崔二爷还是那个鬼样子"。而且他"本性难改狗吃屎，崔二爷对香香心还没有死"。崔二爷把李香香软禁了起来，"硬的吓来软的劝，香香至死心不变"。李香香当面怒斥："有朝一日遂了我心愿，小刀子扎你没深浅！"李香香在与恶势力斗争的过程中，也在不断觉醒和成长。在最艰难的时候，她也保持着对爱情的忠贞和对革命的忠诚。诗歌的最后一节是全诗的高潮和结局。正当崔二爷大摆宴席，强娶李香香成婚之际，游击队突然回来，活捉了崔二爷。王贵和李香香也终于团圆了，全诗结局。

作为一首长篇叙事诗，《王贵与李香香》展示了诗人卓越的叙事能力。诗歌情节曲折生动、冲突紧张、高潮迭起、引人入胜。紧张的故事情节中还穿插着恋爱自由、结婚自由等温馨的情节，使得诗歌的情节张弛有度。诗歌中的恋爱和革命是两条交织的线索，通过恋爱婚姻反映了阶级对立和压迫，通过革命去解决这些冲突和矛盾，而让团圆成为现实。这样的叙事也深刻地揭示了爱情与革命、个人与阶级之间血肉相连的关系。这首诗的成功之处还在于塑造了几个鲜明的人物形象。长诗着重刻画了三个人物形象：王贵、李香香和崔二爷。王贵是一个从小就给地主当长工，备受阶级压迫和剥削之苦，怀着杀父之仇，充满着革命的主动性和坚定性的新型农民形象。他对李香香有着纯朴而真挚的感情，对革命充满信心。李香香是一个勤劳、美丽，有着鲜明的爱憎情感的农村劳动妇女形象。她对王贵怀着坚贞不渝的爱情，对王贵所从事的革命事业也充满着必胜的信念。崔二爷是一个典型的恶霸地主形象，他草菅人命、心狠手辣，而且还是个贪婪的色鬼。这些形象的成功塑造是诗人长期深入农民生活、用心观察和体验的结果。

诗歌成功地运用了陕北民歌信天游的形式。全诗共七百多行，全部用了信天游的形式。信天游本来以两句为一首，有固定的曲调，每一首表达一个固定的意思。李季创造性地运用了这种形式，他不是两句表达一个意思，而是两句为一节，几节表达一个意思。诗歌每节换韵，押韵并不严格，有种自然的节奏和韵律。诗歌还成功地采用了民歌中的比兴手法。比兴手法是我国古典诗歌和民歌中经常使用的表现手法之一。流行于陕北民间的信天游本来就多用比兴手法，它每首两句，上一句往往写用来比喻或起兴的对象，下一句才是要表达的本义。例如："山丹丹开花红姣姣，香香人才长得好。""地头上沙柳绿蓁蓁，王贵是个好后生。"这样的句子在诗歌中比比皆是，而且诗人都是选取陕北地区常见的事物来起兴，这样的描写既符合环境和人物的性格，也是老百姓能接受的表达方式。

阮章竞

[诗人简介]

阮章竞（1914—2000），广东省中山市人，著名诗人、画家。20世纪40年代初期阮章竞曾任八路军太行山剧团团长，先后任中共中央华北局宣传部文艺处处长、北京市作家协会主席等，出版诗集《漳河水》《勘探者之歌》《漫漫幽林路》等。

阮章竞在走上诗歌创作道路之前，曾经创作过大量的戏剧作品。他曾在山西太行山生活过很长时间，担任过太行山剧团团长，期间曾创作过大量剧作。他在1947年完成了叙事诗《圈套》。从此，诗歌创作在诗人的创作中占据了越来越重要的位置。经过多年的现实生活的积累和创作上的磨炼，诗人终于在1949年创作出了优秀的长篇叙事诗《漳河水》，也由此奠定了他在文艺界的重要地位。

《漳河水》的成功得益于诗人在太行山多年的戏剧活动。在农村戏剧活动中，他搜集了很多民歌民谣，学习了通俗易懂的群众语言，真正走到文艺创作的大众化通俗化的道路上来了。所以，《漳河水》的成功凝聚着诗人多年的积累和努力。诗人也特别怀念他在太行山的那些岁月，正是太行山的那些经历成就了他的诗歌。

漳河水

阮章竞

（作品见《漳河水》，新华书店1950年版）

[诗歌导读]

阮章竞的《漳河水》是与李季的《王贵与李香香》齐名的长篇民歌体叙事诗，它们共同体现了当时新诗创作的特点，也代表了20世纪50年代后期民歌体叙事诗创作的最高成就。诗人阮章竞在抗日战争和解放战争期间，曾在太行山工作了十余年，对当地老百姓的生活非常熟悉，尤其喜爱当地的民歌民谣。于是，诗人在当地生活和民歌民谣的基础上，创作了这首老百姓喜闻乐见且内容通俗易懂的诗歌。

《漳河水》并没有去表现风起云涌的革命大事件，而是以三个普通农村劳动妇女的悲惨命运，以及她们命运的改变为主线来反映当地翻天覆地的变化。这三个妇女在旧社会都有着不幸的婚姻，后来在党的领导下，都重新获得了幸福。这三个妇女分别是：荷荷、苓苓和紫云英，她们个性不同、命运不同，却在走着一条相似的路。她们在结婚之前，也都曾抱有美好的幻想，"荷荷想配个'抓心丹'，苓苓想许个'如意郎'，紫金英想嫁个'好到头'"。但是，在旧社会，年轻人的婚姻自己做不了主，因为"断线风筝女儿命，事事都有爹娘定"。她们三个人到底还是没有躲掉悲苦的命运，掉入了深渊。

长诗在第一部中就展示了三个人婚后的不幸遭遇。荷荷由父母做主嫁给了一个四十多岁的又老又丑的男人,而且还是个"半封建"。荷荷出嫁后,受尽丈夫、婆婆和小姑子的欺压和打骂,整天过着"苦胆拌黄连"的日子。苓苓也是一个可怜的女人,她嫁了个粗暴野蛮的"狠心郎",动不动就挨打受骂,受尽折磨。在家里累死累活地干活,换来的却是任意打骂。紫金英的命更苦,她嫁了个"痨病汉",结果过门半年就成了寡妇。她被人嘲笑和歧视,精神上也受到沉重的打击。她日子过得实在是艰难,有心改嫁又害怕,害怕就是改嫁也难保不走上荷荷和苓苓的路。三个女人回娘家,聚在一起互相诉苦,"三人拉手到漳河沿,滴滴泪珠挂腮边!"长诗的第二部就在讲述三个女人命运的变化。伴随着土地革命的成功、漳河地区的解放,人民政权的建立,三个不幸的女人迎来了新生。首先是荷荷,在新的政策和环境下,她再也不愿忍受过去的那种生活了,她勇敢地和丈夫离了婚,另找了一个自己满意的对象结了婚。她还率先在村里办起了生产互助组,团结和带领村里的妇女参加生产劳动,成了妇女解放的带头人。其次是苓苓。在新政策下,她的丈夫虽然不敢随意打骂了,但仍然瞧不起妇女,想把苓苓关在家里,不让她出去。苓苓比较聪明机智,最后在大家的帮助下,与丈夫的旧思想作坚决的斗争,终于换来丈夫的改变。最后这位紫云英,寡妇门前是非多,被不正经的男人纠缠。最后,她在姐妹们的帮助下,参加了她们的互助组,逐渐摆脱了那些不正经男人的纠缠,走上了新的生活道路。三个妇女性格不同、遭遇不同,但都在新的政权下翻了身,获得了解放。

《漳河水》在艺术上有着突出的成就。首先,长诗的结构非常严谨,全诗分为三部。第一部是《往日》,第二部是《解放》,这两部是新旧社会生活的对照。第三部《长青树》是进一步巩固妇女解放的成果。长诗的故事情节完整,层层推进。长诗的每一部都是以漳河地区的谣曲开头,如"漳河小曲""自由歌""漳水谣"等,然后再进行叙事。每一部都是以"漳河水,九十九道湾"这样的诗行开头。第一部中,每个妇女开口讲述自己的不幸时,都是以"桃花坞,杨柳树"开头。这样的相同语句的重复,既让人从整体上有种整齐和对称的感觉,也增加了内部的和谐与统一。其次,诗歌着重将抒情、写景、叙事结合在一起,使叙事诗情感饱满,情景交融。每一部都是通过民歌来开头,既描写了具有地方特色的景物,又抒发了特定的情感,然后再转入叙事。当三个女人在讲述自己的不幸时,开头就是通过景和情进行渲染,如"桃花坞,杨柳树,河边草儿打毂觫!风吹花飞落水面，紫金英倒尽心头怨"。后面的叙事自然而然与景物和情感融为一体。此外，长诗还采用了漳河地区的多种民间小调。李季的《王贵与李香香》只是用了信天游一种形式，全诗将两行一节贯穿到底。而《漳河水》却是采用了多种民间小调，如《开花》《四大恨》《割青菜》《牧羊小曲》《漳河小曲》等。诗歌由一首一首曲调组合而成。全诗没有统一的样式，诗节行数也不等，两行、三行、四行，甚至有十多行的。不同的小曲适合表达不同的感情，于是，诗人灵活运用各种曲调来表现不同人物的不同感情。诗歌的形式显得形式多样，变化多端，诗歌也更有表现力。最后，诗歌的语言也很有特色，具有鲜活、质朴、个性化、口语化等特点。人物的语言对于展示人物性格和内在心理有着重要的作用。三位女性性格不同，她们的语言也各有特点。荷荷的性格聪明开朗、大胆泼辣，她的语言也就反映了她的这种性格，而紫云英的性格善良、软弱、忧郁，她的语言显然也是符合她的特点的。诗歌中还采用了大量的民间口语，如姑娘们在没出嫁之前，希望找个"抓心丹""如意郎""好到头"，这些都是当地的土语，是对如意郎君的昵称。不仅人物的语言，就连叙事抒情的语言也都是口语化的。这样的语言虽然可能会粗糙一些，但却具有质朴的、原生态的美感。而且，诗人创作这首诗的目的就是要在普通大众，甚至是不识字的百姓中流传，这应该就是最合适的形式。

主要参考文献

[1] 朱自清. 朱自清文集 [M]. 北京：当代世界出版社，2010.

[2] 胡适. 胡适说文学变迁 [M]. 上海：上海古籍出版社，1999.

[3] 何其芳. 何其芳选集：第 1 卷 [M]. 成都：四川人民出版社，1997.

[4] 李怡. 七月派作家评传 [M]. 重庆：重庆出版社，1999.

[5] 杜运燮，袁可嘉，周与良. 一个民族已经起来：怀念诗人、翻译家穆旦 [M]. 南京：江苏人民出版社，1987.

[6] 袁可嘉，郑敏，穆旦，等. 九叶集 [M]. 南京：江苏人民出版社，1981.

[7] 朱光潜. 诗论 [M]. 北京：北京出版社，2005.

[8] 艾青. 诗论 [M]. 北京：人民文学出版社，1980.

[9] 沈从文. 抽象的抒情 [M]. 上海：复旦大学出版社，2004.

[10] 陆耀东. 中国新诗史：第 3 卷 [M]. 武汉：长江文艺出版社，2015.

[11] 吕进. 文化转型与中国新诗 [M]. 重庆：重庆出版社，2000.

[12] 李怡. 中国现代新诗与古典诗歌传统 [M]. 重庆：西南师范大学出版社，1994.

[13] 吕进. 中国现代诗学 [M]. 重庆：重庆出版社，1991.

[14] 潘颂德. 中国现代诗论 40 家 [M]. 重庆：重庆出版社，1997.

[15] 潘颂德. 中国现代新诗理论批评史 [M]. 上海：学林出版社，2002.

[16] 王珂. 百年新诗诗体建设研究：新诗诗体探微 [M]. 上海：上海三联书店，2004.

[17] 王珂. 新诗诗体生成史论 [M]. 北京：九州出版社，2007.

[18] 杨匡汉，刘福春. 中国现代诗论下编 [M]. 广州：花城出版社，1986.

[19] 朱光灿. 中国现代诗歌史 [M]. 2 版. 济南：山东大学出版社，2000.

[20] 孙玉石. 新诗十讲 [M]. 北京：中信出版社，2015.

[21] 孙玉石. 中国现代诗歌艺术 [M]. 北京：人民文学出版社，1992.

[22] 蓝棣之. 现代诗的情感与形式 [M]. 北京：人民文学出版社，2002.

[23] 高永年. 中国叙事诗研究 [M]. 南京：江苏教育出版社，2002.

[24] 章亚昕. 中国新诗史论 [M]. 济南：山东教育出版社，2006.

[25] 陈太胜. 象征主义与中国现代诗学 [M]. 北京：北京大学出版社，2005.

[26] 姜涛. "新诗集"与中国新诗的发生 [M]. 北京：北京大学出版社，2005.

[27] 袁行霈. 中国诗歌艺术研究 [M]. 北京：北京大学出版社，1987.

[28] 叶维廉. 中国诗学 [M]. 北京：生活·读书·新知三联书店，1992.

[29] 许霆. 中国现代诗学论稿 [M]. 上海：复旦大学出版社，2012.

[30] 徐荣街. 二十世纪中国诗歌论 [M]. 济南：山东教育出版社，1999.

[31] 公木. 新诗鉴赏辞典 [M]. 上海：上海辞书出版社，1991.

[32] 龙泉明. 中国新诗名作导读 [M]. 武汉：长江文艺出版社，2003.

[33] 西渡. 名家读新诗 [M]. 北京：北京联合出版公司，2017.

[34] 张德强. 阅读新诗 [M]. 北京：北京大学出版社，2021.

[35] 蓝棣之. 九叶派诗选 [M]. 北京：人民文学出版社，2011.

[36] 胡适. 历史的文学观念论 [J]. 新青年，1917，3（3）：20-21.

[37] 唐湜. 九叶在闪光 [J]. 新文学史料，1989（4）：147-155.

[38] 唐湜. 诗人唐祈在四十年代 [J]. 诗探索，1998（1）：88-110.

[39] 唐湜. 我在40年代的诗艺探索 [J]. 诗探索，1999（4）：79-90.

[40] 阮章竞. 风雨太行山：太行山剧团团史 [J]. 新文学史料，1998（2）：21-26.

后 记

作为一个现当代文学专业的博士,博士论文写的还是关于新诗的,我对现代新诗总有一种特殊的感情。毕业之后,我在艺术院校讲授文学课,现当代诗歌只是其中的一小部分。每当我讲到这些诗歌时,总感觉又回到了最熟悉的领域,似乎一下子恢复了激情。我可以很轻松地就把教材中选入的有限的几个诗人和几首诗歌讲解得声情并茂。结束之后,似乎还觉得意犹未尽。

我在上课的时候总是会发现有一些学生对现代新诗很感兴趣,他们希望能了解更多的新诗,甚至还询问有没有新诗的课可以选。多年来,我一直忙于工作、家庭,无暇去开选修课。但这件事,却一直记挂在心里,希望有一天能完成。近几年,稍微空闲了些,决定先编写一本现代新诗导读教程,后面再决定是否开设一门选修课。经过大半年的写作,现在书稿终于完成。

写作是一个辛苦的过程,但也让我受益匪浅。我对每一首诗都进行了阅读和分析,这里有我熟悉的,也有我不熟悉的,但都让我心生感动。而且,这次对诗歌的重新阅读,竟然悟到了许多年轻时没有感受到的东西。有许多诗歌给了我以前阅读时不曾有过的感受。也许是生活的阅历让我有了更敏锐的洞察之心,也拓宽了我的心理边界,所以也更能理解诗歌背后诗人丰富且复杂的内心世界。每一位诗人的命运让我感慨,我似乎回到了那一段如歌如诗的岁月。伴随着这些诗人从五四一路走到中华人民共和国成立,内心也经历了一番岁月的洗礼。所以,本书的写作特点就是偏感悟,偏重个人阅读体验,不强调过多学术性评论。诗歌的分析类似于讲稿,而非学术性论文,目的就是带领学生阅读诗歌,促使学生从自己的体验出发去理解诗歌。

在本书即将出版之际，我要特别感谢给本书提供帮助和支持的朋友和家人。首先特别感谢南京艺术学院人文学院文学教研室的同事。我的同事张德强老师为本书写作提供了许多有价值的意见和建议，并对书稿提出了宝贵的修改意见。其他老师也时常关心、询问书稿写作进展。其次，我还要感谢我的家人，他们在我写作之时，也提供了宝贵的精神支持和时间支持。在此，一并致谢！

郑　娟

2024 年 1 月于南京艺术学院